文学概论讲义

老 舍 著

古吴轩出版社

图书在版编目（CIP）数据

文学概论讲义 / 老舍著 . --苏州：古吴轩出版社，2017.11（2023.4重印）
（鸿儒国学讲堂）
ISBN 978-7-5546-1024-4

Ⅰ . ①文… Ⅱ . ①老… Ⅲ . ①文学理论 Ⅳ . ① I0

中国版本图书馆 CIP 数据核字（2017）第 252898 号

责任编辑：蒋丽华
见习编辑：薛　芳
装帧设计：鸿儒文轩 · 书心瞬意

书　　名：文学概论讲义
著　　者：老　舍
出版发行：古吴轩出版社
地址：苏州市八达街118号苏州新闻大厦30F
电话：0512-65233679　　邮编：215123
印　　刷：三河市华东印刷有限公司
开　　本：650 × 940　1/16
印　　张：16.25
版　　次：2017 年 11 月第 1 版
印　　次：2023年 4 月第 3 次印刷
书　　号：ISBN 978-7-5546-1024-4
定　　价：54.00 元

目　录

附　文艺杂谈

第一讲　引言

在现代，无论研究什么学问，对于研究的对象须先有明确的认识，而后才能有所获得，才能不误入歧途。比如一个人要研究中古的烧炼术吧，若是他明白烧炼术是粗形的化学、医药学和一些迷信妄想的混合物，他便会清清楚楚的挑剔出来：烧炼术中哪一些是有些科学道理的，哪一些完全是揣测虚诞，从而指出中古人对于化学等有什么偶然的发现，和他们的谬误之所在。这是以科学方法整理非科学时代的东西的正路。设若他不明白此理，他便不是走入迷信煮石成金的可能，而梦想发财，便是用烧炼术中一二合理之点，来诬蔑科学，说些“化学自古有之，不算稀奇”的话语。这样治学便是白费了自己的工夫，而且有害于学问的进展。

中国人，因为有这么长远的历史，最富于日常生活的经验；加以传统的思想势力很大，也最会苟简的利用这些经验；所以凡事都知其当然，不知所以然；只求实效，不去推理；只看片断，不求系统；因而发明的东西虽不少，而对于有系统的纯正的科学建树几乎等于零。文学研究也是如此。作文读文的方法是由师傅传授的，对于文学到底是什么，以弄笔墨为事的小才子自然是不过问的，关心礼教以明道自任的又以“载道”呀，“明理”呀为文学的本质；于是在中国文论诗说里便找不出一条明白合理的文学界说。自然，文学界说是很难确定的，而且从文学的欣赏上说，它好似也不是必需的；但是我们既要研究文学，便要有个清楚的概念，以免随意拉扯，把文学罩上一层雾气。文学自然是与科学不同，我们不能把整个的一套科学方法施用在文学身上。这是不错的。但是，现代治学的趋向，无论是研究什么，“科学的”这一名词是不能不站在最前面的。文学研究的始祖亚里士多德便是科学的，他先分析比较了古代希腊的作品，而后提出些规法与原则。到了文艺复兴时期，人们抓住亚里士多德的理论来评量一切文学，便失了科学的态度；因为亚里士多德是就古代希腊文学而谈说文学，文艺复兴时代的文学自有它自己的历史与社会背景，自有它自己的生长与发展，怎好削足适履的以古断今呢？这不过是个浅显的例证，但颇足以说明科学的方法研究文学也是很重要的。它至少是许多方法中的一个。也许有人说：“文以载道”，“诗骚者皆不遇者各系其志，发而为文”，等等，便是中国文学界说；不过现在受了西洋文说的影响，我们遂不复满于这些国货论调了；其实呢，我们何必一定尊视西人，而卑视自己呢！要回答这个，我们应回到篇首所说的：我们是生在“现代”，我们治学便不许象前人那样褊狭。我们要读古籍古文；同时，我们要明白世界上最精确的学说，然后才能证辨出自家的价值何在。反之，我们依然抱着本《东莱博议》，说什么“一起起得雄伟，一落落得劲峭”，我们便永远不会明白文学，正如希望煮石成金一样的愚笨可怜。生在后世的好处便是能比古人多见多闻一些，使一切学问更进步，更精确。我们不能勉强的使古物现代化，但是我们应当怀疑，思考，比较，评定古物的价值；这样，我们实在不是好与古人作难。再说，艺术是普遍的，无国界的，文学既是艺术的一支，我们怎能不看看世界上最精美的学说，而反倒自甘简陋呢？

文学是什么，我们要从新把古代文说整理一遍，然后与新的理论比证一下，以便得失分明，体认确当。先说中国人论文的毛病：

（一）以单字释辞：《易》曰："物相杂，故曰文。"《说文》曰："文错画也，像交文。"这一类的话是中国文人当谈到文学，最喜欢引用的。中国人对于"字"有莫大的信仰，《说文》等书是足以解决一切的。一提到文学，赶快去翻字典：啊，文，错画也。好了，一切全明白了。章太炎先生也不免此病："文学者，以有文字著于竹帛，故谓之文；论其法式，谓之文学。"这前半句便是"文，错画也。"的说明，后半句为给"学"字找个地位，所以补上"论其法式"四个字。文学是借着文字表现的，不错；但是，单单找出一个"字"的意思，怎能拿它来解释一个"辞"呢！"文学"是一个辞。辞——不拘是由几个字拼成的——就好像是化学配合品，配合以后自成一物，分析开来，此物即不存在。文学便是文学，是整个的。单把"文"字的意思找出来，怎能明白什么是文学？果然凡有"文"的便是文学，那么铺户的牌匾，"天德堂"与"开市大吉，万事亨通"当然全是文学了！

再说，现在学术上的名辞多数是由外国文字译过来的，不明白译辞的原意，而勉强翻开中国字书，去找本来不是我们所有的东西的定义，岂非费力不讨好。就以修辞学说吧，中国本来没有这么一种学问，而在西洋已有两千多年的历史，亚里士多德是第一个有系统而科学的写《修辞学》的。那么，我们打算明白什么是修辞学，是应当整个的研究自亚里士多德至近代西洋的修辞专书呢？还是应当只看《说文》中的“辞：说也，从辛，辛犹理辜也。修：饰也，从彡，攸声”？或是引证《易经》上的“修辞立其诚，所以居业也”，就足以明白“修辞学”呢？名不正则言不顺，用《易经》上的修辞二字来解释有两千多年历史的修辞学，是张冠李戴，怎能有是处呢？

有人从言语构成上立论：中国语言本是单音的，所以这种按字寻义是不错的。其实中国语言又何尝完全是单音的呢？我们每说一句话，是一字一字的往外挤吗？不是用许多的辞组织成一语吗？为求人家听得清楚，为语调的美好，为言语的丰富，由单字而成辞是必然的趋势。在白话中我们连“桌”、“椅”这类的字也变成“桌子”、“椅子”了；难道应解作“桌与儿子”、“椅与儿子”么？一个英国人和我学中国话，他把“可是”解作“可以是的”，便是受了信中国话是纯粹单音的害处。经我告诉他：“可是”当“but”讲，他才开始用辞典；由字典而辞典便是一个大进步。认清了这个，然后须由历史上找出辞的来源；修辞学是亚里士多德首创的，便应当去由亚里士多德研究起；这才能免了误会与无中生有。

（二）摘取古语作证：中国人的思路多是向后走的，凡事不由逻辑法辨证，只求“有诗为证”便足了事。这种习惯使中国思想永远是转圆圈的，永远是混含的一贯，没有彻底的认识。比如说，什么叫“革命”？中国人不去读革命史，不去研究革命理论；先到旧书里搜寻，找到了：“汤武革命”，啊！这原来是中国固有的东西哟！于是心满意足了；或者一高兴也许引经据典地作篇革命论。这样，对于革命怎能有清楚的认识呢！

文学？赶快掀书！《论语》上说：“文学子游、子夏。”呕！

文学有了出处，自然不要再去问文学到底是什么了。向后走的思路只问古人说过没有，不问对与不对，更不问占人所说的是否有明确的界说。古人怎能都说得对呢？都说得清楚呢？都能预知后事而预言一切呢？

段凌辰先生说得好：

德行颜渊、闵子骞，冉伯牛、仲引，言语宰我、子贡，政事冉有、季路，文学子游、子夏。

此所谓孔门四科也。文学与德行，言语，政事对举，殆泛指一切知识学问，与今日所谓文学者有别。故邢乩《论语疏》曰："文章博学，则有子游、子夏二人也。"此解可谓达其旨矣。更以游、夏二子之自身证之。据《论语·阳货篇》："子之武城，闻弦歌之声。"诗乐相通，子游似为文学之士。然乐本为儒家治世之具，其事亦无足怪。若证以《礼记·檀弓》，则子游实明礼之士耳。至于子夏，《论语·八佾》篇虽称其"可与言诗"，然据《史记·仲尼弟子列传》："孔子既没，子夏居西河教授，为魏文侯师。"又汉代经师，多源出子夏，则子夏乃传经之士也。《论语》其他论文之处甚多，其义亦同于斯。如《学而篇》孔子曰："行有余力，则以学文。"何晏《集解》引马融曰："文者，古之遗文。"邢乩《疏》曰："注言古之遗文者，则《诗》、《书》、《礼》、《乐》、《易》、《春秋》六经是也。"是则六经为文矣。……"夫子之文章可得而闻也，夫子之言性与天道，不可得而闻也。"邢乩《疏》曰："子贡言夫子之述作威仪礼法，有文彩形质著名，可以耳听目视，依循学习，故可得而闻也。"朱熹《论语集注》亦曰："文章，德之见乎外者，威仪文辞皆是也。"是则所谓文章，又越乎述作文辞之外。与《八佾》篇称“周监于二代，郁郁乎文哉。”《泰伯》篇称“焕乎其有文章”。《子罕》篇称“文王既没，文不在兹乎。”兼礼乐法度而言，其义相类。故《公冶长》篇子贡问曰：“孔文子何以谓之文也？”孔子答曰：“敏而好学，不耻下问，是以谓之文也。”足见孔氏于“文”字之解释，固其广泛矣。……（《中国文学概论》第二篇）

从上一段文字看，只拿古人一句话来解说学术的内含是极欠妥当的，因为古人对于用字是有些随便的地方。

拿单字的意思解释辞的，弊在错谬的分析；以古语证近代学术者，病在断章取义，只求不违背古说，而忘了用自己的思想。

（三）求实效：中国人是最讲实利的，无论是不识字的乡民，还是博学之士，对事对物的态度是一样的——凡是一事一物必有它的用处。一个儒医的经验，和一个乡间大夫的，原来差不很多；所不同者是儒医能把阴阳五行也应用到医药上去。儒医便是个立在古书与经验之间求实利的一种不生不熟的东西。专研究医理也好，专研究阴阳五行之说也好，前者是科学的，后者是玄学的；玄学也有它可供研究的价值与兴趣。但是中国人不这样办；医术是有用的，阴阳五行也非得有用不可；于是二者携手，成为一种糊涂东西。

文人也是如此，他们读书作文原为干禄或遣兴的，而他们一定要把那抽象的哲学名辞搬来应用——道啊，理啊等等总在笔尖上转。文学就不准是种无所为，无所求的艺术吗？不许。一件东西必定有用处，不然便不算一件东西；文学必须会干点什么，不拘是载道，还是说理，反正它得有用。

（1）文以观人：《文中子》说：“文士之行可见，谢灵运小人哉！其文傲，君子则谨。”照这么说，在中国非君子便不许作文了。君子会作文不会，是个问题。可是中国人以为君了总是社会上的好人，为社会公益起见，“其文傲”的人是该驱逐出境的；这是为实利起见不得不如此的。

《诗史》曰：“诗之作也，穷通之分可观：王建诗寒碎，故仕终不显；李洞诗穷悴，故竟下第。”这又由社会转到个人身上来了；原来评判诗文还可以带着“相面”的！文学与别的东西一样，据中国人看，是有实用的，所以搀入相术以求证实是自然的，不算怎么奇怪。说穷话的必定倒楣，说大话的必定腾达显贵，像西洋那些大悲剧家便都应该穷困夭死的。那Nostruggle，nodrama[①]在中国人看，是故意与自家过不去的。白居易有“野火烧不尽，春风吹又生”之句，于是顾况便断定他在那米贵的长安也可以居住了；文章的用处莫非只为吃饭么？

文艺是纯然的生命的表现；是能够全然离了外界的压抑和强制，站在绝对自由的心境上，表现出个性来的唯一的世界。忘却名利，除去奴隶根性，从一切羁绊束缚解放下来，这才能成文艺上的创作。必须进到那与留心着报章上的批评，算计着稿费之类的全然两样的心境，这才能成真的文艺作品；因为能做到仅被在自己的心里烧着的感激和情热所动，像天地创造的曙神所做的一样程度的自己表现的世界，是只有文艺而已。（《苦闷的象征》十三页）

拿这一段话和我们的穷通寿夭说比一比，我们要发生什么感想呢！

---

① 意为：没有斗争，便没有戏剧。

（2）文以载道明理：“《诗》三百，一言以蔽之，曰：思无邪！”这是中国文人读书的方法。无论读什么，读者必须假冒为善的声明：“我思无邪！”《诗》中之《风》本来是“出于里巷歌谣之作，男女相与咏歌，各言其情也。”（朱熹）它们的那点文学价值也就在这里。但是中国读诗的，非在男女之情以外，还加上些“刺美风化”，“诗以正言，义之用也”等不相干的话，不足以表示心思的正大。正象后世写淫书的人，也必在第一回叙说些劝善惩淫的话头，一样的没出息。有了这种心理，治文学的人自然忘了文学本身的欣赏，而看古文古诗中字字有深意、处处是训诫；于是一面忘了研究文学到底是什么，一面发了“若不仰范前哲，何以贻厥后来”的志愿。文以载道明理遂成了文人的信条。韩愈说：“愈之志在古道，又甚好其文辞”，就是因为崇古的缘故，把自己也古代化了。周敦颐说：“文辞，艺也。道德，实也。”这有实用的道德真真把文艺毁苦了！这种论调与实行的结果，弄得中国文学：一，毫无生气，只是互相摹拟；文是古的好，道也是古的好。二，只有格体的区分，少主义的标树。把“道”放在不同的体格之下便算有了花样变化，主义——道——是一定不变的。三，戏剧小说发达的极晚，极不完善，因为它们不古，不古自然也不合乎道，于是就少有人注意它们。四，文学批评没有成为文艺的独立一枝，因为文不过是载道之具，道有邪正，值得辩论；那对偶骈俪谀佞无实，便不足道了。

厨川白村说过：“每逢世间有事情，一说什么，便掏出藏在怀中的一种尺子来丈量。凡是不能恰恰相合的东西，便随便地排斥，这样轻佻浮薄的态度，就有首先改起的必要罢。”这一种尺子或者就是中国的“道”么？诚如是，丢开这尺子，让我们跑入文学的乐园，自由的呼吸那带花香的空气去吧！

以上是消极地指出中国文人评论文学所爱犯的毛病，也就是我们所应避免的。至于文学是什么，和一些文学上的重要问题，都在后面逐渐讨论；先知道了应当避免什么，或者足以使我们讨论文学的时候不再误入歧途。

第二讲　中国历代文说（上）

在第一讲里，我们略指出中国文士论文的错误，是横着摆列数条，没管它们在历史上的先后。现在我们再竖着看一看，把古今的重要文说略微讨论一下。

先秦文论：文学，不论中外，发达最早的是诗歌。像《诗序》里的“言之不足，故嗟叹之；嗟叹之不足，故咏歌之；咏歌之不足，不知手之舞之，足之蹈之也。”那样心有所感，发为歌咏，是在有文字之先，已有的事实。那么，我们先拿《诗经》来研究一下，似乎是当然的手续。《诗经》，据说是孔子删定的，这个传说的可靠与否，我们且不去管；孔子对于《诗经》很喜欢引用与谈论是个事实。

《诗》中的《风》本是“出于里巷歌谣之作，男女相与咏歌，各言其情也。”（朱熹）它们的文学价值也就在这里。可是孔子——一位注重礼乐、好谈政治的实利哲学家——对于《诗》的文学价值是不大注意的；他始终是说怎样利用它。他用“《诗》三百，一言以蔽之，曰：思无邪！”（《论语·为政篇》）定了读

《诗》的方法；于是惹起后世注《诗》的人们对于《诗》的误解："刺美风化"是他们替"思无邪"作辨证的工夫；对于《诗》本身的文学价值几乎完全忘却。这是在思想方面，他已把文学与道德搀合起来立论。再看他怎从其他方面利用《诗》：

"不学《诗》，无以言。"（《论语·季氏篇》）《诗》的用处是帮助修辞的。

"入其国，其教可知也。其为人也，温柔敦厚，诗教也。"（《礼记·经解篇》）这是以诗为政治的工具。

"小子何莫学夫诗？诗，可以兴，可以观，可以群，可以怨；迩之事父，远之事君；多识于鸟兽草木之名。"（《论语·阳货篇》）《诗》不但可以教给人们以事父事君之道，且可以当动植物辞典用！

这样，孔子既以《诗》为政治教育的工具，为一本有趣的教科书，所以他引用诗句时，也不大管诗句的真意，而是曲为比附，以达己意，正如古希腊诡辩家的利用荷马。铃木虎雄说得好：

孔子当解释诗，对于诗的原意特别注重把来安上一种政教上的特别的意义来应用。……例如述到逸诗："唐棣之华，偏其反而；岂不尔思，室是远而。"必评论说："未之思也夫！何远之有！"（《论语·子罕篇》）原篇虽是说男女相思，因居室远而相背的。对于这下一转语，可说是相思底程度不够，倘若真相思便没有所谓远这一回事的，恰如利用所谓："仁，远乎哉？我欲仁，斯仁至矣。"（《论语·述而篇》）的意义一样。政教下的谈话成了干燥无味（之谈，而）[1]由此得救了。又在《大学》里引《诗》云："邦畿千里，惟民所止。"（《商颂·玄鸟》）《诗》云："缗蛮黄鸟，止于丘隅。"（《小雅·鱼藻之什缗蛮》）也说："于止，知其所知，可以人而不如鸟乎。"（《大学》）掇拾"止"字以利用《大学》的"止于至善。"……子夏问到《诗》里所说："巧笑倩兮，美目盼兮，素以为绚兮。"是怎样解释，孔子答以："绘事后素。"子夏遂说道："礼后乎？"（《论语·八佾篇》）孔子又说子夏是"可与言诗"的。甚至称赞为"起予者商也。"但这种问答诗底原意已被遗却，只是借诗以作为自己讲学上的说话而已。（《中国古代文艺论史》第一编第四章）

这"巧笑倩兮，美目盼兮，素以为绚兮"，是何等的美！可惜孔子不是个创作家，不是个文学批评家，所以没有美的欣赏。有孔子这样引领在前，后世文人自然是忽略了文学本身的欣赏，而去看古文古诗中字字有深意，处处有训诫，于是文以载道明理便成了他们的信条。

周代诸子差不多都是自成一家之言。他们的文字虽然很好，像老子的简练，庄子的驰畅，可是他们很少谈到文学，而且有些藐视孔门的好古饰辞的，像"仲尼方且饰羽而画，从事华辞。"（《庄子·御寇篇》）之类。正是"老庄之作，管孟之流，盖以立意为宗，不以能文为本。"（《文选序》）只有孔子和他的几个门徒是以由考古传经而得致太平之术的，于是讨论诗文也成了他们的附带作业。他们是整理古著从而证明他们的哲学，对于文学的创作

[1] 括号中的字为校注者所加。

与认识是不大注意的。他们的功劳是保存了古礼古乐古诗，且加以研究；他们的坏处是把礼乐与文学全作了政治思想的牺牲品。“故正得失，动天地，感鬼神，莫近于诗。先王以是经夫妇，成孝敬，厚人伦，美教化，移风俗。”（《关雎序》）诗的用处越来越扩大了！他们能作得出：

日月忽其不淹兮，春与秋其代序；惟草木之零落兮，恐美人之迟暮。

不抚壮而弃秽兮，何不改乎此度；乘骐骥以驰骋兮，来吾道夫先路。（《离骚》）

那用“善鸟香草以配忠贞，恶禽臭物以比谗佞，灵修美人以媲于君，宓妃佚女以譬贤臣，虬龙鸾凤以托君子，飘风云霓以为小人”（王逸《楚辞·章句·离骚序》）来解释《离骚》的，也是深受孔门说诗的毒——这点毒气至今也没扫除净尽！

汉魏六朝文论：汉代崇儒，能通一艺以上者，补文学掌故缺。六艺都是文学，失去独立的领域。这时候的传诗的人们，分头去宣传自家师说；《关雎》到底是说某夫人的事，《宛丘》到底是讥刺谁，是他们研究与争论的要点；《诗》已成了“经”，它的文学价值如何，没有什么人过问了。

这时代的文学作品要算赋最出风头。对于赋的批评有扬雄的：

诗人之赋丽以则，辞人之赋丽以淫。（扬子《法言·吾子篇》）

有司马相如的：

合綦组以成文，列锦绣而为质，一经一纬，一宫一商，此赋之迹也。赋家之心，包括宇宙，总揽人物，斯乃得之于内，不可得而传。（《西京杂记》）

前者由作家把赋分为两等——诗人的与辞人的；后者把赋的形体和作者的资格提道一下；二者全没说到赋在文学上的价值如何。班固便简直不承认赋的价值，他说：

……其后宋玉、唐勒。汉兴枚乘、司马相如，下及扬子云，竟为侈丽闳衍之词，没其讽谕之义。（《汉书·艺文志》）

赋本来是一种极笨重的东西，“竟为侈丽闳衍之词”的判断是不错的；但是以失古诗讽谕之义来打倒它，仍是以实效立论，没有什么重要的意义。所以铃木虎雄说：

自孔子以来至汉末，都是不能离开道德以观文学的，而且一般的文学者单是以鼓吹道德底思想作为手段而承认其价值的。但到魏以后却不然，文学底自身是有价值的底思想已经在这时期发生了。所以我以为魏底时代是中国文学史上的自觉时代。（《中国古代文艺论史》第二编第一章）

那么，我们就看一看魏晋六朝的文说。

曹家父子有很高的文学天才，论文也有独到之处。在曹丕的

《典论·论文》里，有三点可以叫我们注意的：

（一）他说："大文，本同而末异，盖奏议宜雅，书论宜理，铭诔尚实，诗赋欲丽。此四科不同，故能之者偏也；唯通才能备其体。"

这是清清楚楚指出文的内容不同，作法也就有别。说理的文自然以条理清楚为主，而诗赋便当写得美丽。他虽然没有说出为什么要如此，可是他真有了文学的欣赏，承认美是为文的要素之一。以前的人们是以体道而摹古，他现在是主张爱美的了。

魏之三祖，更尚文词。忽君子之大道，好雕虫之小艺。下之从上，有同影响，兢驰文华，遂成风俗。江左齐、梁，其弊弥甚：贵贱贤愚，唯矜吟咏。遂复遗理存异，寻虚逐微。竞一韵之奇，争一字之巧。连篇累牍，不出月露之行；积案盈箱，唯是风云之状。（《隋书·李谔上书正文体》）

这是后世守道明理者对"诗赋欲丽"的反攻，仍要把文学附属在道德之下，但适足以说明曹家父子对文学界的影响如何伟大了。

（二）《典论·论文》里又说："年寿有时而尽，荣乐止乎其身。二者必至之常期，未若文章之无穷。是以古之作者，寄身于翰墨，见意于篇籍，不假良史之辞，不托飞驰之势，而声名自传于后。"

曹丕《与王朗书》里也说："生有七尺之形，死惟一棺之土。惟立德扬名，可以不朽；其次莫如著篇籍。"

这些话虽然没有说出文学是认识生命、解释生命的，可是承认了为文学而生活是值得的。自然这里的名利计较还很深，但因求不朽之名以致力文章，实足以鼓舞起创作的兴趣与勇气。

（三）曹丕又说："文以气为主。"气是什么？很难断定。但是我们至少可以从此语看出：为文的要件是由内心表现自己，不是为什么道什么理作宣传。这里至少是说文当以什么为主，不是文当说明什么；气必是在文内的，道理等是外来的。

以上三点虽仍未说明文学是什么，但是对于文学的认识，确已离开实效而专以文论文了。

以下讨论陆机的《文赋》：

陆机的《文赋》比近人的一开口便引"文，错画也"真够高明的多了。他开口便是："伫中区以玄览，颐情志于典坟。遵四时以叹逝，瞻万物而思纷。悲落叶于劲秋，喜柔条于芳春。心懔懔以怀霜，志眇眇而临云。"

这是说文是感物激情而发的，不是什么"文者务为有补于世"。有深刻的观察，有敏锐的情感，有触于内心，那创作欲便起了火焰，便欲罢不能的非写不可；那写出来的便是物我的联合。所以，

其始也，皆收视反听，耽思傍讯，精骛八极，心游万仞。……谢朝华于已披，启夕秀于未振。观古今于须臾，抚四海于一瞬。

心有所感，便若痴若狂。想象与思维的联合，使心灵荡漾在梦境里。那方寸之地，忽然与宇宙同样的广大，上帝似的在创造一切；忽然缩敛，像一丝花蕊般细嫩，在春风里吻着阳光。于是，

笼天地于形内，挫万物于笔端。始踯躅于燥吻，终流离于濡

翰。理扶质以立干，文垂条而结繁。信情貌之不差，故每变而在颜；思涉乐其必笑，方言哀而已叹。或操觚以率尔，或含毫而邈然。

我们再看他对技术方面怎样说：

“诗缘情而绮靡，赋体物而浏亮，碑披文以相质，诔缠绵而凄怆……”这是体格不同，当配以相当的文字。

“其为物也多姿，其为体也屡迁。其会意也尚巧，其遣言也贵妍。暨音声之迭代，若五色之相宣。”这是文辞音声应求妍美。

“或寄辞于瘁音，言徒靡而弗华；混妍蚩而成体，累良质而为瑕……”这是一些文病。

但是为文到底有一定的规则没有呢？他不肯武断的说。他只说：

“若夫丰约之裁，俯仰之形，因宜适变，曲有微情：或言拙而喻巧，或理朴而辞轻，或袭古而弥新，或沿浊而更清，或览之而必察，或研之而后精。”这似乎是说：文无定法，技有巧拙，要在审事达情，必求其适了。

统观全文，可以看出两个要点来：一、文学是心灵的产物，没有心情的激动便没有创造的可能。这个说法又比曹丕的以求不朽之名为创作的动机确切多了。二、作文的手段，如文字的配置，音声的调和等，是必要的，不如是，文章便不会美好。

发于心灵，终于技术，这是《文赋》的要义。陆机虽没能逐条详加说明（假如他不用赋体作这篇文章，他一定会解说的更透彻一些；自然，也许因为不用赋体，它便不会传流到现在），可是这些指示，对文学已有了相当的体认了解。我们可以替他下一条文学定义：文学是以美好的文字为心灵的表现。

《后汉书》的著者范晔，主张“以意为主，以文传意”。（《范晔狱中与诸甥侄书》）同时他拿“性别宫商，识清浊，斯自然也”去讲究音调。

以意为主是重在讲说什么，便是要分别什么是该说的与什么是不该说的；这比以情为主的文学欣赏又低落了许多，因为文学的成功以怎样写出为主，说什么是次要的。况且传达“意”的自有哲学与科学，不必一定靠着文学。但是不论是文以情为主，是以意为主，他们——陆机，范晔——都由作家的立场来说文的主干是什么，不是替别人宣传什么文学以外的东西了；他们也全以为音调的讲究为必要的。

音调的讲究渐渐成了文学的重要问题。在《南齐书·陆厥传》里说：

永明末，盛为文章。吴兴沈约，陈郡谢朓，琅琊王融，以气类相推毂；汝南周颙，善识声韵。约等文皆用宫商，以平上去入为四声，以此制韵，不可增减，世呼为“永明体”。

沈约是四声八病的首创者，这种讲究看着虽然很纤巧，但是中国言语本是“声的言语”；声的调配实是叫文章美好的要件。当这“盛为文章”的时代，由主义而谈到技术上去，是当然的步骤。这四声八病的规定，虽叫文人只留意技术方面，可是这不能不算对言语的认识有了进步；文学本来是以言语为表现工具的，怎样利用工具的研究是应有的。沈约答陆厥书里说：“自古辞人，岂不知宫羽之殊，商征之别。虽知五音之异，而其中参差变动，殊昧实多。

故鄙意所谓比秘未睹者也。以此而推，则知前世文士，便未悟此处。”这明明是说声韵的分析与利用是一种新的发现。

这技术上的讲求，自然不算什么了不得的事，但足以证明那时候文学确是成了独立的艺术，一字一声也不许随便用了。这正像乐器的改善足以帮助音乐进步，光线颜色的研究叫画家更足以充分的表现。自然，专修美工具是不能产生出伟大作品的，但这不能不算是艺术进展中必有的一步。

现在我们看萧统的文说：他是很爱读书的人，他并且把所见过的文章选出来，作一部模范读本——《文选》。这个工作的第一步自然是要决定："什么是文"。他说：

> 若夫姬公之籍，孔父之书，与日月俱悬，鬼神争奥，孝敬之准式，人伦之师友；岂可重以芟夷，加以剪截！（《文选序》）

他一面推崇姬、孔，一面暗示出这些经艺根本不能算作纯文学；于是托词不敢芟夷剪截，轻轻的推在一边。

还有："老庄之作，管孟之流，盖以立意为宗，不以能文为本。今之所撰，又以略诸。"说理讲哲学的著作，不是为爱好文学而作的，也就不取。（打倒了"以意为主"）。

"若贤人之美辞，忠臣之抗直，谋夫之话，辨士之端……盖乃事美一时，语流千载；概见坟籍，旁出子史。若斯之流，又亦繁博，虽传之简牍，而事异篇章。今之所集，亦所不取。"这是说事实虽美，毫无统系，而且不是文学上有意的创作品，也就放在一边。

"至于记事之史，系年之书，所以褒贬是非，纪别异同；方之篇翰，亦已不同。”史书是记载事实的，也不是纯粹文学作品，所以也不取。

那么，什么样的作品才合格呢？

只有：“事出于沉思，义归乎翰藻”的方能被选。这个大胆的择取，便把经，史，子，杂说，全驱到文学的华室之外，把六艺即文学的说法根本推翻。有想象的，有整个表现的，有辞藻的，才能算文；不如此的不算。这个规定把“文”与“非文”从古籍里分析开，使在历史上与文学上“文”与“非文”截然分立，差不多象砌了一堵长墙，墙上写着：这边是文学，那边是文学以外的作品！这个“清党工作”真是非常勇敢的，大有益于文学独立的。

以下我们谈《文心雕龙》：

我们一提到文学理论与批评，似乎便联想到《文心雕龙》了。不错，它确乎是很丰富，很少见的一部文学评论。看它的内容多么花哨：

关于说明文学体质的有《原道》、《征圣》、《宗经》、《正纬》等篇。

分论文体格式的有《辨骚》、《明诗》、《乐府》、《诠赋》、《颂赞》、《祝盟》、《铭箴》……

讨论修辞与作文法理的有《神思》、《体性》、《风骨》、《通变》、《定势》、《情采》……

但是，我们设若细心的读这些篇文章，便觉得刘勰只是总集前人之说，给他所知道的文章体格，一一地作了篇骈俪文章，并没有什么新颖的创见。看他在《原道篇》里说：“傍及万品，动植皆文：龙凤以藻绘呈瑞，虎豹以炳蔚凝姿。云霞雕色，有逾画工之妙；草木贲华，无待锦匠之奇。”

这又是以“文”谈“文学”，根本没有明白他所要研究的东西的对象。至于说：“大以无识之物，郁然有彩，有心之器，其无文欤！”便牵强得可笑！动植物有“纹”，所以人类便当有“文”；那么牛羊有角，我们便应有什么呢？

在《宗经》里：“‘经’也者，恒久之至道，不刊之鸿教也。故象天地，效鬼神，参物序，制人纪；洞性灵之奥区，极文章之骨髓者也。”

经是文章的骨髓，自然文士便不许发表自家的意见，只许依经阐道了——文学也便呜呼哀哉了！不怪他评论《离骚》那样伟大的作品也是：

> （故）其陈尧、舜之耿介，称汤、武之祗敬，典诰之体也；讥桀、纣之猖披，伤羿、浇之颠陨，规讽之旨也；虬龙以喻君子，云霓以譬谗邪，比兴之义也；每一顾而淹涕，叹君门之九重，忠怨之辞也：观兹四事，同于《风》、《雅》者也。（《辨骚》）

这样以古断今，是根本不明白什么叫创作。《诗》是《诗》，《骚》是《骚》，何必非把新酒装在旧袋子里呢！

论到文章的体格，他先把字解释一下，如：“诗者持也”，“赋者铺也”，“颂者容也”等等。然后把作家混含的批评一句，如“孟坚《两都》，明绚以雅赡。张衡《二京》，迅发以宏富”等等。前者未曾论到文学的价值——赋到底是体物写志的好工具不是？后者批评作品混含无当，作者执笔为文时可以有一两个要义在心中为一篇的主旨；批评者便应多方面去立论，不能只拿一两句话断定好坏。

至于章表奏启本来是实用文字，史传诸子本是记事论理之文，它们的能作文学作品看，是因为它们合了文学的条件，不是它们必定都在文学范围之内。刘勰这样逐一说明，比萧统的把经史诸子放在文学范围之外的见识又低多了。

说到措辞与文章结构，这本来是没有一定义法的；修辞学不会叫人作出极漂亮的诗句，文章法则只足叫人多所顾忌因沿。法则永远是由经验中来的，经验当然是过去的，所以谈到“风骨”，他说：“若能确乎正式，使文明以健，则风清骨峻，篇体光华。”这“正式”是哪里来的？不是摹古么？说到“定势”，他便说：“旧练之才，则执正以驭奇：新学之锐，则逐奇而失正。势流不返，则文体遂弊。”这是说新学之锐，有所创立是极危险的。文学作品是个性的表现，每人有他自己的风格笔势，每篇文章自有独立的神情韵调；一定法程，便生弊病，所以《文心雕龙》的影响一定是害多利少的，因为它塞住了自由创造的大路。

总之，这本书有两大缺点：

一、刘勰的“道沿圣以垂文，圣因文而明道”是把文与道捏合在一处，是六朝文论的由盛而衰。

二、细分文体，而没认清文学的范围。空谈风神气势，并无深到的说明。

这么看，《文心雕龙》并不是真正的文学批评，而是一种文学源流、文学理论、修辞、作文法的混合物。它的好处是把秦汉以前至六朝的文说文体全收集来，作个总结。假如我们看清这一点，它便有了价值，因为它很可以供给我们一些研究古代文学的材料。假如拿它当作一本教科书，像欧洲早年那样读亚里士多德的《修辞学》与《诗学》，便很容易断章取义，把文学讲到歧途上去。刘勰自己也说："铨序一文为易，弥纶群言为难。"和"同之与异，不屑古今；擘肌分理，唯务折衷。"这弥纶群言，是他的功劳，虽然有时是费力不讨好。这唯务折衷，便失去了创立新说的勇气。

和《文心雕龙》的结构不同，而势力差不多相等的，有钟嵘的《诗品》。前者是包罗一切的，后者是专论诗家的源流，并定其品次。王世贞说："吾览钟记室《诗品》，折衷情文，裁量时代，可谓允矣，词亦奕奕发之；第所推源，出于何者，恐未尽然。"诚然，钟嵘对于各家作品强求来源，如李陵必出于《楚辞》，班婕妤又必发于李陵等，何所据而云然？他说："使味之者无极，闻之者动心，是诗之至也。"本来是极精到的话；可是他又说："诗有三艺焉：一曰兴，二曰比，三曰赋。文已尽而意有余，兴也。因物喻志，比也。直书其事，寓言写物，赋也。宏斯三义，酌而用之，干之以风力，润之以丹彩，"然后"味之者无极，闻之者动心，是诗之至也。"（《诗品序》）这分明是说以古体为主，加以自家的精力，才能成好诗；于是每评一人，便非指出他的来源不可。而且是来源越古的，品次也就越高——上品都是源出《国风》、《楚辞》与古诗的。这个用合古与否作评断的标准，是忘却了文学是表现时代精神而随时进展的。

至于评论各家也不完全以诗为主眼，如提到李陵，他说："陵名家子，有殊才；生命不谐，声颓身丧。使陵不遭辛苦，其文亦何能如此？"这并没有论到李陵的诗的好处何在。就是以诗立论的，也嫌太空泛，如说曹植的诗是"骨气奇高，词彩华茂，情兼雅怨，体披文质，粲溢古今，卓尔不群。"如说嵇康是"颇似魏文，过于峻切，讦直露才，伤渊雅之致。然托喻清远，良有鉴裁，亦未失高流矣。"使我们对于这些诗人并没有什么深刻的了解，只觉得这是些泛泛的批语而已。本来一篇诗的成就不是很简单的事，作家的人格，作风，情趣，技术都混合在一处；那么，只拿几个字来评定一个诗家的作品是极难的事，就是勉强的写出来，也往往是空洞的。况且，从诗的欣赏上立论，我们读诗的时候，它只给我们心灵的激动，并不叫我们随读随想那一点是诗人的人格，那一点是诗人的感情，而且是一个"整个"的。正如喝柠檬水一样，如果半瓶是苏打水，半瓶是柠檬汁，并没有调匀在一处，又有什么好喝呢。所以，就是有精细的分析，把诗人的一切从诗中剥脱出来，恐怕剥完了的时候，那诗的作用一点也不存在了。

钟嵘也知道："至乎吟咏情性，亦何贵于用事。'思君如流水'即是即目。'高台多悲风'亦惟所见。'清晨登陇首'羌无故实。'明月照积雪'，讵出经、史。观古今胜语，多非补假，皆由直寻。"（《诗品序》）如果他始终抱定这个"直寻"来批评，当然强寻源流的毛病便没有了，对于诗的欣赏也一定更深切了。

至于把诗人分成若干等级是极难妥当的事。设若不把什么是诗人先决定好，谁能公平的给诗人排列次序呢？同时，诗人所应具备的性格、能力与条件，又太多了，而且对这些条件又是一人一个看法，怎能规定出诗人到底是什么呢？就是找出诗人必备的条件，还有个难题，什么是诗呢？这是文学理论中最困难的两个问题；不试着解决这个，而凭个人的主张来评定诗人与诗艺的等次，是种很危险的把戏。他对于声律的讲求，有很好的见解：

余谓文制，本须讽读，不可蹇碍。但令清浊通流，口吻调利，斯为足矣。（《诗品序》）

如果他抱定“直寻”和“口吻调利”来写一篇诗论，当比他这样一一评论，强定品次强得多了。以情性的自发，成为音调自然的作品，岂不是很好的理论么。

以上这些论调，无论怎样不圆满，至少叫我们看得出：自魏以后，文学的研究与解释已成了独立的，这不能不算是一个大进步。

第三讲　中国历代文说（下）

唐代文说：唐代是中国诗最发达的时代，有“诗中有画”的王维；有富于想象，从空飞来的李白；有纯任性灵，忠实描写的杜甫；有老妪皆解，名妓争唱的白居易；还有，呕，太多了，好像唐代的人都是诗人似的！在这么灿烂的诗国里，按理说应有很好的诗说发现了，而事实上谈文学的还是主张文以载道；好像作诗只是一种娱乐，无关乎大道似的。那以圣贤自居的韩愈是如此，那最会作诗的白居易也如此，看他《与元微之论作文大旨书》里说：

诗之豪者，世称李、杜。李之作，才矣，奇矣，人不逮矣，索其风雅比兴，十无一焉。……

其实李白的好处，原在运用他自己的想象，不管什么风雅比兴，孰知在这里却被贬为不明谕讽之道了！

他又说：“仆常痛诗道崩坏，忽忽愤发，或食辍哺，夜辍寝，不量才力，欲扶起之！”

这是表明他为诗的态度——不是要创造一家之言，而是志在补残葺颓。

他接着说："及再来长安，又闻有军使高霞寓者，欲聘娼妓。妓大夸曰：'我诵得白学士《长恨歌》，岂同他妓哉？'由是增价。又足下书云：到通州日，见江馆柱间有题仆诗者，复何人哉？又昨过汉南日，适遇主人集众乐娱他宾，诸妓见仆来，指而相顾曰：'此是《秦中吟》、《长恨歌》主耳。'自长安抵江西，三四千里，凡乡校、佛寺、逆旅、行舟之中，往往有题仆诗者，士庶、僧徒、孀妇、处女之口，每每有咏仆诗者。此诚雕虫之戏，不足为多！然今时俗所重，正在此耳。"

他的诗这样受欢迎，本来足以自豪了，他却偏说："雕虫之戏，不足为多。"那么，他志在什么呢？在这里：

> 仆志在兼济，行在独善；奉而始终之则为道，言而发明之则为诗。谓之讽谕诗，兼济之志也；谓之闲适诗，独善之义也。故览仆诗，知仆之道焉。其余杂律诗，或诱于一时一物，发于一笑一吟，率然成章，非平生所尚者。（白居易《与元微之论作文大旨书》）[①]

兼济与独善是道德行为，何必一定用诗作工具呢。恐怕那些在"士庶僧徒，孀妇处女之口"的，正是那发于一吟一笑的作品吧？

这个载道的运动，当然以"文起八代之衰，而道济天下之溺"的韩愈为主帅了。他的立论的基础是"道为内，文为外"。看他怎样告诉刘正夫：

---

① 即白居易《与元九书》。

或问为文宜何师？必谨对曰：宜师古圣贤人。曰：古圣贤人所为书具存，辞皆不同，宜何师？必谨对曰：师其意，不师其辞。（韩愈《答刘正夫书》）

这为文宜何师的口调，根本以文章为一种摹拟的玩艺，其结果当然是师古。所以他“学之二十余年矣，始者非三代两汉之书不敢观，非圣人之志不敢存。”这极端的崇古便非把自家的思想牺牲了不可。思想既有一定，那么文人还有什么把戏可要呢？当然是师其意不师其辞了。把辞变换一下，不与古雷同，便算尽了创作的能事。其实，文章把思想部分除去，而只剩一些辞句——纵使极美——又有什么好处呢？孔家的说诗，是以诗为教育政治的工具；到了韩愈，便直将文学与道德粘合在一处，成了不可分隔的，无道便无文学。

道到底是什么呢？由韩愈自己所下的定义看，是：“博爱之谓仁，行而宜之之谓义，由是而之焉之谓道。”（《原道》）他这个道不是怎么深奥的东西，如老子那无以名之的那一点。这个道是由仁与义的实行而获得的。这样，韩愈的思想根本不怎样深刻，又偏偏爱把这一些道德行为的责任交给文学，那怎能说得通呢！道德是伦理的，文学是艺术的，道德是实际的，文学是要想象的。道德的目标在善，文艺的归宿是美；文学嫁给道德怎能生得出美丽的小孩呢。柏拉图（Plato）是以文学为政治工具的，可是还不能不退一步说：

假如诗能作责任的利器，正如它为给愉快的利器，正义方面便能多有所获得。

但是，诗是否能这样脚踩两只船呢？善与美是否能这样相安无事呢？——这真是个问题！

“文起八代之衰”的功劳是在乎提高了散文的地位，但是这个运动的坏处是使“文”包括住文学，而把诗降落在散文之下；因为“文”是载道的工具，而诗——就是韩愈自己也有极美艳的诗句——总是脱不了歌咏性情，自然便不能冠冕堂皇的作文学的主帅了。因为这样看轻了诗，所以词便被视为诗余，而戏曲也便没有什么重要的地位。诗与散文的分别，中国文论中很少说到的。这二者的区分既不清楚，而文以载道之说又始终未敲打破，于是诗艺往往要向散文求些情面，像白居易那样的“奉而始终之则为道，言而明之则为诗”，以求诗艺与散文有同等的地位，这是很可怜的。

那最善于作小品文字的柳宗元的游记等文字是何等的清峭自然，可是，赶到一说文学，他也是志在明道。他说：

及长，乃知文者以明道，是固不苟为炳炳烺烺，务彩色、夸声音而以为能也。凡吾所陈，皆自谓近道；而不知道之果近乎，远乎？吾子好道，而可吾文，或者其于道不远矣。……本之《书》以求其质，本之《诗》以求其恒，本之《礼》以求其宜，本之《春秋》以求其断，本之《易》以求其动，此吾所以取道之原也。（《答韦中立论师道书》）

有了取道之原，文章不美怎办呢？他说：

文有二道：辞令褒贬，本乎著述者也；导扬讽谕，本乎比兴者也。著述者流，盖出于《书》之谟、训，《易》之象、系，《春秋》之笔削；其要在于高壮广厚，词正而理备，谓宜藏于简册也。比兴者流，盖出于虞、夏之咏歌，殷、周之风雅；其要在于丽则清越，言畅而意美，谓宜流于谣诵也。兹二者，考其旨义，乖离不合。故秉笔之士，恒偏胜独得，而罕有兼者焉。（《杨评事文集后序》）

这又似乎舍不得文采动听那一方面，而想要文质兼备，理词两存，纵然"道"是那么重要，到底他不敢把"美"完全弃掷不顾呀。

这种忸怩的论调实在不如司空图的完全以神韵说诗，看：

俯拾即是，不取诸邻，俱道适往，著手成春。如逢花开，如瞻岁新。真与不夺，强得易贫。幽人空山，过雨采蘋。薄言情悟，悠悠天钧。（《二十四诗品·自然》）

这是何等的境界！不要说什么道什么理了，这"情悟"已经够了。再看：

娟娟群松，下有漪流，晴雪满竹，隔溪渔舟。可人如玉，步屧寻幽。载瞻载止，空碧悠悠。神出古异，淡不可收，如月之曙，如气之秋。（《清奇》）

这种具体的写出诗境，不比泛讲道德义法强么？他不说诗体怎样，效用怎样；他只说诗的味道有雄浑，有高古等等，完全从神韵方面着眼。这自然不足以说明诗的一切，可是很灵巧的画出许多诗境的图画，叫人深思神往；这比李白的“大雅久不作，吾衰竟谁陈？……我志在删述，垂晖映千春。希圣如有立，绝笔于获麟。”的以作诗为希圣希贤的道途要高尚多少倍呢！

宋代文说：宋朝词的发达，与白话的应用，都给文学开拓了新的途径；按理说这足以叫文人舍去道义，而创树新说了。可是，事实上作者仍是拿住“道”字不放手；那善于文词的欧阳修还是说：

夫学者未始不为道，而至者鲜焉。非道之于人远也，学者有所溺焉尔。盖文之为言，难工而可喜，易悦而自足，世之学者，往往溺之；一有工焉，则曰：“吾学足矣”。甚者至弃百事不关于心，曰：“吾文士也，职于文而已”；此其所以至之鲜也。……圣人之文虽不可及，然大抵道胜者，文不难而自至也。（《答吴充秀才书》）

“道胜，文不难自至”，真有些玄妙。文学是艺术的，怎能因为“道胜”便能成功呢？图画也是艺术的一枝，谁敢说：“道胜，画遂不难而至”呢？

王安石便说得更妙了：“尝谓文者，礼教治政云耳。”‘言之不文，行之不远’云者，徒谓‘辞之不可以已也；非圣人作文之本意也’。”（《上人书》）这简截的把辞推开，而所谓文者只是一种有骨无肉的死东西。“且所谓文者，务为有补于世而已矣。所谓辞者，犹器之有刻镂绘画也。诚使巧且华，不必适用。诚使适用，亦不必巧且华。”假如这个说法不错，那“心在水精域，衣沾春雨时”便根本不算好诗；因为在水精域里有什么好？衣被春雨沾湿，岂不又须费事去晒干？还是论诗的严羽有些见解：“大抵禅道惟在妙悟，诗道亦在妙悟。且孟襄阳学力下韩退之远甚，而其诗独出退之之上者，一味妙悟而已。惟悟乃为当行，乃为本色。……天下有可废之人，无可废之言。诗道如是也。……夫诗有别材，非关书也。诗有别趣，非关理也。然非多读书、多穷理，则不能极其至。所谓不涉理路、不落言筌者，上也。诗者，吟咏情性也。盛唐诸人惟在兴趣，羚羊挂角，无迹可求。故其妙处透彻玲珑，不可凑泊，如空中之音，相中之色，水中之月，镜中之像，言有尽而意无穷。”（《沧浪诗话·诗辨》）

只这几句已足压倒一切，这才是对诗有了真正了解！“诗之道在妙悟”，是的；诗是心声，诗人的宇宙是妙悟出来的宇宙；由妙悟而发为吟咏，是心中的狂喜成为音乐。只有这种天才，有这种经验，便能成为好句，所以“有可废之人，无可废之言”；道德与诗是全不相干的。道德既放在一边了，学理呢？学理是求知的，是逻辑的；诗是求感动的，属于心灵的；所以“妙不关于学理”。诗人的真实是经过想象浸洗过的，所以像水中之月，镜中之像。由兴趣而想象是诗境的妙悟；这么说诗，诗便是艺术的了。司空图和严羽真是唐宋两代谈文学的光荣。他们是在诗的生命中找出原理，到了不容易说出来的时候——谈艺术往往是不易直接说出来的——他们会指出诗“象”什么，这是真有了解之后，才能这样具体的指示出来。

宋代还有许多诗话的著作，但是没有像严羽这样切当的，在这里也就不多引用了。

元明清文说：元代的小说戏曲都很发达，可是对小说戏曲并没有怎么讨论过。王国维在他的《宋元戏曲史》里说：“元杂剧之为一代之绝作，元人未之知也。明之文人，始激赏之；至有以关汉卿比司马子长者。”至于小说，直至金圣叹才有正式的欣赏宣传。元代文人的论断文学多是从枝节问题上着眼，像陈绎曾的《文筌》与《文说》，徐师曾的《文体明辨》等，都没有讨论到文学的重要问题上去。

到了明代，论文的可分为两派：一派是注重格调的，一派是注重文章义法的。在前一派里，无论是论文是论诗，都是厌弃宋人的浅浮，而想复古，像李梦阳的诗宗盛唐，王世贞的“文必两汉，诗必盛唐”。他们的摹古方法是讲求格调，力求形式上的高古堂皇。李梦阳说：

诗至唐而古调亡矣。然自唐，调可歌咏，高者犹足被管弦。宋人主理不主调，于是唐调亦亡。黄陈师法杜甫，号大家；今其词艰涩不香色流动，如入神庙坐土木骸，即冠服与人等，谓之文可乎？夫诗比兴错杂，假物以神变者也。难言不测之妙，感触突发，流动情思，故其气柔厚，其声悠扬，其言切而不迫，故歌之心畅，而闻之者动也。宋人主理作理语，于是薄风云月露一切铲去不为。又作诗话教人，不复知诗矣。诗何尝无理，若专作理语何不作文而诗为耶？（《缶音序》）

这段议论颇有些道理，末两句把诗与文的界分也说明了一点。设若他专从“难言不测之妙，感触突发……”上用工夫，他的作品当然是有可观的；可惜他只在形式上注意，并没有实行自家的理想，所以《四库总目·空同集提要》里说：“句拟字摹，食古不化，亦往往有之。”

他对于文以载道也有很好的见解，他说：“道，自道者也；有所为皆非也。”（梦阳《道录序》）又说：“古之文以行，今之文以葩；葩为词腴，行为道华。”（梦阳《文箴》）根据这个道理，他攻击宋人的“无美恶皆欲合道传志”。他不小看“道”，但他决不愿因“道”而破坏了文学。但是，他因此而骂：“宋儒兴，古之文废”，是他一方面攻击宋人，一方面又不敢大胆的去改造；只是一步跨过宋代，而向更古的古董取些形式上的模范；这是他的失败。

王慎中初谈秦汉，谓东京以下无可取。后来明白了欧曾作文的方法，尽焚旧作，一意师仿。这是第二派——由极端的师古，变为退步的摹拟，把宋文也加在模范文之内。那极端复古的是专在格调上注意；这唐宋兼收的注重讲求文章的兴法。茅坤的《八大家文钞》便把唐宋八家之文当作古文。归有光便是以五色圈点《史记》，以示义法。

这两派的毛病在摹古，虽然注意之点不同。所谓格调，所谓义法，全是枝节问题，未曾谈到文学的本身。《四库提要》里说得很到家：“自李梦阳《空同集》出，以字句摹秦汉，而秦汉为窠臼。自坤《白华楼稿》出，以机调摹仿唐宋，而唐宋又为窠臼。”

到了清代，论诗的有王士祯之主神韵，沈德潜的重格调，袁枚的主性灵。王的注重得意忘言，平淡静远，是忘了诗人的情感不一定永是恬静的。“空山不见人，但闻人语响”自然是幽妙之境了，可是杜甫的《兵车行》也还是好诗。诗中有画自是中国诗的妙处，可是往往因求这个境界而缺乏了情感，甚至于带出颓废的气象，正如袁枚说：“阮亭于气魄、性情，俱有所短。”（《诗话》卷四）

沈德潜是重格调的，字面力求合古，立言一归于温柔敦厚。他对于古体近体都有所模范，而轻视元和以下的作品。他也被袁枚驳倒："诗有工拙，而无古今。"（《答沈大宗伯论诗书》）他更极有趣的说明："于孙之貌，莫不本于祖父，然变而美者有之，变而丑者亦有之；若必禁其不变，则虽造物亦有所不能。先生许唐人之变汉、魏，而独不许宋人之变唐，惑也！"沈的主张温柔敦厚，袁枚也有很好的驳辩，他说："艳诗宫体，自是诗家一格。孔子不删郑、卫之诗，而先生独删次回之诗，不已过乎！"又说："夫《关雎》即艳诗也，以求淑女之故，至于辗转反侧，使文生于今遇先生，危矣哉！"（《再答沈大宗伯书》）

袁枚可以算作中国最大的文学批评家。他对神韵说，只承认神韵是诗中的一格，但是不适宜于七言长篇等。对格调说，他不承认诗体是一成不变的。对诗有实用说，他便提出性灵来压倒实用。看他怎样主张性灵：

诗者，人之性情也。近取诸身而足矣。（《随园诗话·补遗》卷一）

凡作诗者，各有身分，亦各有心胸。（《随园诗话》卷四）

凡作诗，写景易，言情难。何也？景从外来，目之所触，留心便得；情从心出，非有一种芬芳悱恻之怀，便不能哀感顽艳。然亦各人性之所近。（《随园诗话》卷六）

他有了这种见解，所以他敢大胆的批评，把格调神韵等都看作片面的问题，不是诗的本体论。有了这种见解，他也就敢说："诗有工拙，而无古今"的话了。这样的主张是空前的，打倒一切的；

他只认定性灵，认定创造，那么，诗便是从心所欲而为言，无须摹仿，无须拘束；这样，诗才能自由，而文艺的独立完全告成了。

在论诗的方面有了袁枚，把一切不相干的东西扫除了去，可惜清代没有一个这样论文的人。一般文人还是舍不得"道"字，像姚鼐的"天地之道，阴阳刚柔而已。文者天地之精英，而阴阳刚柔之发也。"（《复鲁絜非书》）曾国藩的"古之知道者，未有不明于文字者也。"（《与刘孟容书》）这类的话，我们已经听得太多，可以不再引了。总之，他们作文的目的还是为明道，作文的义法也取之古人；内容外表两有限制，自然产生不出伟大的作品。值得一介绍的，只有阮元和章学诚了。

阮元说：

昭明所选，名之曰文，盖必文而后选也，非文则不选也。经也，子也，史也，皆不可专名之为文也。（《书梁昭明太子文选序后》）

这是照着昭明太子的主张，说明一下什么是文。他又说：

为文章者，不务协音以成韵，修词以达远，使人易诵易记；而惟以单行之语，纵横恣肆，动辄千言万字；不知此乃古人所谓直言之言，论难之语，非言之有文者也，非孔子之所谓文也。《文言》数百字，几于字字用韵。孔子于此发明乾坤之蕴，铨释四德之名；几费修词之意，冀达意外之言。要使远近易诵，古今易传。……不但多用韵，抑且多用偶。……凡偶，皆文也。于物，西色相偶而交错之，乃得名曰文；文即象其形也。（《文言说》）

这是说明文必须讲究辞藻对偶，不这样必是直言，不是文。自然非骈俪不算文，固属偏执；可是专以文为载道之具，忽略了文章的美好方面，也是个毛病。况且，设若美是文艺的要素，阮元的主张——虽然偏执——且较别家的只讲明理见道亲切一些了。

章学诚的攻击文病是非常有力的，看他讥笑归有光的以五色圈点《史记》：

……五色标识，各为义例，不相混乱：若者为全篇结构，若者为逐段精采，若者为意度波澜，若者为精神气魄，以例分类，便于拳服揣摩，号为古文秘传。……夫立言之要，在于有物。古人著为文章，皆本于中之所见，初非好为炳炳烺烺，如锦工绣女之矜夸采色已也。富贵公子，虽醉梦中不能作寒酸求乞语；疾痛患难之人，虽置之丝竹华宴之场，不能易其呻吟而作欢笑；此声之所以肖其心，而文之所以不能彼此相易，各自成家者也。今舍己之所求，而摩古人之形似，是杞梁之妻善哭其夫，而西家偕老之妇，亦学其悲号；屈子之自沉汨罗，而同心一德之朝，其臣亦宜作楚怨也，不亦傎乎！（《文史通义·文理》）

再看他攻击好用古字的人们：

唐末五代之风诡矣！称人不名不姓，多为谐隐寓言。观者乍览其文，不知何许人也。如李曰“陇西”，王标“琅琊”，虽颇乖忤，犹曰著郡望也。庄姓则称漆园，牛姓乃称“太牢”，则诙嘲谐剧，不复成文理矣！（《文史通义·繁称》）

看他指摘文人的死守古典，而忘记了所写的是什么。

> 文人固能文矣，文人所书之人，不必尽能文也。叙事之文，作者之言也；为文为质，惟其所欲，期如其事而已矣。记言之文，则非作者之言也；为文为质，期于适如其人之言，非作者所能自主也。……抑思善相夫者，何必尽识“鹿车”“鸿案”；善教子者，岂皆熟记“画荻”“丸熊”。自文人胸有成竹，遂致闺修皆如板印。与其文而失实，何如质以传真也！（《文史通义·古文十弊》）

这些议论都是非常痛快，非常精到的。可惜，谈到文学本身，他还是很守旧的，如“战国之文皆源出于六艺”，又是牵强的找文学来源。“至战国而文章之变尽。至战国而后世之文体备”便是塞住文学的去路。他好像是十分明白摹古的弊病，而同时没有胆气去评断古代作品的真价值；这或者是因为受了传统思想的束缚，不敢叛经背道，所以只能极精切的指出后世文士的毛病，而不敢对文学本身有所主张。因此，他甚至连文集也视为不合干古：“呜呼！著作衰而有文集，典故穷而有类书。学者贪于简阅之易，而不知实学之衰；狃于易成之名，而不知大道之散。”（《文史通义·文集》）古无文集，后人就不应刊刻文集，未免太固执了；难道古人不会印刷术，今人也就得改用竹帛篆写吗？

最近的文说：新文学的运动，到如今已经有四五十年的历史，最显著而有成绩的是“五四”后的白话文学运动。白话文学运动，从这个名词上看，就知道这是文学革命的一个局部问题；是要废弃那古死的文字，而来利用活的言语，这是工具上的问题，不是讨论文学的本身。胡适先生在主张用白话的时候，提出些具体的办法：

一、不做“言之无物”的文字。

二、不做“无病呻吟”的文字。

三、不用典。

四、不用套语滥调。

五、不讲究对仗。

六、不做不合文法的文字。

七、不摹仿古人。

八、不避俗语俗字。

这仍是因为提倡利用白话，而消极的把旧文学的弊病提示出来，指出新文学所应当避免的东西。中国文学经过这番革命，新诗，小说，小品文学，戏剧等才纷纷作建设的尝试。但是，设若我们细细考验这些作品，我们不能说新文学已把这“八不主义”做到；有许多新诗是不用中国典故了，可是，改用了许多古代希腊罗马神话中的故事与人物，还是用典，不过是换了典故的来源。“言之无物”与“无病呻吟”的作品也还很多，不合文法的文字也比比皆是。这种现象，在文学革命期间，或者是不可避免的；其重要原因，还是因为这个文学革命运动是局部的，是消极的，而没有在“文学是什么”上多多的思虑过。就是有一些讨论到文学本身的，也不过是把西洋现成的学说介绍一下，我们自己并没有很大的批评家出来评判指导，所以到现在伟大的作品还是要期之将来的。

最近有些人主张把“文学革命”变成“革命文学”，以艺术为宣传主义的工具，以文学为革命的武器。这种主张是现代的文艺思潮。它的立脚点是一切唯物，以经济史观决定文学的起源与发展。

俄国革命成功了，无产阶级握有政权，正在建设普罗列太里列[1]的文化。文艺是文化中的一要事，所以该当扫除有产阶级的产物，而打着新旗号为第四阶级宣传。

这种手段并不是新鲜的，因为柏拉图在他的《理想国》中也是想以文艺放在政治之下，而替政治去工作。就是中国的“文以载道”也有这么一点意味，虽然中国人的“道”不是什么具体的政治主义，可是拿文艺为宣传的工具是在态度上相同的。这种办法，不管所宣传的主义是什么和好与不好，多少是叫文艺受损失的。以文学为工具，文艺便成为奴性的；以文艺为奴仆的，文艺也不会真诚的伺候他。亚里士多德是比柏拉图更科学一点，他便以文艺谈文艺；在这一点，谁也承认他战胜了柏拉图。普罗文艺中所宣传的主义也许是很精确的，但是假如它们不能成为文艺，岂非劳而无功？他们费了许多工夫证实文艺是社会的经济的产儿，但这只能以此写一本唯物文学史，和很有兴趣的搜求出原始文艺的起源；对于文学的创造又有什么关系呢？文艺作品的成功与否，在乎它有艺术的价值没有，它内容上的含蕴是次要的。因此，现在我们只听见一片呐喊，还没见到真正血红的普罗文艺作品，那就是说，他们有了题目而没有能交上卷子；因为他们太重视了“普罗”而忘了“文艺”。

---

① 现译为无产阶级。

第四讲　文学的特质

这一讲本来应称为“什么是文学”。什么是文学？恐怕永远不会得到最后的答案。提出几个文学的特质，和文学中的重要问题，加以讨论，借以得着个较为清楚的概念，为认识与欣赏文学的基础，这较比着是更妥当的办法。这个进程也不是不科学的，因为打算捉住文学的构成原素必须经过逻辑的手段，从比较分析归纳等得到那一切文学作品所必具的条件。这是一个很大的志愿，其中需要的知识恐怕不是任何人在一生中所能集取得满足的；但是，消极地说，我们有“科学的”一词常常在目前，我们至少足以避免以一时代或一民族的文学为解决文学一切问题的钥匙。我们知道，整个文学是生长的活物的观念，也知道当怎样留神去下结论，更知道我们的知识是多么有限；有了这种种的警惕与小心，或者我们的错误是可以更少一点的。文学不是科学，正与宗教美学艺术论一样的有非科学所能解决之点，但是从另一方面看，科学的研究方法本来不是要使文学或宗教等变为科学，而是使它们增多一些更有根据的说明，使我们多一些更清楚的了解。科学的方法并不妨碍我们应用对于美学或宗教学所应有的常识的推理与精神上的经验及体会，研究文学也是如此：文学的欣赏是随着个人的爱好而不同的，但是被欣赏的条件与欣赏者的心理是可以由科学的方法而发现一些的。

在前两讲中我们看见许多问题，文学中的道德问题，思想问题，形式与内容的问题，诗与散文的问题；和许多文学特质的价值的估定，美的价值，情感的价值，想象的价值等等。这些都是我们必须详细讨论的。但是，在讨论这些之前，我们要问一句，中国文学中有没有忽略了在世界文学里所视为重要的问题？这极为重要，因为不这么设问一下，我们便容易守着一些旧说而自满自足，不再去看那世界文学所共具的条件，因而也就不能公平的评断我们自家的文艺的真价值与成功何在。

中国没有艺术论。这使中国一切艺术吃了很大的亏。自然，艺术论永远不会代艺术解决了一切的问题，但是艺术上的主张与理论，无论是好与坏，总是可以引起对艺术的深厚趣味；足以划分开艺术的领域，从而给予各种艺术以适当的价值；足以为艺术的各枝对美的、道德的等问题作个通体盘算的讨论。柏拉图与亚里士多德的文学理论，在今日看起来，是有许多错误的，可是他们都以艺术为起点来讨论文学。不管他们有多少错误，他们对文学的生长与功能全得到一个更高大更深远的来源与根据；他们看文学不像个飘萍，不是个寄生物，而是独立的一种艺术。以艺术为起点而说文学，就是柏拉图那样轻视艺术也不能不承认荷马的伟大与诗人的须受了神明的启示而后才作得出好文章来。中国没有艺术论，所以文学始终没找着个老家，也没有一些兄弟姐妹来陪伴着。“文以载道”是否合理？没有人能作有根据的驳辩，因为没有艺术论作后盾。文学这样的失去根据地，自然便容易被拉去作哲学和伦理的奴仆。文学因工具——文字——的关系托身于哲学还算幸事，中国的图画、雕刻与音乐便更可怜，它们只是自生自灭，没有高深透彻的理论与宣传为它们倡导激励。中国的文学、图画、雕刻、音乐往好里说全是足以“见道”，往坏里说都是“雕虫小技”：前者是把艺术完全视为道德的附属物，后者是把它们视为消遣品。

设若以文学为艺术之一枝便怎样呢？文学便会立刻除掉道德的或任何别种不相干的东西的鬼脸而露出它的真面目。文学的真面目是美的，善于表情的，聪明的，眉目口鼻无一处不调和的。这样的一个面目使人恋它爱它赞美它，使人看了还要看，甚至于如癫如狂地在梦中还记念着它。道德的鬼脸是否能使人这样？谁都能知道怎么回答这个问题。

这到了该说文学的特质的时候了，虽然我们还可以继续着指出中国文学中所缺乏的东西，如文学批评，如文学形式与内容的详细讨论，如以美学为观点的文学理论等等，但是这些个的所以缺乏，大概还是因为我们没有“艺术”这个观念。虽然我们有些类似文学评论的文章，可是文学批评没有成为独立的文艺，因为没有艺术这个观念，所以不能想到文学批评的本身应当是创造的文艺呢，还是只管随便的指摘出文学作品一些毛病。形式与内容的关系也是由讨论整个的艺术才能提出，因为在讨论图画雕刻与建筑之美的时候，形式问题是要首先解决的。有了形式问题的讨论，形式与内容的关系自然便出来了。对于美学，中国没有专论，这是没有艺术论的自然结果。但是我们还是先讨论文学的特质吧。

文学是干什么的呢？是为说明什么呢——如说明“道”——还是另有作用？从艺术上看，图画、雕刻、音乐的构成似乎都不能完全离开理智，就是音乐也是要表现一些思想。文学呢，因为工具的关系，是比任何艺术更多一些理智分子的。那么，理智是不是文学的特质呢？不是！从几方面看它不是：（一）假如理智是个文学特质，为什么那无理取闹的《西游记》与喜剧们也算文艺作品呢？为什么那有名的诗，戏剧，小说，大半是说男女相悦之情，而还算最好的文艺呢？（二）讲理的有哲学，说明人生行为的有伦理学，为什么在这两种之外另要文学？假如理智是最要紧的东西；假如文学的责任也在说理，它又与哲学有何区别呢？（三）供给我们知识的自有科学，为什么必须要文学，假如文学的功用是在满足求知的欲望？要回答这些问题，我们不能不说理智不是文学的特质，虽然理智在文学中也是重要的分子。什么东西拦住理智的去路呢？情感。

为什么《西游记》使人爱读，至少是比韩愈的《原道》使人更爱读？因为它使人欣喜——使人欣喜是艺术的目的。为何男女相爱的事自最初的民歌直至近代的诗文总是最时兴的题目？因为这个题目足以感动心灵。陆机、袁牧等所主张的对了，判定文艺是该以能否感动为准的。理智不是坏物件，但是理智的分子越多，文学的感动力越少，因为"文学都是要传达力量，凡为发表知识的不是文学"。我们读文艺作品也要思索，但是思索什么？不是由文学所给的那点感动与趣味，而设身处地的思索作品中人物与事实的遭遇吗？假如不是思索这个，文学怎能使我们忽啼忽笑呢？不能使我们哭笑的作品能否算为文学的成功？理智是冷酷的，它会使人清醒，不会让人沉醉。自然，有些伟大的诗人敢大胆的以诗来谈科学与哲理，像Lucretius[①]与但丁。但是我们读诗是否为求知呢？不是。这两位诗人的大胆与能力是可佩服的，但是我们只能佩服他们的能力与

① 卢克莱修（前98—前55），古罗马哲学家、诗人。

胆量，而不能因此就把科学与哲理的讨论作为诗艺的正当的题材。因为我们明知道，就以但丁说吧，《神曲》的伟大决不是因为他敢以科学作材料，而是在乎他能在此以外还有那千古不朽的惊心动魄的心灵的激动；因此，他是比Lucretius更伟大的诗人；Lucretius只是把别人的思想铸成了诗句，这些思想只有一时的价值，没有文学的永久性。我们试看杜甫的《北征》里的“……学母无不为，晓妆随手抹；移时施朱铅，狼藉眉目阔。生还对童稚，似欲忘饥渴；问事竞挽须，谁能即嗔喝……”这里有什么高深的思想？为什么我们还爱读呢？因为其中有点不可磨灭的感情，在唐朝为父的是如此，到如今还是如此。自然，将来的人类果真能把家庭制度完全取消，真能保持社会的平和而使悲剧无由产生，这几句诗也会失了感动的能力。但是世界能否变成那样是个问题，而且无论怎样，这几句总比“衰荣无定在，彼此更共之。邵生瓜田中，宁似东陵时。寒暑有代谢，人道每如兹……”（陶潜）要留传得久远一些，因为杜甫的《北征》是人生的真经验，是带着感情写出的；陶潜的这几句是个哲学家把一段哲理装入诗的形式中，它自然不会使读者的心房跳跃。感情是否永久不变是不敢定的，可是感情是文学的特质是不可移易的，人们读文学为是求感情上的趣味也是万古不变的。我们可以想象到一个不动感情的人类（如Aldous Huxley[①]在*Brave New World*[②]中所形容的），但是不能想象到一个与感情分家的文学；没有感情的文学便是不需要文学的表示，那便是文学该死的日子了。那么，假如有人以为感情不是不变的，而反对感情的永久性之说，他或者可以承认感情是总不能与文艺离婚的吧？

---

① 奥尔德斯·赫胥黎（1894—1963），英国小说家。

② 《美好的新世界》。

伟大的文艺自然须有伟大的思想和哲理，但是文艺中怎样表现这思想与哲理是比思想与哲理的本身价值还要大得多；设若没有这种限制，文艺便与哲学完全没有分别。怎样的表现是艺术的问题，陈说什么是思想的问题，有高深的思想而不能艺术的表现出来便不能算作文艺作品。反之，没有什么高深的思想，而表现得好，便还算作文艺，这便附带着说明了为什么有些无理取闹的游戏文字可以算作杰作，“幽默”之所以成为文艺的重要分子也因此解决。谈到思想，只有思想便好了；谈到文艺，思想而外还有许多许多东西应当加以思考的：风格，形式，组织，幽默……这些都足以把思想的重要推到次要的地位上去。风格，形式等等的作用是什么？帮助思想的清晰是其中的一点，而大部分还是为使文艺的力量更深厚，更足以打动人心。笔力脆弱的不能打动人心，所以须有一种有力的风格；乱七八糟的一片材料不能引人入胜，所以须有形式与组织。怎样表现便是怎样使人更觉得舒适，更感到了深厚的情感。这便是Longinus①所谓的Sublime②，他说：“天才的作品不是要说服，而是使人狂悦——或是说使读者忘形。那奇妙之点是不管它在哪里与在何时发现，它总使我们惊讶；它能在那要说服的或悦耳的失败之处得胜；因信服与否大半是我们自己可以作主的，但是对于天才的权威是无法反抗的。天才把它那无可抵御的意志压在我们一切人的头上。”这点能力不是思想所能有的。思想是文艺中的重要东西，但是怎样引导与表现思想是艺术的，是更重要的。

我们读了文学作品可以得到一些知识，不错；但是所得到的是什么知识？当然不是科学所给的知识。文学与别的艺术品一样，是

---

① 朗吉努斯，古希腊作家。

② 意为崇高的。

解释人生的。文学家也许是写自己的经历，像杜甫与W-ordsworth[①]，也许是写一种天外飞来的幻想，像那些乌托邦的梦想者，但是无论他们写什么，他们是给人生一种写照与解释。他们写的也许是极平常的事，而在这平凡事实中提到一些人生的意义，这便是他们的哲理，这便是他们给我们的知识。他们的哲理是用带着血肉的人生烘托出来的，他们的知识是以人情人心为起点，所以他们的哲理也许不很深，而且有时候也许受不住科学的分析，但是这点不高深的哲理在具体的表现中能把我们带到天外去，我们到了他们所设的境界中自然能体会出人生的真意义。我们读文艺作品不是为引起一种哲学的驳难，而是随着文人所设下的事实而体会人生；文人能否把我们引入另一境界，能否给我们一种满意的结局，便是文人的要务。科学家们是分头的研究而后报告他们的获得，文学家是具体的创造一切。因为文学是创造的，所以其中所含的感情是比知识更重要更真切的。知识是个人的事，个人有知识把它发表出就完了，别人接受它与否是别人的事。感情便不止于此了，它至少有三方面：作家的感情，作品中人物的感情，和读者的感情。这三者怎样的运用与调和不是个容易的事。作者自己的感情太多了，作品便失于浮浅或颓丧或过度的浪漫；作品中人物的感情如何，与能引起读者的感情与否，是作者首先要注意的。使人物的感情有圆满适宜的发泄，而后使读者同情于书中人物，这需要艺术的才力与人生的知识。读者于文学作品中所得的知识因此也是关于人生的；这便是文学所以为必要的，而不只是一种消遣品。

以上是讲文学中的感情与思想的问题，其结论是：感情是文学

---

① 威廉·华兹华斯（1770—1850），英国诗人。

的特质之一；思想与知识是重要的，但不是文学的特质，因为这二者并不专靠文学为它们宣传。

道德的目的是不是文学的特质之一呢？有美在这里等着它。美是不偏不倚，无利害的，因而也就没有道德的标准。美是一切艺术的要素，文学自然不能抛弃了它；有它在这里，道德的目的便无法上前。道德是有所为的，美是超出利害的，这二者的能否调和，似乎还没有这二者谁应作主的问题更为重要，因为有许多很美的作品也含有道德的教训，而我们所要问的是到底道德算不算与美平行的文学特性？

在第二、三两讲中，我们看见许多文人谈论"道"的问题，有的以"道"为哲学，这在前面已讨论过，不要再说；有的以"道"为实际的道德，如"且所谓文者，务为有补于世而已矣。"我们便由这里讨论起。

我们先引一小段几乎人人熟悉的文字："枯藤老树昏鸦，小桥流水人家，古道西风瘦马，夕阳西下，断肠人在天涯！"这是不是公认的最美妙的一段？可是，这有补于世与否？我们无须等个回答。这已经把"务为有补于世"的"务"字给打下去。那么，像白居易的《折臂翁》（戍边功也），和他那些新乐府（为君为臣为民为物为事而作，不为文而作也），虽都是有道德的目的，可是有些是非常的美丽真挚，又算不算最好的诗艺呢？还有近代的主张为人生而艺术的也是以文艺为一种人生苦痛的呼声，是不是为"有补于世"作证呢？

在回答这个以前，我们再提出反面的问题：不道德的文艺，可是很美，又算不算好的文艺呢？

美即真实，真实即美，是人人知道的。W. Blake[①]也说：“不揭示出赤裸裸的美，艺术即永不存在。”这是说美须摘了道德的鬼脸。由这个主张看，似乎美与道德不能并立。那主张为艺术而艺术的便完全把道德放在一边。那唯美主义的末流便甚至拿那淫丑的东西当作美的。这样的主张也似乎不承认那有道德的教训而不失为美好的作品，可是我们公平的看来，像白居易的新乐府，纵然不都是，至少也有几首是很好的文艺作品。这怎么办呢？假如我们只说，这个问题要依对艺术的主张而异，便始终不会得个决定的论断，那便与我们的要提出文学特质的原意相背。

主张往往是有成见的，我们似乎没有法子使柏拉图与王尔德的意见调和起来，我们还是从文学作品本身看吧。我们看见过多少作品——而且是顶好的作品——并没有道德目的；为何它们成为顶好的作品呢？因为它们顶美。再看，有许多作品是有道德的教训的，可是还不失为文艺作品，为什么呢？因为其中仍有美的成份。再看，有些作品没有道德的目的，而不成为文艺品，为什么呢？因为不美，或者是以故意不道德的淫丑当作了美。这三种的例子是人人可以自己去找到的。在这里，我们看清楚了，凡是好的文艺作品必须有美，而不一定有道德的目的。就是那不道德的作品，假如真美，也还不失为文艺的；而且这道德与不道德的判定不是绝对的，有许多一时被禁的文学书后来成了公认的杰作——美的价值是比道德的价值更久远的。那有道德教训而不失为文艺作品的东西是因为合了美的条件而存在，正如有的哲学与历史的文字也可以被认为文学：不是因为它们的道理与事实，而是因为它们的文章合了文学的

① 威廉·布莱克（1757—1827），英国诗人、版画家。

条件。专讲道德而没有美永不会成为文学作品。在文学中，道德须趋就美，美不能俯就道德，美到底是绝对的；道德来向美投降，可以成为文艺，可是也许还不能成为最高的文艺；以白居易说，他的传诵最广的诗恐怕不是那新乐府。自然，文学作品的动机是有种种，也许是美的，也许是道德的，也许是感情的……假如它是个道德的，它必须要设法去迎接美与感情，不然它只好放下它要成为文学作品的志愿。文学的责任是艺术的，这几乎要把道德完全排斥开了。艺术的，是使人忘形的；道德的，立刻使心灵坠落在尘土上。

“去创造一朵小花是多少世纪的工作。诗的天才是真的人物。”（Blake）美是文学的特质之一。

文人怎样把他的感情传达出来呢？寡妇夜哭是极悲惨的事，但是只凭这一哭，自然不能成为文学。假如一个文人要代一个寡妇传达出她的悲苦，他应当怎样办呢？

文人怎样将美传达出来呢？

这便须谈到想象了。凡是艺术品，它的构成必不能短了想象。经验与事实是重要的，但是人人有些经验与事实，为什么不都是文人呢？就是讲一个故事或笑话，在那会说话的人口中，便能引起更有力的反应，为什么？因为他的想象力能想到怎样去使听众更注意，怎样给听众一些出其不备的刺激与惊异；这个，往大了说，便是想象的排列法。艺术作品的成功大半仗着这个排列法。艺术家不是只把事实照样描写下来，而是把事实从新排列一回，使一段事实成为一个独立的单位，每一部分必与全体恰好有适当的联属，每一穿插恰好是有助于最后的印象的力量。于此，文学的形式之美便像一朵鲜花：拆开来，每一蕊一瓣也是朵独立的小花；合起来，还是香色俱美的大花。文艺里没有绝对的写实；写实只是与浪漫相对的名词。绝对的写实便是照相，照相不是艺术。文艺作品不论是多么短或多么长，必须成个独立的单位，不是可以随便添减的东西。一首短诗，一出五幕剧，一部长小说，全须费过多少心血去排列得像个完好的东西。作品中的事实也许是出于臆造，也许来自真的经验，但是它的构成必须是想象的。自然，世界上有许多事实可以不用改造便成个很好的故事；但是这种事实只能给文人一点启示，借这个事实而写成的故事，必不是报纸上的新闻，而是经过想象陶炼的艺术品。这不仅是文艺该有的方法，而且只有这样的文艺才配称为生命的解释者。这就是说，以科学研究人生是部分的，有的研究生理，有的研究社会，有的研究心理；只有文艺是整个的表现，是能采取宇宙间的一些事实而表现出人生至理；除了想象没有第二个方法能使文学做到这一步。以感情说吧，文人听见一个寡妇夜哭，他必须有相当的想象力，他才能替那寡妇伤心；他必须有很大的想象力才能代她作出个极悲苦的故事，或是代她宣传她的哭声到天边地角去；他必须有极大的想象力才能使他的读者读了而同情于这寡妇。

亚里士多德已注意到这一点。他说："一个历史家与一个诗人……的不同处是：一个是说已过去的事实，一个是说或者有过的事实。"拿韵文写历史并不见得就是诗，因为它没有想象；以四六文写小说，如没有想象，还是不算小说。亚里士多德也提到"比喻"的重要，比喻是观念的联合；这便说到文艺中的细节目也需要想象了。文艺作品不但在结构上事实上要有想象，它的一切都需要想象。文艺作品必须有许多许多的极鲜明的图画，对于人，物，风景，都要成为立得起来的图画；因为它是要具体的表现。哪里去寻这么多鲜明的立得起来的图画？文艺是以文字为工具的，就是能寻到一些图画，怎么能用文字表现出呢？非有想象不可了。“想象是永生之物的代表。”一切东西自然的存在着，我们怎能凭空的把它的美妙捉住？文字既非颜色，怎能将自然中的色彩画出来？事实本不都是有趣的，有感力的，我们怎么使它们有趣有感力？一篇作品是个整个的想象排列，其中的各部分，就是小至一个字或一句话或一个景象，还是想象的描画。最显然的自然是比喻：因为多数的景象是不易直接写出的，所以拿个恰好相合的另一景象把它加重的烘托出；这样，文艺中的图画便都有了鲜明的颜色。《饮中八仙歌》里说：“宗之萧洒美少年”，怎样的美呢？“皎如玉树临风前”。这一个以物比人的景象便给那美少年画了一张极简单极生动的像。可是，这种想象还是容易的，而且这在才力微弱一点的文人手里往往只作出一些“试想”，而不能简劲有力的画出。中国的赋里最多这种毛病：用了许多“如”这个，“似”那个，可是不能极有力的描画出。文艺中的想象不限于比喻，凡是有力的描画，不管是直接的或间接的，不管是悲惨的或幽默的，都必是想象的作用。还拿《饮中八仙歌》说吧：“饮如长鲸吸百川”固然是夸大的比拟，可是“知章骑马似乘船，眼花落井水底眠”便不仅是观念的联合，以一物喻另一物了，而是给贺知章一个想象的人格与想象的世界；这是杜甫“诗眼”中的感觉。杜甫的所以伟大便在此，因为他不但只用比拟，而是把眼前一切人物景色全放在想象的炉火中炼出些千古不灭的图画：“想象是永生之物的代表”。“山雪河冰野萧瑟，青是烽烟白人骨”（《悲青坂》）是何等的阴惨的景象！这自然也许是他的真经验，但是当他身临其地的时候，他所见的未必只是这些，那个地方——和旁的一切的地方一样——并没给他预备好这么两句，而是他把那一切景色，用想象的炮制，锻炼出这么两句来，这两句便是真实，便是永生。“江头宫殿锁千门，细柳新蒲为谁绿？”（《哀江头》）人人经过那里可以看见闭锁的宫殿，与那细柳新蒲，但是“为谁绿”这一问，便把静物与静物之间添上一段深挚的感情，引起一些历史上的慨叹。这是想象。只这两句便可以抵得一篇《芜城赋》！

想象，它是文人的心深入于人心、世故、自然，去把真理捉住。他的作品的形式是个想象中炼成的一单位，便是上帝造万物的计划；作品中的各部各节是想象中炼成的花的瓣，水的波；作品中的字句是想象中炼成的鹦鹉的羽彩，晚霞的光色。这便叫作想象的结构，想象的处置，与想象的表现。完成这三步才能成为伟大的文艺作品。

感情与美是文艺的一对翅膀，想象是使它们飞起来的那点能力；文学是必须能飞起的东西。使人欣悦是文学的目的，把人带起来与它一同飞翔才能使人欣喜。感情，美，想象，（结构，处置，表现）是文学的三个特质。

知道了文学特质，便知道怎样认识文学了。文学须有道德的目的与文学是使人欣悦的问题争斗了多少世纪了，到底谁战胜了？看看文学的特质自然会晓得的。文学的批评拿什么作基础？不论是批评一个文艺作品，还是决定一个作家是否有天才，都要拿这些特质作裁判的根本条件。文学的功能是什么？是载道？是教训？是解释人生？拿文学特质来决定，自然会得到妥当的答案的。文学中的问题多得很，从任何方面看都可以引起一些辩论：形式，风格，幽默，思想，结构……都是我们应当注意的，可是讨论这些问题都不能离开文学特质；抽出文艺问题中的一点而去凭空的发议论，便是离天文学而谈文学；文艺是一个，凡是文艺必须与文学特质相合。

批评一个作品必须看作者在这作品中完成了文学的目的没有；建设一个文学理论必须由多少文艺作品找出文学必具的条件，这是认识文学的正路。

要认识或欣赏文艺，必须由文艺本身为起点，因为只有文艺本身是文学特质的真正说明者。文艺的社会背景，作家的历史，都足以帮助我们能更多认识一些作品的价值，但是这并不是最重要的，因为即使没有这一层工作，文艺本身的价值并不减少。设若我们专追求文艺的历史与社会背景，而不看文艺的本身，其危险便足以使人忘了文学而谈些不相干的事。胡适之先生的《红楼梦考》是有价值的，因为它能增加我们对《红楼梦》的欣赏。但是，这只是对于读者而言，至于《红楼梦》本身的价值，它并不因此而增多一些；有些人专从文学眼光读《红楼梦》，他们所得到的未必不比胡适之先生所得到的更多。至于蔡元培先生的《石头记索隐》便是猜谜的工作了，是专由文艺本身所没说到的事去设想；设若文人的心血都花费在制造谜语，文人未免太愚了。文人要说什么便在作品中说出来，说得漂亮与否，美满与否，笔尖带着感情与否，这是我们要注意的。文人美满的说出来他所要说的，便是他的成功；他若缺乏艺术的才干，便不能圆满而动人的说出，便是失败。文学本身是文学特质的唯一的寄存处。

第五讲　文学的创造

柏拉图为追求正义与至善，所以拿社会的所需规定艺术的价值：凡对社会道德有帮助的便是好的，反之就不好。他注意艺术只因艺术能改善公民的品德。艺术不是什么独立的创造，而是摹拟；有许多东西是美丽的，可是绝对的美只有一个。这个绝对的美只能在心中体认，不能用什么代表出来；表现美的东西只是艺术家的摹仿，不是美的本体。因此，艺术的创造是不能有的事。

但是，艺术家怎样摹仿？柏拉图说：

> 诗人是个轻而有翼的神物，非到了受了启示，忘了自己的心觉，不能有所发明；非到了这忘形的地步，他是毫无力量，不能说出他的灵咒。（*Ion*）①

这岂不是说创造时的喜悦使人若疯若痴么？创造家被创造欲

① 见《伊安篇》。

逼迫得绕床狂走，或捋掉了吟髭，不是常有的事么？柏拉图设若抱定这个说法，他必不难窥透创造时的心情，而承认创造是生活的动力。W. Blake说："柏拉图假苏格拉底司之口，说诗人与预言家并不知道或明白他们所写的说的；这是个不近情理的错误。假如他们不明白，难道比他们低卑的人可以叫作明白的吗？"

但是柏拉图太看重他的哲学：虽然艺术家受了神的启示能忘了自己，但是他只能摹拟那最高最完全最美的一些影子。我们不能佩服这个说法。试看一个野蛮人画一个东西，他自然不会画得很正确，但是他在这不很正确的表现中添上一点东西——他自己对于物的觉得。不论他画得多么不好，他这个图画必定比原照相多着一点东西，照相是机械的，而图画是人对物之特点特质的直觉，或者说"妙悟"；它必不完全是摹仿。画家在纸上表现的东西并不是真东西，画上的苹果不能作食品；它是把心中对苹果的直觉或妙悟画了出来，那个苹果便表现着光，色，形式的美。这个光，色，形式的总合是不是美的整个？是不是创造力的表现？不假借一些东西，艺术家无从表现他的心感；但是东西只能给他一些启示；他的作品是心灵与外物的合一，没有内心的光明，没有艺术化的东西。艺术品并非某事某物的本象，是艺术家使某事某物再生再现；事物的再生再现是超乎本体的，是具体的创造。"使观察放宽门路，检阅人类自中国到秘鲁"。（Johnson）[①]是的，艺术家是要下观察的工夫。但是艺术如果不只是抄写一切，这里还需要像Dryden[②]的批评莎士比亚："他不要书籍去认识自然；他的内心有，他在那里找到了她。"观察与想象必须是创造进程的两端："鸡虫得失无了时"是

---

① 塞缪尔·约翰逊（1709—1784），英国文学评论家、诗人。

② 约翰·德莱顿（1631—1700），英国诗人、剧作家。

观察来的经验；但是“注目寒江倚山阁”（杜甫《缚鸡行》）是诗人的所以为诗人。诗人必须有渗透事物之心的心，然后才能创造出一个有心有血的活世界。谁没见过苹果？为什么单单的爱看画家的那个苹果？看了还要看？因为那个苹果不仅是个果子，而且是个静的世界；苹果之所以为苹果，和人心中的苹果，全表现在那里；它比树上的真苹果还多着一些生命，一些心血。艺术家不只观察事物，而且要深入事物的心中，为事物找出感情，美，与有力的表现来。要不是这么着，我们将永不能明白那“愁心极杨柳，一种乱如丝。”（孟浩然《春怨》）或“平畴交远风，良苗亦怀新。”（陶潜《癸卯岁始春怀古田舍》）或“觉来眄庭前，一鸟花间鸣，借问此何时，春风语流莺。”（李白《春日醉起言志》）到底有什么好处。我们似乎容易理解那“绿树村边合，青山郭外斜。”（孟浩然《过故人庄》）与“寂寥天地暮，心与广川闲。”（王维《登河北城楼作》）因为前者是个简单的写景，后者是个简单的写情。至于那“良苗亦怀新”与“春风语流莺”便不这样简单了，它们是诗人心中的世界，一个幻象中的真实，我们非随着诗人进入他所创造的世界，我们便不易了解他到底说些什么。诗人用他独具的慧眼看见“黄河之水天上来”，或是“黄河如丝天际来”，或是“舞影歌声教渌池，空馀汴水东流海。”（均李白句）假如我们不能明白诗人的伟大磅礴的想象，我们便不是以这些句子为一种夸大之词，便是批评它们不合理。我们容易明白那描写自然与人生的，而文艺不只在乎描写，它还要解释自然与人生；在它解释自然的时候，它必须有个一切全是活着的世界。在这世界里，春风是可以语流莺的，黄河之水是可以自天上来的。在它解释人生的时候，便能像预言家似的为千秋万代写下一种真理：“古时丧乱皆可知，人世悲欢暂相

遣。”（杜甫《清明》）

那么，创造和摹拟不是一回事了。

由历史上看，当一派的诗艺或图画固定的成了一派时，它便渐渐由盛而衰，好像等着一个新的运动来替换它似的。为什么？因为创作与自由发展必是并肩而行的；及至文艺成了一派，人们专看形式，专摹仿皮面上一点技巧，这便是文艺寿终之日了。当一派正在兴起之时，它的产品是时代的动力的表现，不仅由时代产生作品，也由作品产生新时代。这样的作品是心的奔驰，思想的远射。到了以摹仿为事的时节，这内心的驰骋几乎完全停止，只由眼与手的灵巧作些假的古物，怎能有生命呢？古典主义之后有浪漫主义，这浪漫主义便恢复了心的自由，打破了形式的拘束。有光荣的文学史就是心灵解放的革命史。心灵自由之期，文艺的进行线便突然高升；形式义法得胜之时，那进行线便渐渐驰缓而低落。这似乎是驳难中国文人的文艺主张了，与柏拉图已无关系。柏位图的摹仿说是为一切艺术而发的，是种哲理，他并没有指给我们怎样去摹仿。中国人有详细的办法：“为诗要穷源溯流，先辨诸家之派，如何者为曹刘，何者为沈宋，何者为陶谢……析入毫芒，学焉而得其性之所近。不然，胡引乱窜，必入魔道！”（《燃灯记闻》）这个办法也许是有益于初学的，但以此而设文艺便是个大错误。何者为曹刘，何者为沈宋，是否意在看清他们的时代的思想、问题等等？是否意在看清他们的个性？是否意在看清他们的所长与所短？假如意不在此，便是盲从，便是把文艺看成死物。不怪有个英人（忘其姓名）说，中国人的悲感，从诗中看，都是一样的：不病也要吃点药，醉了便写几句诗，得不到官作便喝点酒……是的，中国多数写诗的人连感情都是假的，因为他们为摹拟字句而忘了钻入社会的深处，忘了细看看自己的心，怎能有深刻之感呢？“读书破万卷，下笔如有神”是他们的口号；但是他们也许该记得“尽信书则不如无书”吧！

说到这里，我们要问了：到底人们为何要创作呢？回答是简单的：为满足个人。

凡是人必须工作，这不需要多少解释。“不劳无食”的主张只是要把工作的质量变动增减一些而已，其实无论在何种社会组织之下，人总不能甘心闲着的；有闲阶级自有消闲的办法。在工作里，除非纯粹机械的，没有人不想表现他自己的（所谓机械的不必是用机器造物，为金字塔或长城搬运石头的人大概比用机器的工人还苦得多）。凡是经过人手制作的东西，他的个人也必在里面。这种表现力是与生俱来的，是促动人类作事的原力。表现的程度不同，要表现自己是一样的。表现的方法不同，由表现得来的满足是一样。因为这样，所以表现个人的范围并不限于个人。表现力大的人，以个人的表现代作那千千万万人所要表现的；为满足自己，也满足了别人。别人为什么也能觉得满足呢？因为他们也有表现欲，所以因为自己的要表现而能喜爱别人的创作物。人类自有史以来至今日，虽没有很大的进步，可是没有一时不在改变中，因为工作的满足不只是呆板的摹仿。当欧洲在信仰时代中，一个城市要建筑个礼拜堂，于是瓦匠、石匠木匠、雕刻家、画家、建筑家便全来了，全拿出最好的技能献给上帝。这个教堂便是一时代艺术的代表。一教堂如此，一个社会，一个世界也是如此，个人都须拿出最好的表现，献给生命。不如是，生命便停止，社会便成了一堆死灰。萧伯纳说过：只有母亲生小孩是真正的生产。我们也可以说，只有艺术品是真正的生产。艺术家遇到启示，便好像怀了孕，到时候非生产不可；生产下来虽另一物，可是还有它自己在内；所以艺术品是个性的表现，是美与真理的再生。

创造与摹拟的分别也在这里，创造是被这表现力催促着前进，非到极精不能满足自己。心灵里燃烧着，生命在艺术境域中活着，为要满足自己把宇宙擒在手里，深了还要深，美了还要美，非登峰造极不足消减渴望。摹拟呢，它的满足是有限的，貌似便好，以模范为标准，没有个人的努力；丢失了个人，还能有活气么？《日知录》里说："一代之文，沿袭已久，不容人人皆道其语。今且千数百年矣，而犹取古人之陈言——而摹仿之，以是为诗可乎？故不似则失其所以为诗，似则失其所以为我。李杜之诗所以高出于唐人者，以其未尝不似而未尝似也。"只求似不似，有些留声机片便可成音乐家了。

"所谓作家的生命者，换句话，也就是那人所有的个性、人格。再讲得仔细些，则说是那人的内底经验的总量，就可以吧。"

艺术即："表现出真的个性，捕捉了自然人生的姿态，将这些在作品上给予生命而写出的。艺术和别的一切的人类活动不同之点，就是在艺术是纯然的个人底的活动。"

这是厨川白村的话，颇足以证明个性与艺术的关系。《饮冰室》里说得好："月上柳梢头，人约黄昏后。"与"杜宇声声不忍闻，欲黄昏，雨打梨花深闭门。"同一黄昏也，而一为欢憨，一为愁惨，其境绝异。……"舳舻千里，旌旗蔽空。酾酒临江，横槊赋诗。"与"浔阳江头夜送客，枫叶荻花秋瑟瑟。主人下马客在船，举酒欲饮无管弦。"同一江也，同一舟也，同一酒也，而一为雄壮，一为冷落，其境绝异。然则天下岂有物境哉，但有心境而已。

容我打个比喻：假设文学家的心是甲，外物是乙，外物与心的接触所得的印象是丙，怎样具体的写出这印象便是丁。丁不仅是乙的缩影，而是经过甲的认识而先成为丙，然后成为丁——文艺作品。假如没有甲，便一切都不会发生。再具体一点的说，甲是厨子的心，乙是鱼和其他材料，丙是厨子对鱼与其他材料的设计；丁是做好的红烧鱼。鱼与其他材料是固定的，而红烧鱼之成功便全在厨子的怎样设计与烹调。我们看见一尾鱼时，便会想到："鱼我所欲也"；但是我们与鱼之间总是茫然，红烧鱼在我们脑中只是个理想；只有厨子替我们做好，我们才能享受。以粗喻深，文学也是这样，人们全时时刻刻在那里试验着表现，可是终于是等别人作出来我们才恍然觉悟：啊，原来这就是我所要表现而没有办到的那一些。假如我们都能与物直接交通，艺术家便没有用了；艺术家的所以可贵，便是他能把自然与人生的秘密赤裸裸的为我们揭示开。

那么，"只有心境"与艺术为自我表现，是否与文学是生命的解释相合呢？没有冲突。所谓自我表现是艺术的起点，表现什么自然不会使艺术落了空。人是社会的动物，艺术家也不能离开社会。社会的正义何在？人生的价值何在？艺术家不但是不比别人少一些关切，而是永远站在人类最前面的；他要从社会中取材，那么，我们就可以相信他的心感决不会比常人迟钝，他必会提到常人还未看见的问题，而且会表现大家要嚷而不知怎样嚷出的感情。所谓满足自己不仅是抱着一朵假花落泪，或者是为有闲阶级作几句髻儿词，而是要替自然与人生作出些有力的解释。偏巧社会永远是不完全的，人生永远是离不开苦恼的，这便使文人时时刻刻的问人生是什么？这样，他不由得便成了预言家。文学是时代的呼声，正因为文人是要满足自己；一个不看社会，不看自然，而专作些有韵的句子或平稳的故事的人，根本不是文人；他所得的满足正如一个不会唱而哼哼的人；哼哼不会使他成个唱家。所谓个性的表现不是把个人一些细小的经验或低卑的感情写出来便算文学作品。个性的表现是指着创造说的。个人对自然与人生怎样的感觉，个人怎样写作，这是个性的表现。没有一个伟大的文人不是自我表现的，也没有一个伟大的文人不是自我而打动千万人的热情的。创造是最纯洁高尚的自我活动，自我辏射出的光，能把社会上无谓的纷乱，无意识的生活，都比得太藐小了，太污浊了，从而社会才能认识了自己，才有社会的自觉。创造欲是在社会的血脉里紧张着；它是社会上永生的唯一的心房。艺术的心是不会死的，它在什么时代与社会，便替什么时代与社会说话；文学革命也好，革命文学也好，没有这颗心总不会有文艺。

培养这颗心的条件太多了；我们应先有培养这颗心的志愿。为满足你自己，你便可以冲破四围的黑暗，像上帝似的为自然与人生放些光明。

红波翻屋春风起，先生默坐春风里，浮空眼缬散云霞，无数心花发桃李。（苏轼《独觉》）

第六讲　文学的起源

有三种人喜欢讨论文学的起源：（一）研究院的学者，（二）历史家，（三）艺术论的作者。

（一）研究院的学者对于研究文学的起源及衍变，是比要明白或欣赏文艺更关切的。解剖与分析是他们的手段，统计与报告是他们的成绩；艺术之神当然是不住在研究院里的。

（二）历史家的态度是拿一切当作史料看的，正好像昆虫学家拿一切昆虫，无论多么美或多么丑，都看成一些拉丁学名。历史家一听到“文学”一词，便立刻去读文学史，然后一直地上溯文字的起源，以便给文学找出个严整固定的系统。

（三）作艺术论的人必须找出历史上的根据为自家理论作证。文学是干什么的？是他所要回答的。为回答这个，他便要从原始的艺术中找出艺术的作用，从历史上找出艺术革命的因果；他必须是科学的，不然他自己的脚步便立不稳。

这三种人的态度是一样的，虽然他们所讨论的范围是不同样的大。他们都想用科学的态度去研究文学，这是他们的好处。可是他们也想把研究的结果作得像统计表一样的固定，这是他们的错误。文学根本是一种有生命的东西，是随时生长的。用科学方法研究它正是要合理的证明出它怎么生长，而不是要在这样证明了以后便不许它再继续生长。把文学看成科学便是不科学的，因为文学不是个一成不变的死物；况且就是科学也是时时在那里生长改进。只捉住一些由科学方法所得来的文学起源的事实而去说文学，往往发生许多的错误。柏拉图的艺术理论是不对的，自然这可以归罪于他的方法，因为他的理论是基于玄学的而不是科学的。我们也可以同样的原谅或处罚托尔斯泰。但是，近代的以科学方法制造的艺术论，又是否足以为艺术解决一切呢？需要是艺术的要素，这足以证实艺术的普遍性。是的，我们承认这比柏拉图、托尔斯泰都更切实得多了。为什么需要是艺术的要素呢？因为原始的艺术都是有实用的。这在近代的人学民俗学中可以得到多少多少证据。野蛮人的跳舞是打猎的练习，歌唱是为媚神，短诗是为死者祈祷，雕刻刀柄木棍是为慑服敌人，彩画门外的标杆是为恐吓禽兽……都很有理。但是拿这个原始人类的实用艺术解说今日的艺术，是不是跳得太远呢？是的，今日的艺术太颓败了，我们须要重新捉住“实用”，使一切艺术恢复了它们的本色，使它们成为与生命有确切的关系的。但是，今日的社会是否原始的社会？今日的跳舞是否与初民的跳舞有一样的作用？假如今日的跳舞是为有闲阶级预备的，因而失了跳舞的真意，那么，将来人人成为无闲阶级的，又将怎办呢？是不是恢复古代跳舞？

说到这里，我们看出来这种以艺术的起源说明艺术的错误。他们只顾找材料证实艺术的作用，而忘了推求艺术中所具的条件，所以他们的研究材料与结论相距的太远。初民的装饰，跳舞，音乐，确是有实用的目的，人学等所搜集的事实是难以推翻的，但是，初民的装饰，跳舞，音乐，是否也有美与感情在其中呢？假如没有这两要素，初民的艺术是否可以再进一步而扩大感情与美的表现呢？今日的交际舞确是既失了社会的作用，又没有美之可言，可是那艺术的跳舞不是非常的美么？这种跳舞不是要表现一点意义么？而且这点意义决不是初民所能了解的么？这样看，这种舞的存在是因为它美，设若需要是艺术的要素，必是因为艺术中美的力量而然；不然，今日的社会既不需要人人打猎，人人作武士，便用不着由练习打猎打仗而起的跳舞。古代的史诗是要由歌者唱诵的，抒情诗是要合着音乐歌唱的，这在古代社会组织之下是必要的。可是近代的诗只是供人们读诵的，因为今日的社会与古代的不同了。社会组织改变了，而诗仍是一种需要，因为人们需要诗中的感情与美；设若一定说这是因为文学的起源是实用的，所以人们需要诗艺，难道近代的人不听着歌者唱读史诗，不随着音乐歌唱抒情寺，便完全不需要诗艺了么？总之，需要是艺术的要素真是有意思的话，但是需要须随着社会进化而变其内容；不然，那便似乎说只有初民实用的艺术算艺术，而后代的一切艺术作品，便不及格了。真理，美，想象，情感，由这几种所来的需要必是最有力的条件；不然，我们便没法子理解为什么孔子闻《韶》就三月不知肉味，因为孔子既不是野蛮人，又不是犯了胃病。

文学的起源确是个有趣味的追讨，但是它的价值只在乎说明文学的起源，以它为说明文艺的根据是有危险的。社会的进化往往使一事的发展失去了它原来的意义，以穿衣服说吧，最古的时候人们必是因为寒冷而穿衣服。但是到了后代，不论天气是寒是暑，人们总要穿着点衣服了。这一部分是道德的需要，一部分是美的需要。道德的部分是可以打倒的；可是，在打倒羞耻的时代，人们在暑日还穿衣与否呢？或者因为要打倒羞耻，人们才越发穿得更讲究更美丽。筋肉与曲线美是有诱惑力的，但人人不能长得那么好看；即使人人发达得美满，皮肤到底没有各种颜色，打算要花枝招展还要布帛的光彩与颜色，况且衣服的构造足以使体格之美更多一些飘洒与苗条。那么，穿衣服的出于实用上的需要可以推翻，而为增加美感是使在打倒羞耻时期还讲究穿衣服的根本条件。把这比喻扩大，我们可以想出多少美在人生中的重要，可以想出为什么有许多艺术已失其原始的作用而仍继续存在着。这样推想，我们才会悟透艺术的所以是永生的。艺术的起源出于实际的需要只能说明原始社会物质上的所需，不能圆满的解说后代的在精神上非有艺术不可。假如原始人民因实用而唱歌，画图，雕刻，跳舞，他们在唱歌与画图时能不能完全没有感情与审美的作用？假如他们也有感情与爱好的作用，后代艺术的发展便有了路径可遵。反之，社会已不是渔猎的社会，为什么还要这些东西呢？我们可以找出许多证据证明出农村间的演剧，跳舞，是古代的遗风。但是这些历史的证明只足以满足理智上的追求，不足以说明为什么农民们一定要守着这些古代遗风。他们去演剧与跳舞的时候或者不先读一本民俗学，以便明白其中的历史，而是要演剧，要跳舞，因为这些给他们一些享受。

因原始艺术是实用的，所以需要是艺术的要素。这是近代由科学的方法而得到的新理论。这确比以前的摹仿说，游戏冲动说等高明了许多。摹仿说的不妥在第五讲里已谈过一些，不用再说。游戏冲动说也可以简单的借用一段话来推翻：

艺术是游戏以上的一种东西。游戏的目的，在活力的过剩费了时，或其游戏底本能终结了时的遂行时，即被达到。然而艺术的机能，却不仅以其制作的动作为限。正当意味的艺术，不论怎样的表现及形式，在一种东西已经造成，及一种东西已经失却其形式之后，也都残存着。在事实上，有一种形式，如跳舞，演技的效果，是同时被创造出，同时被破坏的。然而其效果，却永远残存在那跳舞者努力的旋律之中，那跳舞的观客的记忆之中。……所以，把那为艺术品的特色的美、旋律等的艺术底性质，解释为游戏冲动的结果，是很不妥的。（希伦，引自章锡琛译本间久雄的《文学概论》）

艺术是要创造的，所以摹仿说立不住。游戏冲动说又把艺术看成了消遣品。只有因实用而证明艺术出于人类的需要，艺术的普遍性才立得牢。但是这只是就艺术的起源而言，拿这个理论作艺术论的基石而谈艺术便生了时代的错误。艺术是生命的必需品，而生命不只限于物质的。莎士比亚与歌德并不给我们什么物质的帮助，而主张艺术出于实用的人也还要赞美这两个文豪的作品，因他们的作品能叫生命丰满，虽然它并不赠给我们一些可捉摸到的东西。有了科学的文学起源说，我们便明白了文学起源的究竟；没有文学起源说，文学的价值依然是那么大；人类的价值并不因证明了人类祖先是猴子而减少，或人们应仍都变成猴子。

与文学起源论有同样弊病的，是以现代的文学趋向否认过去文艺的价值，前者是由始而终的，后者是由终而始的下笼统的评断，其弊病都是想证实文艺构成的物质部分，以便说明文学的发展是唯物的。可惜，文学的成形并不这样简单。无论谁费些时间都可以从历史上找出些材料来证明某书与某写家的历史与社会背景，作我们唯物论的根据；但是，谁能肯定的说清楚一本书的所以成功，或一写家的所以是个天才？时代与社会背景可以说明一些书中的思想与感情，传记与家族可以说明一些写家的性格与嗜好，这是研究文学应当注意的事。但是，一书的艺术的结构与想象的处置是应当由艺术的立场去看呢？还是由历史上去搜寻？天才之所以为天才，是由他的作品中所含的艺术成分而定呢，还是由研究他的家谱而定？由历史上能找出一些文艺结构与形式的所以成形，由作家个人历史能找出一些习性与遗传，不错，但这只是一小部分，不足以明白作品与作家的一切。我们一点也不反对主张唯物观者的从物质上搜求证据，正如我们不反对那追寻文艺起源的人；可是我们须小心一些，不要上了他们的欺骗，我们准知道文学的认识不只限于证实了文艺的时代与社会背景，我们准知道印象的批评与欣赏的批评等也是认识文学的路子。况且，思想，感情，甚至于审美，都可以由时代与社会而证实一些它们的所以如此如彼；对于解释自然怕就难以找时代与社会的关系吧？谁能证实了"及时小雨放桐叶，无赖余寒开栋花。"（陆游）的历史与社会背景呢？设若只说这一定不会在戈壁沙漠里作的，便太近于打诨逗笑。诗文里这样解释自然的地方是很多的，而且是文艺中的最精彩处。难道我们不应当注意它们吗？

诗歌是最初的文学，在有文字以前便有了诗歌。最初的诗歌，与故事一样，是民众共同的作品，没有私人著作权。关于艺术的各枝是由诗歌衍变出来的，以后在讲"文学形式"时再说。

第七讲　文学的风格

按着创造的兴趣说，有一篇文章便有一个形式，因为内容与形式本是在创造者心中联成的“一个”。姜白石《诗说》云：“载始末曰引，体如行书曰行，放情曰歌，兼之曰歌行。悲如蛩螿曰吟，通乎俚俗曰谣，委曲尽情曰曲。”这是以实质和形式并提，较比专从形式方面区分种类的妥当一些。但是，如依着这些例子再去细分，文学作品的形式恐怕要无穷无尽了。

可是，从另一方面看，文学作品确有形式可寻：抒情诗的形式如此，史诗的形式如彼，五言律诗是这样，七言绝句是那样。一个作者的一首七绝，从精神上说，自是他独有的七绝，因为世界上不会再有与这完全相同的一首。但从形式上看，他这首七绝，也和别人的一样，是四句，每句有七个字。苏东坡的七绝里有个苏东坡存在；同时，他这首七绝的字数平仄等正和陆放翁的一样。那么，我们到底怎样看文学的形式呢？顶好这样办：把个人所具的风格，和普通的形式，分开来说。现在先讲风格，下一讲讨论形式。

风格是什么呢？在《文心雕龙·体性篇》里有这么几句：

> 夫情动而言形，理发而文见；盖沿隐以至显，因内而符外者也。然才有庸俊，气有刚柔，学有浅深，习有雅郑；并情性所铄，陶染所凝，是以笔区云谲，文苑波诡者矣。故辞理庸俊，莫能翻其才；风趣刚柔，宁或改其气；事义浅深，未闻乖其学；体式雅郑，鲜有反其习：各师成心，其异如面。若总其归涂，则数穷八体：一曰典雅，二曰远奥，三曰精约，四曰显附，五曰繁缛，六曰壮丽，七曰新奇，八曰轻靡。

这里，在“各师成心，其异如面”等句里，似乎已经埋藏着“人是风格”的意味；在所举的“八体”里，似乎又难离开这个意旨，而说风格是有一定的了。那还不如简单的用“人是风格”一语来回答风格是什么的较为简妥了。风格便是人格的表现，无论在什么文学形式之下，这点人格是与文艺分不开的。

佛郎士（Anatole France）说：“每一个小说，严格地说，都是作家的自传。”（*Thead venture of the Soul*[①]）我们读一本好小说时，我们不但觉得其中人物是活泼泼的，还看得出在他们背后有个写家。读了《红楼梦》和《儿女英雄传》，就可以看出那两个作家的人格是多么不一样。正如胡适先生所说：“曹雪芹写的是他的家庭的影子；文铁仙写的是他的家庭的反面。”和“《儿女英雄传》的作者自己，正是《儒林外史》要刻画形容的人物；而《儿女英雄传》的大部分真可叫作一部不自觉的《儒林外史》。”这种有意或无意的显现自己是自然而然的，因为文学是自我的表现，他无论是说什么，他不能把他的人格放在作品外边。凡当我们说：这篇文章

① 《心灵的探险》。

和某篇一样的时候，我们便是读了篇没有个性的作品，它只能和某篇相似，不会独立。叔本华说："风格是心的形态，它为个性的，且较妥于为面貌的索隐。去摹拟别人的风格如戴假面具，无论怎样好，不久即引起厌恶，因它是没生命的；所以最丑的'活'脸且优于此。"（*on Style*[①]）这个即使丑陋（自要有生气），也比死而美的好一点的东西，是不会叫修辞与义法所拘束住的；它是一个写家怎样看，怎样感觉，怎样道出的实在力量。客观的描写是应有的手段：只写书中人物的性格与行为，而作家始终不露面。但是这个描写手段，仍不能妨碍作家的表现自己。所谓个性的表现本来是指创造而言，并不在乎写家在作品中露面与否，也不在乎他在作品中发表了什么意见与议论与否。作品中的人物是作家的创造物，他给予他们一切，这便不能不也表现着他自己。有人不大承认文艺作品都是写家自己的经验的叙述，因为据他们看，写家的想象是比经验更大的。但是这并没有什么重要；写述自家经验也好，写述自家想象也好，他怎样写出是首要的事，怎样的写出是个人的事，是风格的所由来。

美国的褒劳（John Burroughs）说："在纯正的文学，我们的兴味，常在于作者其人——其人的性质，人格，见解——这是真理。我们有时以为我们的兴味在他的材料也说不定。然而真正的文学者所以能够使任何材料成为对于我们有兴趣的东西，是靠了他的处理法，即注入那处理法里面的他的人格底要素。我们只埋头在那材料——即其中的事实、讨论、报告——里面是决不能获得严格的意味的文学的。文学所以为文学，并不在于作者所以告诉我们的东

①《论风格》。

西，乃在于作者怎样告诉我们的告诉法。换一句话，是在于作者注入那作品里面的独自的性质或魔力到若干的程度；这个他的独自的性质或魔力，是他自己的灵的赐物，不能从作品离开的一种东西，是像鸟羽的光泽、花瓣的纹理一般的根本的一种东西。蜜蜂从花里所得来的，并不是蜜，只是一种甜汁；蜜蜂必须把它自己的少量的分泌物即所谓蚁酸者注入在这甜汁里。就是把这单是甜的汁改造为蜜的，是蜜蜂的特殊的人格底寄予。在文学者作品里面的日常生活的事实和经验，也是被用了与这同样的方法改变而且高尚化的。”（依章锡琛译文，见章译本间久雄《文学概论》第一编第四章）

“怎样告诉”便是风格的特点。这怎样告诉并不仅是字面上的，而是怎样思想的结果；就是作者的全部人格伏在里面。那古典派的写家总是选择高尚的材料，用整洁调和的手段去写述。那自然派的便从任何事物中取材，无贵无贱，一视同仁。可是，这不同的手段的成功与否，全凭写家自己的人格怎样去催动他所用的材料：使高贵的，或平凡的人物事实能成为不朽的，是作者个人的本领，是个人人格的表现。他们的社会时代哲学尽可充分不同，可是他们的成功与否要看他们是否能艺术的自己表现；换句话说：无论他们的社会时代哲学怎样不同，他们的表现能力必是由这“怎样告诉”而定。

这样，我们颇可以从风格上判定什么是文学，什么不是文学。比如我们读报纸上的新闻吧，我们看不出记者的人格来，而只注意于事实的真确与否，因为记者的责任是真诚的报告，不容他自由运用他的想象——自然，有许多好的报纸对于文章的好坏也是注意的。反之，我们读——就说杜甫的诗吧，我们于那风景人物之外，不由的想到杜甫的人格。他的人格，说也玄妙，在字句之间随时发现，好像一字一句莫非杜甫心中的一动一颤。那“无边落木萧萧下，不尽长江滚滚来”的下面还伏着个“无边”、“不尽”的诗人的心。那森严广大的景物，是那伟大心灵的外展；有这伟大的心，才有这伟大的景物之觉得，才有这伟大的笔调。心，那么，是不可少的；独自在自然中采取权料，采来之后，慢慢修正，从字面到心觉，从心觉到字面；所以写出来的是文字，也是灵魂。这就是Longinus所谓“文学中的思想与言语是多为互相环抱的。”（*De Sublimitate*30. 1.[①]）也就是所谓言语为灵魂的化身之意。

据Croce[②]的哲学：艺术无非是直觉，或者说是印象的发表。心是老在那里构成直觉，经精神促迫它，它便变成艺术。这个论调虽有些偏于玄学的，可是却足以说明艺术以心灵为原动力，及个人风格之所以为独立不倚的。因为天才与个性的不同，表现的力量与方向也便不同，所以像刘勰所说：“贾生俊发，故文洁而休清；长卿傲诞，故理侈而辞溢；子云沈寂，故志隐而味深；子政简易，故趣昭而事博……”（《文心雕龙·体性篇》）自有一些道理。那浪漫派作品与自然派作品，也是心的倾向不同，因而手段也就有别。偏于理想的，他的心灵每向上飞，自然显出浪漫；偏于求实的，他的心灵每向下看，作品自然是写实的。以柏拉图、亚里士多德为代表的两种人——好理想的及求实的——恐怕是自有人类以来，直至人类灭毁之日，永远是对面立着，谁也不佩服谁的吧？那么，因为写家的个性不同，写品也就永远不会有什么正统异派之别吧？

风格，或者有许多人这么想，不过是文学上的修饰，精细的表现而已。其实不是：风格是以个性为出发点，不仅是文字技巧上的

---

① 《论崇高》第30章第1页。

② 克罗齐（1866—1952），意大利哲学家、美学家。

那点小巧。不错，有人是主张“美的是艰苦的”，像Flaubert[①]的：“无论你要说什么一件事，那里只有一个名词去代表它，只有一个动词去活动它，只有一个形容词去限制它。最重要的是找这个名词，这个动词，这个形容词，直到找着为止，而且这找到的是比别的一切都满意的。”但是，这决不是说：去掀开字典由头至尾去找一遍，而是那文人心灵的运用，把最好的思想用最好的言语传达出来。设若有两个文人同时对同一事物作这样的工作，他们所找到的也许完全不相同吧？普通的事物本来有普通的字代表，可是文学家由他自己的心灵，把文字另炼造一番，这普通的字便也有了文学的气味。言语的本身并不能够有力量，活泼，正确；而是要待文学家给它这些个好处的构成力。那“山高月小，水落石出”原是八个极普通的字，可是作成多么伟大的一幅图画！只有能觉得这简素而伟大之美的苏东坡才能这样写出，不是个个人都能办到的。那构思十稔而作成《三都赋》的左太冲，恐怕只是苦心搜求字眼，而心中实无所有吧？看他的“树则有木兰梫桂杞櫹桐棕桠楔枞”等等，字是找了不少，可是到底能给我们一个美好的图画，像“山高月小，水落石出”那样的美妙吗？这砌墙似的堆字，不能产生出活文学来，足以反证出风格不只是以修辞为能事的。那么，风格是什么呢？我们看瑞得（Herbert Read）怎么说：

“一切修辞的技术都是个人的，它们基于写家的特异的本能与心性的习惯。”他又说：“一个惯语是个人所特有的，正如言语中之惯语是某种言语所特有的。正如一言语之惯语不能译成别种言语之惯语而无损于本意，一写家的惯语亦然，也是他个人所有的，不

---

① 福楼拜。

能被别个写家所抄袭或偷取去的。”（*English Prose Style*）[①]这里所谓的惯语，就是写家个人所爱用的言语；人与人的感情不同，思路不同，所以每人都有他自己的一种言语。这几句话更能把风格之所以为特异的说得清楚一些。

说到这里，我们要问：风格到底应当怎样才算好呢？我们已看到刘勰所提出的八条：典雅，远奥，精约，显附，繁缛，壮丽，新奇，轻靡。除了对“轻靡”他说：“浮文弱植，缥渺附俗者也。”似乎是要不得的，其余的七条都是可取的。但是这可取的七种就足以包括一切吗？不能！就是司空图的《二十四诗品》恐怕也还没有把诗的风格说尽吧？那么，我们应当怎样认识风格？怎样分析它？怎样得个标准的风格呢？请不要费这个事吧！给风格立标准，便根本与“人是风格”相反；因为“各师成心，其异若面”是不容有一种标准风格的。我们只能说文章有风格，或没有风格，这是绝对的，不是相对的。有风格的是文学，没有风格的不成文学，“风格都是降服读者的唯一工具”。一个写家的人格是自己的，他的时代社会等也是他自己的，他的风格只能被我们觉到与欣赏，而是不能与别人比较的，所以汪师韩的《诗学纂闻》里说：“一人有一人之诗，一时有一时之诗，故诵其诗可以知其人论其世也。”这样，以古人的风格特点为我们摹拟的便利，是丢失了个人，同时也忘了历史的观念。曹丕说过：“文以气为主。气之清浊有体，不可力强而致。譬诸音乐，曲度虽均，节奏同检；至于引气不齐，巧拙有素，虽在父兄，不能以移子弟。”（《典论·论文》）风格也是如此：虽有父兄，不能以移子弟。风格从何处得来呢？在前面引的一段

---

① 《英国散文风格》。

里，刘勰提出才，气，学，习四项。对于“才”呢，我们没有什么可说的，因为文学家必须有才；才的不同，所以作品的风格也不一样。关于“气”呢，刘勰说：“气以实志，志以定言；吐纳英华，莫非情性。”（《文心雕龙·体性篇》）这似乎是指“气质”而言。气质不同，风格便成为独有的，特异的，正与瑞得所说的相合。至于“习”，也与气质差不多，不过气质是自内而外的，习是由外而内的，二者的作用是相同的。对于“学”，我们应当讨论一下。

“学”是没人反对的；但是“学”是否有关于风格呢？莎士比亚是没有什么学问的，而有极好的风格；但丁是很有学问的，也有风格；Saintsbury[①]是很有学问的，而没有风格。这样的例子还有许多，叫我们怎样决定这问题呢？这里，我们应该把“学”字分析一下：第一，“学”解作“学问”；第二，“学”是学习的意思。对于第一个解释，我们已提出莎士比亚与但丁等为例，是个不好解决的问题。我们再进一步把这个再分为两层：“学问”与学文学的关系，和学问与风格的关系。我们对这两层先引几句话来看看，在《师友诗传录》里有这么一段，郎廷槐问：

问作诗，学力与性情，必兼具而后愉快。愚意以为学力深，始能见性情；若不多读书，多贯穿，而遽言性情，则开后学油腔滑调，信口成章之恶习矣。近时风气颓波，惟夫子一言，以为砥柱。

王阮亭答：

---

① 圣茨伯里（1845—1933），英国文学史家、批评家。

司空表圣云：不著一字，尽得风流，此性情之说也。杨子云云：读千赋则能赋。此学问之说也。二者相辅而行，不可偏废。若无性情而侈言学问，则昔人有讥点鬼簿、獭祭鱼者矣。学力深，始能见性情，此一语是造微破的之论。

张历友答：

严羽《沧浪》有云："诗有别才，非关学也。诗有别趣，非关理也。"此得于先天者，才性也。"读书破万卷，下笔如有神"，"贯穿百万众，出入由咫尺"，此得于后天者，学力也。非才无以广学，非学无以运才；两者均不可废……

他们的主张都是才与学要兼备。他们为何要"学"？是要会作诗作赋。可是，会作诗作赋与诗赋中有风格没有是两件事。会作诗赋的人很多，而有风格的并不多见。中国自古至今有许多文人没有把这个弄清，他们往往以为作成有韵有律的东西便可以算作诗，殊不知这样的诗与"创作"的意思还离得很远很远。因为他们没明白了这一点，所以他们作诗作文必要学问，为是叫他们多知道多记得一些古的东西，好叫他们的作品显着典雅。这种预备对于学文学是很要紧的，但是一个明白文学的人未必能成个文艺创作家。学问是给我们知识的，风格是自己的表现。自然，有了学问能影响于风格；但这种影响是好是坏，还是个问题。据亚里士多德看，文学的用语应该自然，他说："那自然的能引人入胜，那雕饰的不能这样。……尤瑞皮地司首开此风：从普通言语中选择字句，而使技术巧妙的藏伏其中。”（*Rhetoric*，Ⅲ. ii. 5—6[①]）但是，一个有学问的人往往不能自已的要显露他的学识；而这显露学识不但不足帮助他的文章，反足以破坏自然的美好；这在许多文章中是可以见到的。“读书破万卷，下笔如有神”是中国文人最喜引用的；这里实在埋伏着“作文即是摹古”的危险；说到风格，反是“诗有别才，非关学也”近乎真理。

至于“学力深始能见性情”更是与事实不合。我们就拿《诗经》中的“风”说吧，有许多是具深厚感情的，而它们原是里巷之歌，无关学问。再看文人的杰作，差不多越是好文章，它的能力越是诉诸感情的。我们试随手翻开杜甫、白居易和其他大诗人的集子便可证明感情是感情，学力是学力，二者是不大有关系的。自然，我们若把性情解作“习好”，学力深了，习好也能随着变一些，如文人的好书籍与古玩等，这是不错的。但是这高雅的习好能否影响个人的风格，是不容易决定的。如果这个习好真能影响于风格，使文人力求古雅远奥，这未必能使风格更好一点，因为古雅远奥有时是很有碍于文字的感诉力的。

我们现在说“学”是“学习”的意思这一层。风格是不可学而能的，前面已经说过。“学习”是摹仿，自然是使不得的。在这里，“学习”至多是像姬本（Edward Gibbon）所说的：“著者的风格须是他的心之形象，但是言语的选择与应用是实习的结果。”（*Autobiography*[②]）这是说风格是独有的，但在技术上也需要些练习。这是我们可以承认的，我们从许多的作家的作品全体上看，可以找出他幼年时代的作品是不老到，不能自成一家，及至有了相当

---

① 《修辞学》第3章第2节第5—6段。

② 《自传》。

训练之后，才摒弃这种练习簿上的东西而露出自家的真面目。这是文学修养上的一个步骤，而不是永远追随别人的意思。曾国藩的“以脱胎之法教初学，以不蹈袭教成人。”正是这个意思。不过，我们应更加上一句：这样的学习，能否得到一种风格，还是不能决定的。

现在我们可以作个结论：风格的有无是绝对的。风格是个性——包括天才与习性——的表现。风格是不能由摹仿而致的，但是练习是应有的工夫。

我们引唐顺之几句话作个结束：“今有两人：其一人心地超然，所谓具千古只眼人也；即使未尝操纸笔呻吟学为文章，但直据胸臆，信手写出，如写家书，虽或疏卤，然绝无烟火酸馅习气，便是宇宙间一样绝好文字。其一人，犹然尘中人也，虽其专文学为文章，其于所谓绳墨布置，则尽是矣；然翻来覆去，不过是这几句婆子舌头语，索其所谓真精神，与千古不可磨灭之见，绝无有也；则文虽工而不免为下格。此文章本色也。即如以诗为喻：陶彭泽未尝较声律，雕句文，但信手写出，便是宇宙间第一等好诗。何则？其本色高也。自有诗以来，其较声律，雕句文，用心最苦而立说最严者，无如沈约，苦却一生精力，使人读其诗，只见其捆缚龌龊，满卷累牍竟不曾道出一两句好话。何则？其本色卑也。”（《与茅鹿门论文书》）

第八讲　诗与散文的分别

……诏高力士潜搜外宫，得弘农杨元琰女于寿邸，即笄矣，鬓发腻理，纤秾中度，止闲冶，如汉武帝李夫人，别疏汤泉，诏赐澡莹。既出水，体弱力微，若不任罗绮！光彩焕发，转动照人。上甚悦。进见之日，奏《霓裳羽衣》以导之……

汉皇重色思倾国，御宇多年求不得。杨家有女初长成，养在深闺人未识。天生丽质难自弃，一朝选在君王侧。回眸一笑百媚生，六宫粉黛无颜色。春寒赐浴华清池，温泉水滑洗凝脂。侍儿扶起娇无力，始是新承恩泽时……

想当初，庆皇唐，太平天下，访丽色，把蛾眉选刷。有佳人，生长在弘农杨氏家，深闺内，端的玉无瑕。那君王一见了，欢无那！把钿盒金钗亲纳，评拔作昭阳第一花。

上列的三段：第一段是《长恨歌传》的一部分，第二段是《长恨歌》的首段，第三段是《长生殿》中《弹词》的第三转。这三段全是描写杨贵妃入选的事，事实上没有多少出入。可是，无论谁读了这三段，便觉得出：第一段与后两段有些不同。这点不同的地方好像只能觉得，而不易简当地说出所以然来。以事实说，同是一件事。以文字说，都是用心之作，都用着些妙丽的字眼。可是，说也奇怪，读了它们之后，总觉得出那些“不同”的存在。到底是怎么一回事呢？为回答这个，我们不能不搬出一个带玄幻色彩的词——“律动”。

我们往往用“余音绕梁，三日不绝”来作形容。这个“绕梁三日不绝”的“余音”从何而来呢？自然，牛马的吼叫决不会有这个余音；它一定是好音乐与歌唱的。这余音是真的呢，还是心境一种现象呢？一定是心象。为什么好的音乐或歌唱能给人这种心象呢？律动！律动好像小石击水所起的波颤，石虽入水，而波颤不已。这点波颤在心中荡漾着，便足使人沉醉，三月不知肉味。音乐如是，跳舞也如是。跳过之后，心中还被那肢体的律动催促着兴奋。手脚虽已停止运动，可是那律动的余波还在心中动作。

广泛着说，宇宙间一切有规则的激动，那就是说有一定的时间的间隔，都是律动。像波纹的递进，唧唧的虫鸣，都是有规律的，故而都带着些催眠的力量。从文学上说，律动便是文字间的时间律转，好像音乐似的，有一定的抑扬顿挫，所以人们说音乐和诗词是时间的艺术，便是这个道理。音乐是完全以音的调和与时间的间隔为主。诗词是以文字的平仄长短来调配，虽没有乐器辅助，而所得的结果正与音乐相似。所不同者，诗词在这音乐的律动之内，还有文字的意义可寻，不像音乐那样完全以音节感诉。所以，巧妙着一点说，诗词是奏着音乐的哲学。

明白了律动是什么，我们可以重新去念上边所引的三段；念完，便可以明白为什么第一段与后两段不同。它们的不同不在乎事实的描述，是在律动不一样。至于文字呢，第一段里的“纤秾中度，举止闲冶”与“光彩焕发，转动照人”也都是很漂亮的，单独地念起来，也很有些声调。可是读过之后，再读第二段，便觉出精粗不同，而明明地认出一个是散文，一个是诗。那么，我们可以说，散文与诗之分，就在乎文字的摆列整齐与否吗？不然。试看第三段，文字的排列比第一段更不规则，可是读起来（唱起来便更好了），也显然地比第一段好听。为说明这一点，我们且借几句话看一看：

Arthur Symons[①]说：Coleridge[②]这样规定：散文是“有美好排列的文字”，诗是“顶好的文字有顶好的排列”。但是，这并不能说明为什么散文不可以是顶好的文字有顶好的排列。只有律动，一定而再现的律动，可以分别散文与诗。……散文，在粗具形体之期，只是一种记录下来的言语；但是，因为一个人终身用散文说话而或不自觉，所以那自觉的诗体（就是：言语简变为有规则的，并且成为有些音乐性质的）或是有更早的起源。在人们想到普通言语是值得存记起来的以前，人们一定已经有了一种文明。诗是比散文易于记诵的，因为它有重复的节拍，人们想某事值得记存下来，或为它的美好（如歌或圣诗），或因它有用（像律法），便自然地把它作成韵文。诗，不是散文，或者是文艺存在的先声。把诗写下来，直到今日，差不多只是诗的物质化；但是散文的存在不过文书而已。……在它的起源，散文不带着艺术的味道。严格地说，它永远没有过，也永远不能像韵文、音乐、图画那样变为艺术。它渐渐地发现了它的能力；它发现了怎样将它的实用之点炼化成“美”的；

① 阿瑟·西蒙斯（1865—1945），英国诗人、批评家。

② 柯尔律治。

也学到怎样去管束它的野性，远远地随着韵文一些规则。慢慢地它发展了自己的法则，可是因它本身的特质，这些法则不像韵文那样固定，那样有特别的体裁……

"只有一件事散文不会作：它不会唱。散文与韵文有个分别……后者的文字被律动所辖，如音乐之音节，有的时候差不多只有音乐的意思。依Joubert（如贝）[①]说：在诗调里，每字颤旋如美好的琴音，曲罢遗有无数的波动。"文字可以相同，并不奇异；结构可以相同，或喜其更简单一些；但是，当律动一来，里边便有一些东西，虽似原自音乐，而实非音乐。那可以叫作境地，可以叫作魔力；还用如贝的话吧："美的韵文是发出似声音或香味的东西。"我们永不能解释清楚，虽然我们能稍微分别那点变化——使散文极奇妙的变成韵文。"又是如贝说得永远那么高妙：'没有诗不是使人狂悦的；琴，从一种意义上看，是带着翅膀的乐器。'散文固然可以使我们惊喜，但不像韵文是必须这样的。况且，散文的喜悦似乎叫我们落在尘埃上，因为散文的城区虽广，可是没有翅儿。……"（*The Romantic movement in English Poetry*）[②]。

Symons这段话说得很漂亮，把韵文叫作带着翅的，可以唱的；更从这一点上去分别散文与韵文的不同——能飞起与能吟唱都在乎其中所含的那点律动，没有这点奇妙律动的便是散文。

但是，我们要问一句：散文与韵文的律动，到底有什么绝对的分别没有呢？假如我们不能回答这一点，前面所引的那些话，虽然很美好，还是不能算作圆满；因为我们分别两件东西，一定要指出二者的绝对不同之点；不然，便无从分别起。我们再引几

① 乔塞夫·茹贝尔（1754—1824），法国作家。

② 《英国诗歌中浪漫主义运动》。

句话看看吧：

分别散文与诗有两条路。一条是外表的与机械的：诗是一种表现，严格的与音律相关联；散文是一种表现，不求音乐的规则，但从事于极有变化的律动。但是，以诗立论，这种分别显然的只足以说明"韵语"，而韵语不必是诗，是人人知道的——韵语实在只是一种形式，是，也许不是，曾受了诗感的启示。所以韵语并不是根本问题；它不过是律动的一种类而已，抽象的说，它只是个死板的、学院的规法。这种规法永没有为散文设立过；所以，散文与韵文没有确定的不同。我们不能不追求"诗"字的更重要的意义。

……诗与散文之分永远不能是定形的。无论怎样分析与规定韵律音节，无论怎样解释声调音量，也永远不会把诗与散文的种种变化分入对立的两个营幕里去。我们至多也不过能说散文永不遵依一定的音律，但这是消极的理由而没有实在的价值……

诗与散文的分别也是个物质的；那就是说，因为我们是讨论心灵上的东西，这个分别是心理的。诗是一种心灵活动的表现，散文是另一种。

诗是创造的表现；散文是构成的表现……

创造在此地是独创的意思。在诗里，文字是在思想的动作中产生出或再生。这些文字是，用个柏格森的字，"蜕化"；文字的发展和思想的发展是同等的。在文字与思想之间没有时间的停隔。思想便是文字，文字便是思想，思想与文字全是诗。

"构成的"是现成的东西，文字在建筑者的四围，预备着被采用。散文是把现成的文字结构起来。它的创造功能限于筹画与设计——诗中自然也有这个，但是在诗中这个是创造功能的辅助物。

（Herbert Read，English Prose Style.）

律动的不同是我们从诗与散文中可以看得出的，但是这个不同不能清清楚楚的对立，因而诗与散文的分别便不能像Symons那么专拿律动作界碑了。亚里士多德在《诗学》里也说过："诗是比历史更郑重更哲理的，因为诗是言普遍真理的，不是述说琐事的。"他也说："诗人应为神话的制作者，不是韵律的制作者。"这都足以证明，诗是创造的，不专以排列音韵为能事。这样的看法有几样好处：

一、因为我们知道诗的成功在乎它的思想、音律；而且这音律与思想是分不开的，我们便容易看出什么是诗，什么不是诗。设若诗中的音律不是艺术化的，而只是按一定的格式填成的，那便不是诗，虽然它有诗的形式。试看"无室无官苦莫论，周旋好事赖洪恩。人能步步存阴德，福禄绵绵及子孙。"（《今古奇观·裴普公义还原配》）便不能引起我们诗的狂喜；其实这首诗的平仄字数也并没有什么缺欠；若只就律动说，这里分明有平仄抑扬，为什么它还是不能成为诗呢？这便是韵语与诗之分了：凡有音律的都可以叫作韵语，但韵语不都是诗；诗中的律动是必要的，但是这个律动决不是指格式而言，而且诗中的律动必须与诗的实质同时的自然的一齐流荡出来。好诗不仅仗着美好的律动，思想与文字必须全是诗。诗的一切是创造的；韵语只是机械的填砌。

在前面，我们用律动说明了所引的《长恨歌》等三段的所以不同。现在，我们明白了用律动分别诗与散文还不是绝对的。那么，我们试再读那三段看看。不错，我们还觉得它们的律动不同；但是我们不能不承认那一段散文也有它的律动。况且，我们如再去读别的散文，便觉得散文的律动是千变万化，而永远不会像诗那样固定；所以，不如说这散文与诗的分别是心理上的，而律动只是一部分的事实而已。同时我们也看得出：散文不论怎样美好，它的文字是现成的，决不会像诗中的那样新颖，那样表现着创造独有的味道。

二、我们这样说明诗与韵语之别，便可以免去许多无谓的争执——如诗的格式应如何，诗是否应用韵等。照前面的道理看，诗的成立并不在乎遵守格式与否，而是在能创造与否。诗的进展是时时在那里求解放，以中国诗说，四言诗后有五言，五言后有七言，七言后有长短句，最近又有白话诗，这便是打破格式的进展。白话诗也是诗，不是白话文；有格体音律的诗有些并不能算是诗；这全凭合乎创造的条件与否。好的律诗与好的白话诗的所以美好可以用这一条原则评定，而不在乎格律的相同与否。诗人的责任是在乎表现，怎样表现是仗着他的创造力而全有自由，格律是不能拘束他的，我们随便拿两首诗来看看：

黄河远上白云间，一片孤城万仞山。羌笛何须怨杨柳，春风不度玉门关。（王之涣《凉州词》）

这自然是很美了，但是像

帘外雨潺潺，春意阑珊。罗衾不耐五更寒。梦里不知身是客，一晌贪欢。

独自莫凭阑，无限关山，别时容易见时难。流水落花春去也，天上人间！（李煜《浪淘沙——感旧》）

也是非常美的，而且所表现的神情，或者不是七言五言诗所能写得出的。我们即承认词的好处（因为我们承认了它在创造上的价值，而忘了它破坏律诗体的罪过），我们便没法去阻止那更进一步的改革——把格律押韵一齐除掉——白话诗。看看：

窗外的闲月，紧恋着窗内蜜也似的相思。相思都恼了。一抽身就没了。月倒没了，相思倒觉着舍不得了。（康白情《窗外》）

这里的字句没有一定，平仄也不规则，用字也不典雅，可是读起来恰恰合前面“思想与文字全是诗”的原理。我们不能因为它也不合于旧诗的格律而否认它。我们只求把思想感情唱出来，不管怎样唱出来。给诗人这个自由，诗便更发达、更自然。

三、据以上的理由说，诗的言语与思想是互相萦抱的，诗之所以为言语的结晶也就在此。在散文中差不多以风格自然为最要紧的，要风格自然便不能在文学上充分的推敲，因为辞足达意是比辞胜于意还好一些的。诗中便不然了，它的文字与思想同属于创造的；所以它的感诉力比散文要强烈得多。设若我们说：“战事无已呀，希望家中快来信！”这本来是人人能有的心情，是真实的；可是只这样一说，说过了也便罢了。但是，当我们一读到杜甫的“国破山河在，城春草木深。感时花溅泪，恨别鸟惊心！烽火连三月，家书抵万金！”我们便不觉泪下了。这“烽火连三月，家书抵万金”还不就是“战事无已呀，希望家中快来信！”的意思吗？为什么偏偏念了这两句才落泪？这便是诗中的真情真理与言语合而为一，那感情是泪是血，那文字也是泪是血；这两重泪血合起来，便把我们的泪唤出来了。诗人作诗的时候已把思想与言语打成一片，二者不能分离；因为如此，所以它的感诉力是直接的，极快的，不容我们思想，泪已经下来。中国的祭文往往是用韵的，字句也有规则，或者便是应用这个道理吧。至于散文，无论如何，是没有这种能力的；它的文字是传达思想的，读者往往因体会它的思想而把文字忘了。读散文的能记住内容也就够了；读诗的便非记住文字不可。谁能把“剪不断，理还乱，是离愁；别是一番滋味在心头”的意思记住，而忘了文字？就是真有人只把这个意思记住，他所记住的决不会是完全的清楚的，因为只有这些字才足以表现这些意思，不多不少恰恰相等；字没了意思也便没了。

四、言语和思想既是分不开的，诗的形体也便随着言语与思想的不同而分异。先说言语方面。一种言语有一种特质，因此特质，诗的体格与构成也便是特异的。希腊拉丁的诗，显然以字音的长短为音律排列的标准；英国诗则以字的“音重”为主；中国诗则以平仄成调；这都是言语的特质使然。中国的古诗多四言五言，也是因为中国言语，在平常说话中即可看出，本来是简短的。七言长句是较后的发展，因为这是文士的创造，已失去古代民间歌谣的意味。就是七言诗，仅以七个音成一句，比之西国的诗也就算很短了。这样，诗既是言语的结晶，便当依着言语的特质去表出自然的音乐，勉强去学异国的诗格，便多失败。因此，就说译诗是一种不可能的事也不为过甚；言语的特质与神味是不能翻译的；丢失了言语之美，诗便死了一大半。

从思想上说呢，那描写眼前一刻的景物印象自然以短峭为是，那述讲一件史事自然以畅利为宜。诗人得到不同的情感，自然会找出一个适当的形式发表出来。所以：“夕殿下珠帘，流萤飞复息。长夜缝罗衣，思君此何极！”（谢朓《玉阶怨》）是一段思恋的幽情，也便用简短的形式发表出来。那《长恨歌》中的事实复杂，也便非用长句不足以描写得痛快淋漓。

不过一首诗的写成，其启示是由于思想，还是由于形式呢？这在下一讲里再讨论。

就以上几点看，文学与非文学是在乎创造与否。表现之中有创造的与构成的区别——诗与散文。诗与散文只能这样区别；在形式上格律上是永不会有确切的分界的。

第九讲　文学的形式

我们曾经夸奖过萧统的选文方法，因为它给文与非文划出一条界限。但是，我们不满意他的分类法。他把所选的文章分成：赋，诗，骚，七，诏，册，令，教，表，上书，启，弹事，笺，奏记，书，檄，对问，设论，辞，序，颂，赞，符命，史论，史述赞，论，连珠，箴，铭诔，哀，碑文，墓志，行状，吊文，祭文等类。这样的分类法是要给"随时变改，难以详悉"的文艺作品一个清楚的界划，逐类列文，以便后学对各体都有所本。但是，诗，七，赋等，因为有一定的形式，可以提出些模范作品；至于序，史论，论等，是没有一定结构与形式的，怎能和诗、七等对立呢？设若不论是诗赋，是序论，全以内容的好坏为入选的标准，不管它们的形式，那就无须分这么多类。可是不分类吧，诗赋等不但是内容不同，形式也是显然的有分别，而且忽略了这形式之美即失去许多对它们的欣赏。这个混乱从何而起呢？因为根本没弄清诗与散文的分别。不弄清这个分别永远不能弄清文学的形式。文学的形式只能应用于诗，因为诗是在音节上，长短上，有一定的结构的。泛言诗艺，诗的内容与形式便全该注意；严格的谈诗的组织便有诗形学（Prosody）。诗形学不足以使人明白了诗，但它确是独立的一种知识。散文中可有与诗形学相等的东西没有呢？没有。那就是说，诗与散文遇到一处的时候，诗可以列阵以待，而散文总是一盘散沙。那么，在形式上散文既不能整起队伍来，而要强把它像诗一样的排好，怎能不混乱呢？

后来，姚鼐的《古文辞类纂》，把文章分为十三类：论辩，词赋，序跋，诏令，奏议，书说，哀祭，传志，杂记，赠序，颂赞，铭箴，碑志。这虽然比萧统的分法简单了，知道以总题包括细目；可是又免不了脱落的毛病，如林语堂先生所说："……姚鼐想要替文学分十三体类，而专在箴铭赞颂奏议序跋钻营，却忘记了最富于个性的书札，及一切想象的文学（小说戏曲等）。"（《新的文评序》）不过，林先生所挑剔的正是这种分类法必然的结果：强把没有一定形式的东西插上标签，怎能不发生错误呢？再退一步讲，就是这种分类不是专顾形式，而以内容为主，也还免不了混乱：到底文艺作品的内容只限于所选的这些题目呢，还是不止于此？况且这十三类中分明有词赋一类，词赋是有定形的。

曾国藩更比姚鼐的分类法简单些，他把文艺分成三门十一类。他对于选择文章确有点见识，虽与萧统相反，而各有所见。萧是大胆的把经史抛开；曾是把经史中具有文学价值的东西拉出去交给文学——《经史百家杂钞》。他似乎也看到韵文与散文的分别，不过没有彻底的明白。对论著类他说：著作之无韵者。对词赋类他说：著作之有韵者。以有韵无韵分划，似乎有形式可寻，但这形式是属于一方面的，以无形式对有形式——以词赋对论著。但是无论怎么说吧，他似乎是想到了形式方面。至于到了序跋类，他便没法维持这有韵与无韵的说法，而说：他人之著作序述其意者。这是由形式改为内容了。以内容分类可真有点琐碎了：传志类是所以记人者，叙记类是所以记事者，典志类是所以记政典者……那么，那记人记事兼记政典者又该分列在哪里呢？有一万篇文章便有一万个内容，怎能把文艺分成一万类呢？况且以内容分类是把那有形式的诗赋也牵扯在泥塘里，不拿抒情诗史诗等分别，而拿内容来区划，这连诗形学也附带着拆毁了。

那么，以文人的观点为主，把文学分为主观的与客观的，妥当不妥当呢？像：

（主观的）

散文——议论文

韵文——抒情诗

（客观的）

叙记文

叙事诗

（主观的客观的）

小说

戏剧

这还是行不通。主观与客观的在文章里不能永远分划得很清楚的，在抒情诗里也有时候叙述，在戏剧里也有抒情的部分——这在古代希腊戏剧与元曲中都是很显明的。况且，这还是以散文与韵文对立，我们在前面已说过散文在形式上是没有与韵文对立的资格。

有人又以言情，说理，记事等统系各体，如诗歌颂赞哀祭等是属于言情的，议论奏议序跋等是属于说理的，传志叙记等是属于记事的。这还是把诗歌与散文搀混在一处说，势必再把诗歌分成言情，说理，记事的。这样越分越多，而且一定越糊涂。

那么，我们应当怎样研究文学的形式呢？这很简单，诗形学是专研究诗的形式的，由它可以认识诗的形式，它是诗形的科学。散文呢？没有一定的形式，无从研究起。自然小说与戏剧的结构比别种散文作品较为固定，但是，它们的形式仍永远不会像诗那样严整，永远不会有绝对的标准（此处所说的戏剧是近代的，不是诗剧）。

我们为什么一定要研究形式呢？有的人愿对于这个作一种研究。但是这不足说明它的重要。我们应提出研究形式对于认识文学有什么重要：一、文学形式的研究足以有助于看明文学的进展。请看Richard Green Moulton[①]的最有意思的表解（见下）。

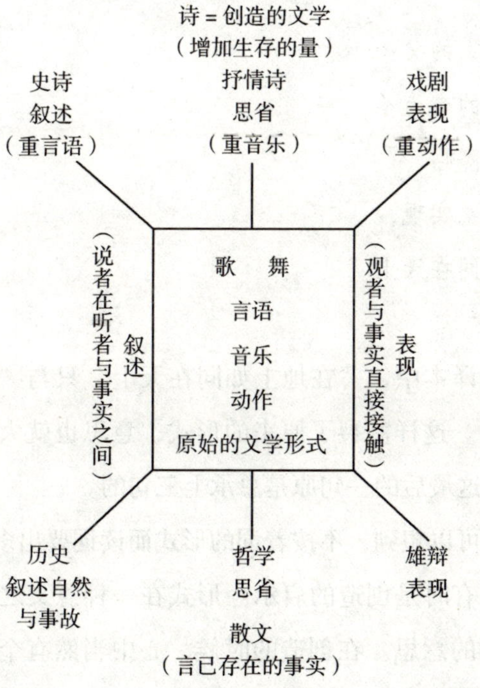

① 理查图·格林·莫尔顿（1849—1924），美国学者，曾在芝加哥大学任教。

由上表我们着出文学的起源是歌舞，其余的文艺品都是由此分化出来的。这足以使我们看清文艺各枝的功能在哪里：戏剧是重动作的，抒情诗是重音乐的……而且还足以说明文学形式虽不同，可是并非界划极严，因为文艺都是一母所生的儿女，互有关联，不能纯一。

二、由文学形式可以认识文艺作品。Moulton说：清楚地明白外形是深入一切文艺内容与精神的最重要的事。他又说：假如一个人读一本戏剧，而他以为是念一篇文章，一定是要走入迷阵的。他并且举出证据，说明文艺形式的割裂足以损失内容的含义，如《圣经》中的主祷文，原来的形式是：

我们在天上的父：
愿人尊你的名为圣，
愿你的国降临，
愿你的旨意实现，
在地上如同在天上。

可是在英译本中，“在地上如同在天上”只与“愿你的旨意实现”联结起来。这样割裂了原来的形式，意思也就大不同了。按着原来的形式，这最后的一句原是总承上三句的。

我们因此可以想到，不按着词的形式而读词要出多少笑话。

三、形式有时是创造的启示。形式在一种意义之下是抒情诗，史诗，诗剧等的意思。在创造的时候，心中当然有个理想的形式，是要写一首抒情诗呢，还是一出戏剧？这个理想的形式往往是一种启示。只有内容永远不能成为诗，诗的思想，精神，音乐，故事，必须装入（化入或炼入较好一些）诗的形式中，没有诗的形式便没有诗；只记住诗的内容而谈诗总不会谈到好处的。因此，要把思想、故事等化入什么形式中，有时是诗人的先决问题。东坡的摹陶，白居易的乐府，和其余的大诗人的拟古，便多半受了形式的启示。诗的体裁格架不是诗的一切，但是它确有足以使某种思想故事在某种体格之下更合适更妥当的好处。我们不能因为旧的形式而限制新形式的发展。但是新也好，旧也好，诗艺必须有形式。胡适之先生的新诗是显然由词变化出来的，就是那完全与旧形式无关属的新诗，也到底是有诗的形式，不然便不能算作诗。新诗的形式是作新诗的一种启示。新诗可以不要韵，不管平仄的规矩，但是总得要音乐，总得要文字的精美排列；这样，在写作之前，诗人必先决定诗的形式，不然，作出来的便不成为诗。他可以自己创造一种形式，可是不能不要形式。反对新诗的是不明白形式不是死定的，他们多半以诗形当作了诗艺。新诗人呢，为打破旧的形式而往往忽略了创造美好的新形式，因而他们的作品每缺乏了音乐与美好排列之美。这不是说要求新诗人们共同决定一种新的格律，是说形式之美是缺乏不得的。

四、形式与内容的关系。什么是内容？诗中的事实。什么是形式？诗的怎样表现。这样看，诗人的文字便是形式。

另有一种看法：事实的怎样排列是形式，诗人的字句是内容。这是把上一段的说法颠倒了一下。在上一段里，以《长恨歌》说吧，《长恨歌》的事实是内容，白居易的文字是形式。这里说，白居易的文字是内容，《长恨歌》的排列方法是形式。前者是要说明事实是现成的，唐明皇与杨玉环的事实是人人知道的，而白居易怎样诉说这件故事，给这件事一个诗的形式。后者是要说明诗人怎样把事实排列成一个系统，一个艺术的单位，便是诗的形式。假如他未能艺术的把事实排列好，东边多着一块，西边短着一块，头太大或脚太小，便是破坏了形式之美。前者是注重表现，后者是注重排列。后者似乎以诗完全当作形式，和看雕刻的法子差不多了。这两种看法在应用于文学批评的时候似乎有些不易调和，因为一个是偏重表现的字句，一个偏重故事的穿插。但是它们都足以说明形式的重要，并且都足以说明形式不仅是体格规律，而且应由诗人自由设计；怎样说，怎样排列，是诗人首当注意的。格式是死的，在这死板的格式中怎样述说，怎样安排，是专凭诗人的技能。格式不错而没有独创的表现与艺术的排列还不能成为诗。

可是，这两种看法好似都有点危险：重表现的好似以为内容是不大重要的，随便挑选哪个事实都可以，只要看表现得美好与否。这好似不注重诗的感情与思想。重穿插的好似以为文字是不大要紧的，只要把事实摆列得完美便好了。这好似不注重诗的表现力。在这里我们应当再提到诗是创造的；文字与内容是分不开的，专看内容而抛弃了文字是买椟还珠，专看文字不看内容也是如此。诗形学是一种研究工夫；要明白诗必须形式与内容并重：音乐，文字，思想，感情，美，合起来才成一首诗。

我们决不是提倡恢复旧诗的格式，我们根本没有把形式只解释作格式；我们是要说明形式的重要，而引起新诗人对于它的注意。专研究形式是与文艺创作无关的；知道注重形式是足以使诗更发展得美好一些的。新的形式在哪里？从文字上，从音节上，从事实的排列上，都可以找到的。这样找到的不是死板的格式，是诗的形式。今日新诗的缺点不在乎没格式，而在乎多数的作品是没形式——不知道怎样的表现，不知道怎样的安排，不知道怎样的有音节。我们不要以为创作的时候，形式与内容是两个不相同的进程：美不是这二者的黏合者。“自然的一切形象与一些心象相交，这种心象的描写只能由以自然的形象为其图画。”（Emerson）[1]在一切美中必有个形式，这个形式永远是心感的表现。无表现力的感情，无形式之美的心境，是野蛮人的；打磨光滑而无情感的韵语是艺术的渣滓！形式之美离了活力便不存在。艺术是以形式表现精神的，但拿什么形式来表现？是凭美的怎样与心相感应。形式与内容是分不开的。形式成为死板的格式便无精力，精神找不到形式不能成为艺术的表现。

① 爱默生。

第十讲　文学的倾向（上）

这一讲本来可以叫作“文学的派别”，但是“派别”二字不甚妥当，所以改为“倾向”。“派别”为什么不妥当呢？因为文艺的分歧原是个人的风格与时代的特色形成的，是一种发展，不是要树立派别，从而限制住发展的途径。文学家有充分运用天才与技术的自由，而时代与思想又是继续变进的，因而文学的变迁是必然的。研究文学史的能告诉我们文学怎样的进展变化，研究文艺思潮的能告诉我们文学为什么变化，但是他们都不许偏袒某派的长处而去禁止文学的进展与变化。他们是由作家与作家的时代精神去研究这个进展变化的路线与其所以然，那么，他们便是追求文学的倾向；这文学倾向的移动是很有意思的研究。反之，看见一种倾向已经成形，便去逐字逐句的摹拟，美其名曰某派的拥护者，某大家的嫡传者，文艺便会失了活气，与时代精神隔离，以至子衰死。所以看文学的倾向才能真明白文学在历史上的发展，而将某时代的作品还给某时代；既明白了文学史的真义，也便不至有混含不清的批评了。专以派别为研究的对象，就是分析得很清楚，也往往有专求形式上的区分而忽略了文学生命的进展的弊病。作家的个性是重要的，但是他不能脱离他的时代；时代色彩在他的作品中是不自觉而然的；有时候是不由他不如此的；明白了这个才能明白文艺的形式下所埋藏的那点精神。举个例子说：在欧洲文艺复兴的时候，人们把埋了千来年的古代希腊拉丁的文艺复活起来，这是历史上的一件美事。人们在此时有了使古代文艺复活的功劳，可是他们同时铸成了一个大错误，便是由发现古物而变为崇拜古物，凡事以古为主，而成了新古典主义。这新古典派的人们专从古代作品中找规则，从而拿这些规则来衡量当代的作品。他们并没有问，为什么古代作品必须如此呢？因为他们不这样问，所以他们只看了古代文艺的形式，而没有追问那形式下所含蕴的精神。其实希腊作品的所以静美匀调，是希腊人的精神的表现。新古典派的人们只顾了看形式，而忽略了这一点，于是处处摹拟古人而忘了他们自己生在什么地方，什么时代。这是个极大的错误，因为他们的历史观错了，所以把文学也弄个半死。设若他们再深入一步，由形式看到精神，他们自然会看出文学为什么倾向某方去，也便明白了文学是有生命的，到时候就会变动的。希腊人们是爱美的，但是，他们并不完全允许思想自由，梭格拉底的死，与阿里司陶风内司的嘲笑梭格拉底和尤瑞皮底司，便是很好的证据。以雕刻说吧，希腊的雕刻是极静美的，但是这也因为希腊雕刻是要受大众的评判的；一件作品和群众的喜好不同便不能陈列出去。希腊人的天性是爱平匀静好之美的，所以大家也便以此批评艺术；于是作家也便不能不这样来表现。他们不喜极端，因而也不许艺术品极端的表现。这样，在古代希腊艺术作品的平匀静好之下还藏这段爱平匀静好的精神；我们怎能专以形式来明白一时代的作品呢？那么，在这里我们用“倾向”，不用“派别”，实在有些理由了。

再说，一派的作品与另一派的比较起来，设若他们都是立得住的作品，便都有文学特质上相同之点；严格的分派是不可能的。就是一个作品之中有时也含着不同的分子，我们又怎样去细分呢?

派别的夸示是摹拟的掩饰，以某派某家自号的必不是伟大的创作家。那真能倡立一家之说，独成一派的人们，是要以他们的作品为断；不能因为他们喊些口号便能创设一派。

在中国文学史上虽然也可以看出些文学的变迁，但是谈到文艺思潮便没有欧洲那样的显明。自从汉代尊经崇儒，思想上已然有了死化的趋势，直到明清，文人们还未曾把“经”与“道”由文学内分出去，所以，对于纯文艺纵然能欣赏，可是不敢公然倡导；对于谈文学原理的书，像《文心雕龙》，真是不可多得的；虽然《文心雕龙》也还张口便谈“原道”“宗经”。对于文学批评多是谈自家的与指摘文艺作品的错误与毛病，有条理的主张是不多见的。至于文学背后的思想，如艺术论，美的学说，便更少了；没有这些来帮助文学的了解，是不容易推倒“宗经”与“原道”的信仰的。有这些原因，所以文艺的变迁多是些小的波动，没有像西洋的浪漫主义打倒古典主义那样的热烈的革命；因此，谈中国文学的倾向是件极不容易的事。

我们可以勉强的把中国文学倾向分作三个大潮：第一个是秦汉以先的，这可以叫作正潮。因为秦汉以先的作品，全是自由发展的，各人都有特色，言语思想也都不同；虽然伟大的作品不多，但确是文艺发展的正轨。虽然这时候还没有文学主义的标树，甚至于连文学的认识还不清楚（看第二讲），可是创造者都能尽量发表心中所蕴，不相因袭。在散文与诗上都有相当的成绩，如庄子的寓言，屈原的骚怨，都是很不幸的没有被后人胜过去。设若秦汉以后还继续着这种精神自由的前进，中国文学当不似我们所知道的那么死板。可怜秦代不许人们思想，汉代又只许大家一样的思想，于是这个潮还没到了风起云涌，已经退去，只剩下一些断藻蛤壳给后人捡拾了！

第二个潮流是自秦汉直至清代末日，这个长而不猛的潮可以叫作退潮。因为只是摹古，没有多少新的建设。“文以载道”之说渐渐成了天经地义，文艺就渐渐屈服于玄学之下，失去它的独立。纵然有些小的波澜，如主格调与主神韵之争，主义法与主辞藻之争，虽然主张不同，其实还都是以古为准。那主张格调的是取法汉魏，那主张神韵的是取法王维、孟浩然。摹拟的人物不同，其为摹拟则一。在散文上，有的非上拟秦汉不可，有的唐宋也好取法。无论是摹拟哪家哪派，在工具上都是用死文字，于是一代一代的下来，不但思想与言语是死定的，就是感情也好似划一了——无病呻吟。

在这个死水里，好似凡是过去的时代与死去的人便可以成一派，派别分得真不少：以文章言，便有西京体，东京体，建安体，正始体，太康体，永嘉体，永明体，初唐体，开元天宝体，元和长庆体，晚唐体……有的便提出一二人为领袖，如二陆，两潘，韩柳等。诗也是这样，看《沧浪诗话》里说：

以诗而论，则有：建安体，黄初体，正始体，太康体，元嘉体，永明体……以人而论，则有：苏李体（苏武、李陵）……陶体（渊明）……元白体（微之、乐天）……

按着我们的意思看，这种分派法本来有些道理：文艺是自由的，有一人便有一体，岂不很好？但是这样分派别体的人并不这样想，他们以为凡是成功的写家，便是后学的师傅，有了祖师才能有所宗依。这样的分派也并不是因为死去的人立了什么新的主义，新的解释；只是他们在文字运用上与别人稍有不同；所以这不是文学有了什么新倾向，是摹古的人们又多了一种新模范。这个潮流自始至终可以说是受了古典主义的管辖，一代又一代，只在那里讲些修辞法，文章结构等；并没在心灵表现上领悟文学。这个潮退到以八股取士便已成了一坑死水，渐渐地发起臭来。

第三个潮流是个暗潮，因为它直到清朝末年还没被正统的作家承认。词，戏曲，小说，在那摹古的潮下暗中活动，它们的价值直到今日才充分地显露出来。几百年中这些自由发展的真文艺埋藏在那残退的摹古潮下，人们爱它们而不敢替它们鼓吹。就是那大胆的金圣叹，还只是用批判旧文学的义法来评《水浒传》等，并没明白这活文学的妙处在哪里。那些作家，虽然产生了这些作品，可是并没作主义上的宣传，没作文学革命的倡导。从事实上看，只有这些作品可以代表这些时代文学的倾向，可是从历史上看，它们确是暗中活动，并没能推翻那腐旧的东西代而有之。本来这个暗流可以看成是浪漫主义打倒古典主义，好像西洋文学倾向的转移。但是这浪漫主义始终没有正当的有力的主张与评论来帮忙，自来自去，随生随灭，没能和古典主义正式宣战。这或者因为科举制度给陈死的文学一种绝对的势力，决不容文学革命吧？

这三股大潮里，第一个是有气力而没得充分发展，所以成绩不多。第二个是大锣大鼓的干而始终唱那出老戏。第三个是不言不语的自行发展，有好成绩而缺乏主张，非常娇好而终居妾位。在这里很难看出文学的倾向，因为那正统的公认的文学是一股死水，而新的活流只是在下边暗暗活动，没有公然的革命；虽然现在我们可以把这暗潮作为文学进展的正轨，可是由历史上看确不是这样；承认小说与戏剧的价值不是晚近的事么？因四言五言诗太呆板狭促才有七言诗，因七言诗仍有拘束才有词；但是词被称为“诗余”，这便是没有能够代替了诗。中国文学的大革命恐怕要以前几年的白话文学运动为第一遭了。

现在，差不多人人谈着什么古典主义、写实主义；要明白这一些，我们不能不去看西洋文学的倾向，因为由我们自家的文学史中是看不见的。

古典主义：古典主义这个名称是后人给古代希腊拉丁作品起的，古代希腊罗马的作家并不知道这个。希腊文明在欧洲历史上的重要是人人知道的。希腊人的精神是现实的，爱美的。因为现实，他们的宗教中也带着点游戏的意味，神是人性的，带着一切人的情感。因为爱美，他们处处求调和匀静之美，不许用极端的表现破坏形式的调和。在希腊全盛时期所产生的艺术品，雕刻，戏剧，诗文，处处表现着这生活欲与美的调节的特色。这些产品是空前的，有些也是绝后的，所以希腊虽衰败，它的艺术之神的领域反而更扩大了。到了亚里山大四处征讨，希腊的文明便传遍了地中海四岸。后来罗马兴盛起来，以武力征服那时所知道的世界，可是在精神方面反作了希腊艺术的皈依者。希腊的雕刻，戏曲，诗文，哲学，都足以使雄悍的罗马人醉倒；于是由希腊掳去的俘虏反作了罗马人子弟的师保。罗马文学家以希腊文艺为模范，为稿本，正如郝瑞司（Horace）所说：“永别叫希腊的范本离开手”。罗马的作品也有很好的，所以后世便把希腊罗马的作品叫作古典主义的。

我们须知道：欧洲文明的来源是有两个。希腊是一个，希伯来也是一个。希腊的精神是现世的，爱美的，已如上述；希伯来的正和这相反，它是重来世的，尊神权而贱人事的，上帝的正义高于一切。上面说过罗马如何接受希腊的精神，可是这希伯来思想也没老实着。罗马的现世观叫肉欲荒淫十分的表现着，于是那捐身奉一神，贱现世而求永生的基督教便在下面把罗马帝国盗空了。罗马后来分为两个帝国：东罗马帝国虽立基督教为国教，可是教权终在政权之下。在西罗马帝国呢，罗马的教皇利用北方蛮族的侵入，扩大教权，作成人与神的总代表，他的势力高过一切。基督教胜利了，现世的精神自然是低落了，艺术品差不多被视为是肉欲的，有罪的，这便是欧洲的黑暗时代。但是在东罗马帝国研究古代学问的风气还未曾断绝，于是希腊文艺渐渐传到西利亚与阿拉伯去，而被译成东方言语。后来，这阿拉伯文的译本，又由东而西的到了西班牙而传及全欧；最重要的是亚里士多德的《逻辑学》。这时候西欧对古希腊的知识全是这样间接得到的，没有什么能读希腊原文书籍的人；自然，这枝枝节节得到的也不会叫他们真实了解希腊的学问。僧侣们——只有僧侣们知道读书——更利用这滴滴点点的知识来证释神学，他们要的是逻辑法，不求真明白希腊思想。拉丁文是必须学的，但是，用这死文字来传达思想，自然不会产生什么伟大的文艺。这时候所谓文学者只是修辞学与文法，那最可爱的古代文艺全埋在黑暗之下，没人过问了。

太黑暗了，来一些光明吧！芙劳兰思（Florence）的但丁（Dante Alighieri，1265—1321）作了《神圣的喜剧》[1]。他不用拉丁文，而用俗语，所以名之为喜剧，以示不庄严之意。这出喜剧中

① 现通译为《神曲》。

形容了天堂地狱的净业界（*Purgatorio*[①]），并且将那时所知道的神学，哲学，天文，地理，全加在里面。在内容方面可以说这是中古的总结账，在艺术方面立了新文学的基础。但丁极佩服罗马文学黄金时代的窝儿基禄（Virgil[②]），他极大胆的用当时的方言作了足以媲美希腊拉丁杰作的喜剧。在文字方面他另有一本书，（*De Vulgari Eloquentia*[③]），来说明方言所以比拉丁文好。这样，他给意大利的文学打下基础，也开了文艺复兴的先声。

邳特阿克（Petrarch，1304—1374）[④]除从事著作之外，也搜罗拉丁文艺的稿本，作直接的研究，不像从前那样从译文或从书中引用之语零碎的得到古代知识了。到了一四五五年，东罗马帝国都城失陷，学士纷纷西来，带着希腊文艺稿本，意大利便成了唯一的希腊文明的承受者。在米兰开始有古代希腊著作的印行，于是希腊原文的书籍便传遍了欧洲。人们也开始学习希腊言语，以便研究希腊文艺。所谓文艺复兴便是希腊精神的复活。此时人们开始抬起头来，看这光华灿烂的世界，不复埋在中古的坟墓中了。意大利开端，继之以法英各国。法国的阿毕累（Rabelais）[⑤]教给世人只有幽默与笑能使世界清洁与安全。孟特因（Montaigne）[⑥]便说："噢，上帝，你如愿意，你可以救我；你如愿意，你可以毁灭我；但无论如何，我将永远把直了我的舵。"这是文艺复兴的精神。在西班

① 又译《炼狱》。

② 维吉尔。

③ 即《俗语论》。

④ 现通译为彼特拉克，意大利诗人。

⑤ 现通译为拉伯雷。

⑥ 现通译为蒙田。

牙，司万提（Cervantes）[①]把中古的武士主义送了终。

文艺复兴是与宗教革命互相为用的。文艺复兴是打倒中古的来世主义，而恢复了古希腊的现世主义。在宗教上呢，人们也开始打倒教皇的威权，而自己去研究《圣经》，以自己的良心去信仰上帝。但是，关于这一层我们不要多说，还是说文艺复兴后新古典主义怎样的成立吧。

前面已经说过，希腊古代作品本来是以平衡，有秩序，有节制，为美的表现。一旦这些作品被人们发现，那就是说，这埋了千来年的宝物经文艺复兴的运动者所发现；自然他们首先注意这形式之美；于是由崇拜而迷信，以为文艺的形式与规则全被古人发现净尽，只要随着这些规则走便不会发生错误的。因此，亚里士多德与郝瑞司的《诗学》又成了金科玉律。从而“三一律”、“自然的规则化”等名词都成了极要紧的口号。“避免极端；躲着那些好太少或太多的弊病”，是他们的态度。不错，避免极端是显然可以由古代作品中看得出的，但那是由于希腊民性如此，前面已经说过。本着自家的特色来表现，纵有缺欠，不失创造的本色。现在新古典主义者本不生在希腊，没有古代的环境，没有地中海岸上的温美，而生要拿希腊的形式之美为标准，怎能得其神髓呢？怪不得他们只就规则上注意，专注意怎样用字用典，而不敢充分的表现自己了。这样，文艺复兴一方面解放了欧洲的思想，一方面又在文艺上自己加上一套新刑具。故古典主义的好处是发现了古代文艺的规则，它的错误是迷信这些规则而限制住文学的自由发展。

果桑（victor Cousin）[②]说：“形式不能只是形式，它必是一个

① 现通译为塞万提斯。

② 现通译为库辛，法国哲学家。

东西的形式。所以体物的美是内部的美的标记，即精神的与道德的美，在这里我们找到了美的基础，主旨，与全体。”古代作品是美的，毫无疑义，但是新古典派的忘却自己而专摹古代作品的形式，便是失了自我；假如古代作品是静美的，新古典派的便是呆死的了。

“噢，梭格拉底……人当有怎样说不出来的福气，假如他能去思省绝对的美，纯洁而简单，不复披覆着肉与人的色彩与必毁灭的不实在的装饰，而是面对面的看见美的真形，那神圣的美。”（*Symposium*①）这是古希腊人的美之理想，虽然未能——也不能——实现，但是借此颇可以看出古希腊艺术所表现的是什么。拿这个与新古典主义的：

> 那些个规条，是古人发现的，不是传授来的，还是自然，不过是自然而方法化了。（Pope②）

两相比较，这二者的距离就相差很远了。

浪漫主义：给浪漫主义下个简单的定义是很不容易的。从Romance这个字看，它是在黑暗世纪以前和以后一种文章曾用这种言语写成的。从它的材料上的来源看，它是北方新兴民族的以散文或诗写成的故事，经过文艺复兴而成为后代小说与史诗的本源。这新兴民族的故事与古代的在形式上内容上都有不同。北方民族从古代作品得了文字文法的训练，开始作自家的故事。故事的内容是基督教的圣僧事迹，北方民族的伟人传说，和从红十字军东征带回来

① 《会饮篇》。

② 薄伯，英国诗人。

的东方故事。这些故事虽不同，可是都带着基督教色彩，叫我们看到武士的尊崇妇女，保护老弱，仗义冒险，以尽宗教武士的天职。基督教本来是隐身奉主，弃世养心的，到了这些武士身上便变为以刀马护教，发扬侠烈的精神；这种精神在沙力曼大帝及阿撒王手下的武士故事中都充分的表现着。从政治方面看，由这些故事中我们见到封建制度的色彩，故事中总是叙述着贵族儿女的恋爱，或贵族与平民间的冲突。在民族性上看，我们看出北方民族的勇于冒险：杀龙降怪以解民困，跋山渡海以张武功。这是内容方面。从形式看呢？古代作品以方法为重，浪漫的故事以力量为主。前者以趣味合一为本，后者以趣味复杂为事。一是求规律之美，一是舍规律而爱新奇、热情。古典派的作品纵有热情也用方法拘束住，浪漫故事便任其狂驰而不大管形式的静美了。

但是，这只是浪漫故事的特色，并没有标树学说，直接与古典主义宣战，像"破坏古典主义主要效果之一，便是解放个人。使个人反于本来面目及自由，正如古代诡辩派之言：以个人做万物的尺度"（Brunetiere[①]，依谢六逸译文）还要等一个号炮；放这号炮的便是卢梭。

卢梭（Rousseau，1712—1778）的思想态度与成功，可以说是浪漫主义运动的先锋。他并不是单向文艺挑战，而是和社会的一切过不去。他要的是个人的自由权，不只是艺术的解放。他的风格给法国文艺创了一个新体，自由，感动，浪漫。他向一切挑战：政治，宗教，法律，习俗都要改革。这样的一个理智的彗星，就引起法国的大革命，同时开始文学的浪漫运动，可谓一举两得。有了这个

① 费迪南·布吕纳介（1949—1906），法国作家、批评家。

号炮，德国的青年文士首先抓住那北方的民间故事与传说，来代替古典文艺中的神话。他们对卢梭与莎士比亚有同样的狂热，同时讥笑法国的新古典派。这样，那中古浪漫故事开始有了学说的辅翼，成了一种运动，直接与新古典主义交战。这新兴文艺是“狂飙突起”，充分的表现情感而破坏一切成法。后来法国英国的文士也同样的由新古典主义的势力解放出来，于是在十九世纪西欧的文艺便灿烂起来。

设若新古典主义的缺点在偏重形式之美，而缺乏自我的精力，浪漫主义又太重自我，而失之夸大无当。卢梭的极端自由，是不能不走入“返于自然”的；但完全返于自然，则个人的自由是充分了，同时人群与兽类的群居有何不同呢？这个充分的自由，其弊病已见之于法国的大革命——为争自由使人的兽性毕露，而酿成惨杀主义与恐怖时代。在文艺里也如是，个人充分的表现，至于故作惊奇，以引起浮浅的感情。这个弊病在浪漫运动初期已显露出来，及至这个运动成功了，人们便专在结构惊奇上用力，充其极便成了无聊的侦探小说，只凭穿插热闹引人入胜，而实无高尚的主旨与深刻的情感。再说，因为浪漫，作品的内容一定要新奇不凡，于是英雄美人成了必要的角色；这在一方面足以满足人们的好奇心与想象，但在另一方面，文艺渐渐成为茶余酒后的消遣品，忘了真的社会；于是便不能不让位给写实派了。

严格地说，古典主义与浪漫主义不是绝对的对立；在这里，“倾向”又能帮助我们了。古典主义是注意生命的旁观，而浪漫主义运动是把艺术的中心移到个人的特点上去；两相比较，便看出这是心理倾向的结果。这新运动是心理的变动；若是纯以文艺作品比较是很容易使人迷惑的。在英国的伊丽莎白时代的戏剧显然的是极浪漫的，为什么浪漫运动必归之于十九世纪的开始呢？这里有个分别，十九世纪的浪漫运动纵与伊丽莎白时代的相同，但不是一回事。十九世纪的新运动有法国的大革命作背景，这个革命是空前的事实。于此我们看到个人思想的解放。再就文艺内容说，新古典主义的作品与伊丽莎白时代的作品好用希腊拉丁的典故，浪漫派的作品的取材也是取之过去时代的，这岂不是一样的好古吗？这里又有不同之点：浪漫派的特点之一是富于想象，他们取材于过去，正是因为他们发现了中古的故事——那惊奇玄妙的故事——而以想象使这些惊奇的精神复活。他们不是只得一些呆死的典故，而是发现了一个奇异的世界，在那里他们可以自由的运用他的想象。这又是个心理的作用。

这样，我们明白了古典主义的所以有那调和匀静之美，与浪漫主义的所以舍去形式而求自我的表现——二者都是心理的不同，因而表现的也不同。至于新古典主义的所以既不能像古代希腊的古典作品那样美好，又不能像浪漫作品这样活泼有生趣，便是因为作者缺乏了这表现心神向往的精神，摹拟是不要多少创造力的。

第十一讲　文学的倾向（下）

写实主义：十九世纪的中叶，世界又改变了样子：政治上，中等阶级代替了贵族执有政权。学问上，科学成了解决宇宙之谜的总钥匙。社会上，资本家与劳动者成了仇敌。宗教上，旧的势力已消失殆尽，新的信仰也没有成立。惊人的学说日有所闻，新的发明日进一日；今天有所发明，明日便有许多失业的工人。这个世界人人在惊疑变动之中，正如左拉的僧人弗劳孟对宗教、科学、哲学、道德、正义，都起了疑惑，而不知所从。这样的人一睁眼便看到了社会，那只供人消遣的文艺不足以再满足他们。他们生在社会上，他们便要解决社会问题，至少也要写社会的实况。他们的社会不复是几个人操持一切，不复是僧侣握着人们的灵魂。在浪漫主义兴起的时候，人们得到了解放的学说与求自由的启示，并不知道这个新的思潮将有什么结果。到了现在，政治虽然改革了，而自由还是没有充分的实现，浪漫派的运动者得有自由的启示，用想象充分表现自我；现在，这个梦境过去了，人们开始看现实与社会。他们所看到的有美也有丑，有明也有暗，有道德也有兽欲。这丑的暗的与兽欲也正是应该注意的，应该解决的。那选择自然之中美点而使自然更美的说法已不能满足他们。他们看见了缺欠，不是用美来掩饰住它，而以这缺欠为最值得写的一点。他们至小的志愿是要写点当代的实况。那完美无疵的美人，那勇武俊美的青年贵族，不能再使他们感觉兴趣。他们所要的不是谁与谁发生恋爱和怎样的相爱，而是为什么男女必定相求，这里便不是恋爱神圣了，而是性的丑恶也显露出来。他们不问谁代替了谁执了政权，而问为什么要这样的政治。这是科学万能时代的态度。这一派的主要人物是法国的巴尔扎克（Balzac，1779—1850）与福禄贝（Flaubert，1821—1880）等。巴尔扎克创立写实主义，他最注重的是真实，他的作品便取材于日常生活及普通的情感。他的人物是——与浪漫作品不时——现代的男女活动于现代的世界，他的天才叫他描写不美与恶劣的人物事实比好的与鲜明的更为得力。福禄贝是个大写实者，同时也是个浪漫的写家，但是，他的写实作品影响于法国的文艺极大，他的《包娃荔夫人》（*MadameBovary*）是写实的杰作，佐拉（Zola），都德（Daudet），莫泊桑（Maupassant）等都是他的信徒。他们这些人的作品都毫无顾忌的写实，写日常的生活，不替贵族伟人吹嘘；写社会的罪恶，不论怎样的黑暗丑恶。我们在他们的作品中看出，人们好像机器，受着命运支配，无论怎样也逃不出那天然律。他们的好人与恶人不是一种代表人物，而是真的人；那就是说，好人也有坏处，坏人也有好处，正如杜思妥亦夫斯基（Dostoevsky）说："大概的说，就是坏人也比我们所设想的直爽而简单的多。"（*The Brothers Karamazoff*[①]）这种以深刻的观察而依实描写，英国的写家虽然有意

① 《卡拉马佐夫兄弟》。

于此，但终不免浪漫的气习，像迭更斯那样的天才与经验，终不免用想象破坏了真实。真能写实的，要属于俄国十九世纪的那些大写家了。

写实主义的好处是抛开幻想，而直接地看社会。这也是时代精神的鼓动，叫为艺术而艺术改成为生命而艺术。这样，在内容上它比浪漫主义更亲切，更接近生命。在文艺上它是更需要天才与深刻观察的，因为它是大胆的揭破黑暗，不求以甜蜜的材料引人入胜，从而它必须有极大的描写力量才足以使人信服。同时，它的缺点也就在用力过猛，而破坏了调和之美。本内特（Arnold Bennett）评论屠格涅夫（Tourgenieff）与杜思妥亦夫斯基说："屠格涅夫是个伟大艺术家，也是个完全的艺术家。"对于杜思妥亦夫斯基："在*The Brothers Karamazoff*开首，写那老僧人的一幕，他用了最高美的英雄的态度。在英国与法国的散文文艺中没有能与它比较的。我实在不是夸大其词！在杜思妥亦夫斯基之外，俄国文艺中也没有与它相等的。据我看，它只能与《罪恶与惩罚》中的醉翁在酒店述说他的女儿的羞辱相比。这两节是独立无匹的。它们达到了小说家所能及的最高与最可怕的感情。假如写家的名誉在爱美的人们中专凭他的片断的成功，杜思妥亦夫斯基便可以压倒一切写家，假如不是一切诗人。但是不然。杜思妥亦夫斯基的作品——一切作品——都有大毛病。它们最大的毛病是不完全，这个毛病是屠格涅夫与福禄贝所避免的。"（*Books and Persons*）是的，写实派的写家热心于社会往往忘了他是个艺术家。古典主义的作品是无处忘了美，浪漫主义的往往因好奇而破坏了美，写实主义的是常因求实而不顾形式。况且，写实家要处处真实，因而往往故意的搜求人类的丑恶；他的目的在给人一个完整的图画，可是他失败了，因为他只写了黑暗那方面。我们在佐拉的作品便可看到，他的人物是坏人，强盗，妓女，醉汉，等等；而没有一个伟大的人与高尚的灵魂，没有一件可喜的事，这是实在的情形吗？还有一层，专看社会，社会既是不完善的，作家便不由的想改造；既想改造，便很容易由冷酷的写真，走入改造的宣传与训诲。这样，作者便由客观的描写改为主观的鼓吹，因而浮浅的感情与哲学搀入作品之中，而失了深刻的感动力，这是很不上算的事。能完全写实而不用刺激的方法，没有一笔离开真实，没有一笔是夸大的，真是不容易的事；俄国的柴霍甫（Tchehkoff）似乎已做到这一步，但是，他就算绝对的写实家吗？他的态度，据本内特看，是："我看生命是好的。我不要改变它。我将它照样写下来。"但是，有几个写实家这么驯顺呢？

严格地说，完全写实是做不到的事。写实家之所以成为写实家，因他能有深刻的观察，与革命的理想，他才能才敢写实；这需要极伟大的天才与思想；有些小才干的便能写个浪漫的故事；像俄国那几个大写实家是全世界上有数的人物。既然写实家必须有天才与思想，他的天才与思想便往往使他飞入浪漫的境界中，使他由客观的变为主观的。杜思妥亦夫斯基的杰作《罪恶与惩罚》，是写实的，但处处故作惊人之笔，使人得到似读侦探小说的刺激。而且这本书中的人物——在*The Brothers Karamazoff*中亦然——有几个是很有诗意的；他的人物所负的使命，他们自己未必这样明了，而是在他的心目中如此，因为他是极有思想的人，他们便是他的思想的代表者与化身。创造者给他的人物以灵魂与生力，这灵魂与生力多是理想的。反过来说，浪漫派的作品也要基于真实，因为没有真实便不能使人信服，感动。那么，就是说浪漫与写实的分别只是程度上的，不是种类上的，也无所不可吧。Lafcadio Hearn（小泉八云）

说："自然派是死了；只有佐拉还活着，他活着因为他个人的天才——并不是'自然'的。"（*Life and Literature*[①]）这是很有见识与趣味的话。

写实作品还有一个危险，就是专求写真而忽略了文艺的永久性。凡伟大的艺术品是不易被时间杀死的。写实作品呢，目的在写当时社会的真象，但是时代变了，这些当时以为最有趣的事与最新的思想便成了陈死物，不再惹人注意。在这一点上，写实作品——假如专靠写实——反不如浪漫作品的生命那样久远了，因为想象与热情总是比琐屑事实更有感动力。小泉八云说："佐拉的名望，在一八七五与一八九五年之间最为显赫，但现在已经残败了……这个低落是在情理中的，因为他所表现的事与用语的大部分已成了历史的。法国在第二帝国的政治黑暗已与我们无关；自然科学也不复为神圣的；遗传律也不像他所想象的那样不能克服了；社会的罪恶也不是那样黑暗，他所以为罪恶的也不尽是罪恶；他所想的救济方法也不见得真那么有效……"（*European Literature in the Nineteenth Century*[②]）在这里，我们得到了一个警告。

对于写实主义的攻击，我们再引几句话：

这个自然主义的运动，在浪漫主义稍微走到极端，它的脚跟逐渐将离开地上去，猛然抬起头来了……这个运动，无妨说是将近代的内部生活，由一个极端转移到一个极端的。即是从溺惑个性，转向拜倒环境的……这种倾向也有短处。第一是：自然主义所主张的纯客观的立场，这是人所做不到的事……那里无论如何会生出不

① 《生活与文学》。

② 《十九纪欧洲文学》。

容其有地质学者对于一个岩石所能持的态度似的客观态度的。研究社会的现象时，固可以说易为（例如社会学，法理学，政治学之类），可是一旦向其锋尖于一个人的心的动作时，第一，对象就成了非常特殊的东西，所以就要生出难点。这么一来，和前面所说的自然科学的根本方针，就不得不弄出矛盾来了。像福禄贝和莫泊桑，都是被视为自然主义文学者的巨头的人，但是拿起两者的作品来一看，也许任何人都能够分别彼此各人所带的味儿似的东西吧。可以看出十分的差异，叫你想到：若将莫泊桑所表现的，给福禄贝去表现，也许不那么表现吧！……其次，自然主义的第二短处是：（上面也稍微提过似的）把人的生活断定为宿命的，视人的生活为一个现象（固然实际上在某种意思，不错是这样），而犹之乎别的现象，一切尽皆依自然律存在着，人也跑不出那支配万有的自然律——这样断定。自然主义却在这里丢失了一件重要的事，那是什么呢？就是：人类。和别种人生不同，发达着所谓自觉的特殊机能……人类依靠这个机能，不但意识自己的存在，并且会自觉。即，除了知道自己的存在是由环境的诸条件成立着外，还知道是由什么一种内部的要求成立着。恐怕特地显著地出现于人类的所谓自觉机能，是把人类区别自其他的生物，而使一跃而立于地球上一切存在的最高位的吧。这种见解，则从科学的说，也是可以成立的……（有岛武郎《生活与文艺》，张我军译）

这一段话是以生命为对象的，我们再就艺术上说。艺术是创作的，假如完全抄写自然而一点差别没有，那与蜡制的模型有什么分别呢？在蜡人身上找不到生命，因而我们看得出它是假的，虽然在一切外表上是很齐全的。那么，假如艺术家的作品只是抄写，艺术还有什么可谈的价值呢！

在这个科学万能时代，批评家也自然免不了应用科学原理来批评文艺，像法国的泰纳便是一个。泰纳（Taine，1828—1893）以为批评家是个科学家而具有艺术目的者。他以为文艺是环境、民族及时代的产物。他批评一家的作品，必须先知道作家个人；得到了这个“人”，才好明白了他的作品；因人是社会的。对于这科学方法的批评，我们引道顿（E. Dowden）几句话证明它是否健全：

……世上没有纯粹的种族，至少没有纯粹种族能成一民族，建造一文明国家，产生文艺与艺术。而且如泰纳所说，一民族的心智的特性能代代遗传不变，也是不确的话。遗传势力之影响于个人品性极为渺茫不定；我们可以承认他为一种假定，但在文学之历史的研究，这是不行的假定，只能发生纠纷，引入迷途。至于环境，我们也可以承认他的影响极其显而易见，但是这种游移不定的影响能否作科学研究的对象？艺术家能随意脱离环境，自己造出与品性相合的小环境；或者他会顽抗起来，对于社会环境，生出反抗。不然，何以解释同一时期可以有极不同极相反的作家？Pascal[①]与Saint Simon[②]岂不是在同时同地完全发展他们的天才？Aristophanes[③]与Euriepides[④]岂不是这样么？其实，一种艺术或文学愈昌明，环境的影响也愈减退。人已学会适应环境使与自己相合，而保存他个人的气力；在一般发达的社会，各种各样的人都能找到与他需要嗜好相

① 帕斯卡尔。
② 圣西门。
③ 阿里斯托芬。
④ 欧里庇得斯。

宜的居住所及社会。而且，生活滋长的原则也不尽在适应环境，生活也是“一种反抗，摆脱，或者说一种自卫的适应，与外来的势力相抵抗”；岁月愈久，自卫的机制也愈精巧、复杂而愈成功。泰纳所举各种势力自然存在而发生效力，但是他的作用极隐晦而不定。（《法国文评》，林语堂译）

写实主义既有缺欠，而科学万能之说，又渐次失去势力，于是文学的倾向又不能不转移了。

但是，在这里我们应说明写实主义与自然主义的分别，因为前面因引用书籍，把这两个名词似乎嫌用得乱一些。

这两个名词的意义本来没有多少分别，所以一般人也就往往随便地用。不过佐拉在说明他的作品主旨时揭出“自然主义”这个词，并且陈说他是要以遗传和境遇的研究，用科学方法叙述那所以然的原因。自然主义是决定主义，不准有一点自写家而来的穿插，一切穿插是事实的必然的结果。Fielding[①]与Dickens[②]的作品有与自然主义相合之处，但是他们往往以自己的感情而把故事的结局的悲惨或喜悦改变了，这在自然主义者看是不真实的。自然主义作品的结局是由自然给决定的，是不可幸免的。在今日看，天然律并不这样严密，自然主义也就失去了力量。

新浪漫主义：我们略把新浪漫主义的特点写几句：

一、从历史上看，新浪漫主义是经写实主义浸洗过的。它既是发生在写实主义衰败之后，不由它不存留着写实主义一些未死的精神。浪漫主义的缺点是因充分自我而往往为夸大的表现。新浪漫主

---

① 费尔丁。

② 狄更斯。

义对于此点是会矫正的，它要表现个人，同时也能顾及实在。

二、从哲学上看，近代对于直觉的解说足以打倒以科学解决的论调。主直觉的以为内心的领悟与进展也是促人类进步的势力之一。这并不与科学背驰，而且还能把物质与心智打成一气。在哲学上有了这样的论调，文学自然会感到专凭客观的缺欠，而掉回头来运用心灵。有的呢便想打倒科学，完全唯心，因而走入神秘主义。

三、新心理学的影响：近代变态心理与性欲心理的研究，似乎已有拿心理解决人生之谜的野心。性欲的压迫几乎成为人生苦痛之源，下意识所藏的伤痕正是叫人们行止失常的动力。拿这个来解释文艺作品，自然有时是很可笑的，特别是当以文艺作品为作者性欲表现的时候；但是这个说法，既科学而又浪漫，确足引起欣赏，文人自然会拾起这件宝贝，来揭破人类心中的隐痛。浪漫主义作品中，差不多是以行动为材料，借行动来表现人格，所以不由的便写成冠冕堂皇或绮彩细腻；但是他们不肯把人心所藏的污浊与兽性直说出来。写实主义敢大胆的揭破丑陋，但是没有这新心理学帮忙，说得究竟未能到家。那么，难怪这新浪漫主义者惊喜若狂的利用这新的发现了。他们利用这个，能写得比浪漫作品更浪漫，因为那浪漫主义者须取材于过去，以使人脱离现在，而另入一个玄美的世界；新浪漫主义便直接在人心中可取到无限错综奇怪的材料，“心”便是个浪漫世界！同时，他们能比写实主义还实在，因为他们是依具科学根据的刀剪，去解剖人的心灵。但是，他们的超越往往毁坏了他们的作品的调和之美；他们能充分的浪漫，也能充分的写实，这两极端的试探往往不是艺术家所能降服的。

四、对科学的态度：科学太有系统，太整齐了，太一致了；在这处处利用科学的社会里，事事也渐呈一致的现象，凡事是定形的，不许有任何变换。这种生活不是文人所能忍受的，于是他们反抗了，他们要走到另一端去。他们的作品是想起什么便写什么，是心潮涨落之痕，不叫什么结构章法管束着。这是反抗科学的整齐一致的表示。他们对文艺的态度多是表现印象，而印象之来是没有什么秩序的。他们也喊着心灵的解放与自由，有的甚至想复古，因为古代社会纵有缺点，可是并不像现代这样死板无生气。乔治·莫尔这样的喊："还我古代，连它的惨忍与奴隶制度一齐来！"（George Moore, *the Confession of a youngman*[①]）

五、对社会的态度：写实派的作者是要看社会，写问题，有时也要解决问题。这新浪漫主义产生的时代，正是科学万能已经失去威权的时代，那写实派所信为足以救世的办法，并不完全灵验。加以社会的变动极快，今日以为是者，明日以为非，人们对道德，宗教，政治，全视为不可靠的东西。欧洲大战更足以促成这颓丧的心理。于是文士们一方面不再想解决问题，因为没法解决，一方面又不能不找出些东西来解释生命。这点东西自然不是科学所能供给的，也不是宗教道德中所能得来的；它是些超乎一切，有些神秘性的；新浪漫主义可以说是找寻这些不可知的东西。

象征主义：从"象征"这个字看，它是文艺中一种修辞似的东西，在诗与散文中常常见到。它是用标号表现出对于事物的觉得。这样的写法是有诗意的，因为拿具体的景象带出实物，是使读者的感情要渗透过两层的。但是，这是在古今诗文中常常见到的却不是象征主义。

要明白象征主义，必须看明新浪漫主义是什么。新浪漫主义有

---

① 乔治·穆尔《一个年轻人的忏悔》。

一方面是带有神秘性的，是求知那不可知的；这个神秘性的发展便成为象征主义，因神秘与象征是分不开的。这个由求知那个不可知的东西而走入神秘，不仅是文艺的一个修辞法，而且是一种心智的倾向。这个倾向是以某人某记号象征某事，不是像《天路历程》那种寓言，因为这些都是指定一些标号，使人看出它们背后的含义，这不是什么难做的事。现在的象征主义不是一种幻想，不是一种寓言：它是一种心觉，把这种心觉写画出来。这种心觉似乎觉到一种伟大的无限的神秘的东西；在这个心觉中，心与物似乎联成一气，而心会给物思想，物也会给心思想。在这种心境之下，音乐也可以有颜色，而颜色也可以有音调。有这种的心觉，才能写出极有情调的作品。这极有情调的作品是与心与物的神秘的联合，而不只是隐示——隐示只是说明象征，不能说明象征主义的全体。

至于神秘主义，在浪漫派与象征主义作品中往往看到神秘的倾向。在浪漫派作品中神秘足以增加它的奇诡，在象征主义作品中神秘有时候是一种动机；神秘主义自身并不成一种很大的文学倾向。

唯美主义：唯美运动是依顺浪漫主义而特别注意在美的一方面。十九世纪初的浪漫运动已把“求美”列为文艺重要条件之一，奇次（Keats）[①]已有“美是永久的欣悦”，和“美即真，真即美”的话。这对美的注意，经过先拉非尔派（PreRaphaelites）画家的鼓吹（这些画家有的也是大文学家，如罗色蒂〔Rossetti〕就是最著名的），在文艺上也成了一派。看唯美派，在文艺的表现上，不如在文艺的内容思想上，更为有趣，因为他们的思想与人生全沉醉于美的追求，就是在社会改革上也忘不了美的建设，像莫理司（W.

① 现通译为济慈。

Morris）在理想的社会中非常注意建筑之美（看他的*News from Nowhere*[①]）。到了丕特（Walter Pater）便开始提倡审美的批评，他是把美和生命联成了一气。在他论华兹华斯（Wordsworth）的文章里说："用艺术的精神对待生命，则能使生命之法程与归宿结合而为一。"这足以表明他们的对人生的态度及美的功用；他们不只是在文艺上表现美，而是要象古代希腊人的生在美的空气中。但是，这个世界不能美好，因为太机械了，所以这唯美派的人们要把文艺作成纯美的，不受机械压制的；文艺不是为教训，而是使人的思想能暂时离开机械的生活。这种追求美好的精神很容易走到享乐主义上去，王尔德（Oscar Wilde）便是个好证据。据他看，艺术家的生命观是唯一的，清教徒是有趣的，因为他们的服装有趣，并不是因为他们的信仰怎样。这样的生命观，是不能不以享乐为主。因此，他们便把社会视为怪物，而往往受着压迫。在文艺上，因为他的人生态度是如此，也就主张为艺术而艺术，而嫌与现实的生活相距太远了。

理想主义：这在文艺上根本不成立，因为无论是在古典派，浪漫派，写实派，唯美派，都不能没有理想；除了写侦探小说的大概是满意现代，不问事的对不对，只描写事的因果，几乎没有文艺作品是满意于目前一切的。乌托邦的写实者自然是具体的表示：对现世不满，而想另建理想国；但是那浪漫派的与唯美派的作品又何尝不是想脱离现代呢？所以，这个主义便不能成立（在文艺上），或者说它在文艺上太重要了，短了它文艺便不能成立，所以不应使它另成一个主义。我们且引几句话作证：

---

① 《乌有乡消息》。

有人说，文艺的社会使命有两方面。其一是那时代和社会的诚实的反映，别一方面是对于那未来的预言底使命。前者大抵是现实主义的作品，后者是理想主义或罗曼主义的作品。但是从我的《创作论》的立脚地说，则这样的区别几乎不足以成问题。文艺只要能够对于那时代那社会尽量地极深地穿掘进去，描写出来，连潜伏在时代意识社会意识里的无意识心理都把握住，则这里自然会暗示着对于未来的要求和欲望。离了现在，未来是不存在的。如果能描写现在，深深的彻到仁核，达到了常人凡俗的目所不及的深处，这同时也就是对于未来的大启示、的预言……我想，倘说单写现实，然而不尽他过于未来的预言底使命的作品，毕竟是证明这作品为艺术品是并不伟大的，也未必是过分的话。（厨川白村《苦闷的象征》，鲁迅译）

这很足以说明理想的重要，也暗示着理想不必成为理想主义，而是应在一切文艺之中；那么，我们无须再加什么多余的解释了。

这两讲是抱定不只说派别的历史，而是以文艺倾向的思想背景，来说明文学主义上的变迁的所以然。这样，我们可以明白文艺是有机的，是社会时代的命脉，因而它必不能停止生长发展。设若我们抱定了派别的口号，而去从事摹拟，那就是错认了文学，足以使文学死亡的。

普罗文学的鼓吹是今日文艺的一大思潮，但是它的理论的好坏，因为是发现在今日，很难以公平的判断，所以这里不便讲它。我们现在已觉到一些新的风向，我们应当注意；这个风到底能把文艺吹到何处去，我们还无从预告。

第十二讲　文学的批评

所谓文学批评者，就是文学讨论它自身。普通的人读书，只说我爱这本书，不爱那本书，为什么呢？因为这本书对我是有趣的，那本书没有趣。但是，为什么有趣呢？普通的人便不深究了。另有一些人，他们不但是读书，而且要真明白它；于是他们便要找出个主旨来，用以说明他们为什么爱这本书，不爱那本书。这样，研究文学的人也必须是文学批评者，他不只说我爱这本书，而且也要问：为什么它可爱？它是应当可爱吗？为回答这个问题，他必须从许多文学作品中，找出个主旨来，好帮助他批评某个文艺作品——文学批评便于此形成了。

文学批评有许多种，我们为省事起见，就用莫尔顿（R.G.Moulton）的方法，把文学批评分为四大类——理论的批评，归纳的批评，判断的批评与主观的批评。在我们说明这四类以前，应当对中国的文艺批评家，如刘勰、袁枚等致歉，因为他们的批评理论虽有相当的价值，但是没有多少人去应和他们。所以在中国，文学批评并没有在文学中成为很显明的一枝，对于批评这个词也没有确切的说明。因此，我们还是用西洋的理论较为清晰。现在我们依次说明这四大类：

一、理论的批评：理论的批评好似文学中的哲学，它是讲文学原理的。在最初的两个批评家——柏拉图和亚里士多德——便有显然相反的学说，因为他们对文学的基本原理的假设是不同的。柏拉图是以文学应为哲学的，他把哲理放在文学以上。亚里士多德是以文学为艺术的，他把文学的怎样表现放在真理以上。在柏拉图的《理想国》第十卷里，梭格拉底说：

> ……以诗表现的艺术对于听者是极有害的……自我幼时，我对荷马即极敬爱，至今犹不愿畅所欲言，因为他是那美的悲剧作者们的大首领与教师；但是，我还得说出来，因为人不应受超过真理的尊崇。

梭格拉底开始证明艺术是摹仿，离真理甚远，因此他问：“哥老肯，你想一想，假如荷马真能教训与改善人类——假如他有真识而不只是个摹仿者——你能想到，我说，他能没有许多门徒，而被他们尊爱吗？”这样，他证明荷马不是个人类的大师，因为他不明真理。因他不明真理，所以他描写些不应当说给人们听的东西；有这样的诗人是国家的不幸，而应当驱逐出境的！这里，我们看出来柏拉图是要使文学家成为哲学家，而文艺的构成必依着理想国的理想。

亚里士多德便不这样了。他说，历史与诗的分别：“一个是叙说已过去的事实，一个是叙说或者有过的事实。所以诗比历史是更哲学的，更超越的。因为诗是要说普遍的，历史是特别的。”

（《诗学》九章）

这里，我们看见正与柏拉图相反的论调。他们的不同是：

> 柏拉图是个理想者，他的批评是在以研究人生所得的原理来考验文学与艺术。亚里士多德是个实际者，他的批评是立于他面前所有的文学材料的考虑上。柏拉图以为艺术与文学之产生，以批评的目的看，是纯为传达哲学真理的工具。批评的意义他以为是从事于检定诗与艺术所传达的合于哲学所传达的到了什么程度……亚里士多德的批评，在另一方面，对任何伦理的动机是独立的；在他的计划之下，批评是另一种探讨。艺术，他在《伦理学》中说，是“创造机能与理智的联合”的产品。在《诗学》里，他看到：创造机能的本源是表现的最初动力，他也指明：这样解释艺术所得的结果，一定与任何专凭理智的努力所得到的结果不同。（Worsfold, *The Principles of Criticism*[①]）

于此，我们看明这两位大圣人的批评的不同源于他们的主旨不同。后世有许多这样的批评理论，有的用心理去说明想象，而以想象说明文学，像英国的爱迪森（Addison）[②]。有的以表现所用的工具不同，由美学说到文学，像德国的莱辛（Lessing）[③]与法国的果桑（Viotor Cousin）。他们所要说明的，都是文学上的问题，如诗与别种艺术是用不同的工具表现真实，如诗与艺术是自然的经过选择、洗炼，而后成为艺术等等学说。这些学说自然未必尽善，而且有时

① 乔斯福尔德《批评的原理》。
② 乔瑟夫·艾迪生（1672—1719），英国文学评论家。
③ 戈特霍尔德·埃夫赖姆·莱辛（1792—1781），德国剧作家、文艺理论家。

候离开了文学，但是它们对于文学的了解极有帮助。中国所以缺乏文学批评的文艺当然不止一个原因，但是因为缺乏美学的讨论，与用心理作用说明文学的功能与构成，至少可以算一个重大的原因。

这理论的批评往往是文学革命的宣传者。这种宣传足以打倒固定的爱好，而唤起新的欣赏。文学批评自然是要先有文艺作品，而后才有寄托的；但是，只有新的文艺作品而没有理论来辅佐，革命的进展与成功是很慢的，而且有时候完全被旧的标准给压服下去。中国的词，小说，与戏曲的发展，都是文艺革命的产品，但是没有理论来辅助，终不能使革命完全成功。文学理论陈旧了便成了一种锁镣，限制住文艺自由的发展。但是，当它是崭新的时候，它实足以指导人们，使人们用新眼光看新作品。英国的浪漫主义运动便是很得力于华兹华斯的理论，他是主张“天才是把新分子介绍理智的宇宙”的；他的作品是新创造的，他便需要新的欣赏；新的作品与新的欣赏全要创造出来的。

二、归纳的批评：这个是从很多的材料归纳成一个批评的标准，它是要分析文学，看文学到底是什么，因观察而到解释上去。它是用科学方法来观察文学的。有的批评家这样做，只是仔细研究分析作品的内容，而不去判定价值；有的是研究作品与其环境，好与其他的作品比较，而断定它的位置。这二者都极有趣，但都容易发生错误。那细细分析内容的便是要替作品作个解释，这样很容易把作品中原来没有的东西作为解释的线索，像中古的猜测《圣经》，和中国的《西游记》的评注等都是如此。还有呢，这种分析法本来是要科学的，但是批评家的思想设若比作者的聪明，他便以他自己的思想来解释作品，像中国学者的解释《诗经》——本来是男女相悦之歌，倒成了规讽的文章了。那以环境时代来解释文学的，往往太注重作者，而忽略了文学的本身。总之，这样细细分析文学总免不了太机械的毛病，因为创造机能是带些神秘性的，是整个的；除了作者自己是不容易说得周到的；这种批评往往是很聪明的，而很少是完全的；它能增高欣赏，但有时是错误的；它的目的是公道的指出文艺是什么，但是，它有时候便失了这公平的态度。

对于归纳批评的好处，我们引莫尔顿——他以归纳批评为解释的批评——几句话：

解释的批评是极清楚的去规定，它是与判断批评相反的。心智在检讨与解释有结果之前，不能开首就去评判；“应当怎样”的意见是检验东西的真象的一大障碍；心中有固定的爱好对于扩大的爱好是不利的；我们不能同时维持标准以反抗革新，又能留心于新文学的进行；我们不能同时使文学趋就我们的思想，又能使我们的思想趋就文学：总之，我们不能同时是判断的，又是归纳的。好像油与水，这两种批评各有价值；像油与水，这两样不能搀合……如批评，依着遗传下来的看法，是与判断相同，则文学史当是文艺胜过批评的。现代对文学的态度并不把估量与判断除外。但是它承认判断的批评必须有极自由的归纳的检查为先驱；若是，归纳的批评实为批评的基本要件。”（Moulton,*The Modern Study of Literature*[①]）

这一段话里指明：归纳批评，假如能做得好，是极公正的，没有阻止文学发展的毛玻同时也暗示出（在末一句里）：理论的批评

① 莫尔顿《文学的现代研究》。

也是由归纳的手续提出原理；那就是说，批评必基于分析观察以便解释，而后才能有文学理论的形成。

三、判断的批评：判断的批评便是批评者自居于审官的地位而给作品下的评判。要这样做，批评者必须有一个估量价值的标准。因此，在历史上，理论批评便往往变成文学的法典，批评者用这个法典去裁判一切。理论的批评原是由观察文学而提出原理，这种原理是为解释文学的，不是为指点毛病的。以亚里士多德说，他从古代希腊文艺中找出原理，是极大的贡献；他并没叫后人都从着他。假如他生在后代，所见的不只是希腊文艺，他的文学原理一定不会那样狭窄。不幸，在文艺复兴后，文士拿这一时代的原理，一种文艺的现象，作为是给一切时代、一切文艺所下的规法。于是文艺批评便只在估定价值上用力，而其范围便缩小到指点好坏与合规则与否，这是文艺批评的一个厄运。

指点毛病是很容易的事，越是没有经验的人越敢下断语，这在事实上确是如此。指点毛病必须对同情加以限制，但是，了解文学不能只以狠心的判断为手段；对文学的了解似乎应由同情起，应对它有友谊的喜爱，而后才能欣赏。自然，在文学批评中“客气”是没有必要的，因为没有坏处也显不出好处来，就是极伟大的作品也不能完全——世界上哪有一本完全的作品呢？但是，这指点毛病，就是公平，也不是批评的正轨；因为这样的批评者是以一种规法为准，而不能充分的尽批评的责任：对欣赏上，他不能由成见改为是否他自己——不管规法标准——爱某个文艺作品。对学理上，他限制住文学创作的自由。

指出判断批评的缺欠正足以证明理论的与归纳的批评之优越。

塞因司布瑞[①]在论新古典派与浪漫派交替时代的文学批评指出来：美学的研究与观察历史为浪漫派胜过古典派的两点。对美学的研究，他说：

以更宽广的更抽象的美学探讨来重新组织批评，其利益与重要是很显然的……美学普通理论之组成——对各种艺术及一种艺术的枝别的探讨无论如何偏畸，或如何奇幻——它不能不（无论如何间接的，无论怎样与本意相反）把已成的意见及理论给动摇了，有时候且打碎了。“为什么”和“为什么不”一定会不断的来找这样的研究者；已经说过两三次了，这“为什么”与“为什么不”是攻击一切成见的批评的利器……

对于历史的研究，他说：

文学史的研究大体的是，比较文学史的研究绝对的是，一个新东西……历史是批评的——和几乎是一切的——材料的根源。要评判必先要知道——不但必须知道所谓想过的、做过的、写过的之最好的（假如你不知道其余的，怎能知它是最好的），而要把那活动的变化的动物，所谓人者的所写过的、做过的、想过的全取过来，或全部的一样取一些。他的活动和他的变化还要与你要坏招数，因你永不能知道极广；但是，你越知道广些，那错误的区域越狭窄一些。我们所知的最完善的批评作品——亚里士多德的和郎吉纳司的——其好处是由于作者对他们所见到的作品有精详的知识；其

① 即圣茨伯里。

实有缺欠也不能完全是由于他们未能看见一切。（Saintsbury, *A Historyof English Criticism*, Interchapter Ⅳ[①]）

理论的批评的理论必须由归纳法而来，它的目的不是在规定法则，而是陈述研究的结果，从事于指导。归纳的批评是公平的检查，为理论的批评的基础。这二者是与时间俱进的，不是一成不变的，因为他们是要看得多，知道得广，随着历史进行的。判断的批评只是在批评史上有讲述的必要，实在不是批评应有的态度。判断的批评不接受新的作品，不看新的学说，也没有历史观，所以它是极褊狭的，而且很有碍于文学发展的。

四、主观的批评：判断的批评是指出对不对多于爱不爱，对不对是以一定的法则衡量作品的自然结果，爱不爱是个人的，不管法则标准。爱不爱是批评中的事实，而主观的批评便基于此。这种批评是以批评者为主，于是批评者成了一个作家，他的批评作品成为文艺作品。这种作品纵在批评上没有什么贡献，但是它的文字是美好的，使人不因它的内容而藐视它的文学价值。

因近代好自由的精神，这种批评颇风行一时。严格地说起来它并不是批评，而是个人借着批评来发表心中所蕴。佛朗士（Anatole France）说得很有趣：

批评，据我看，正如哲学与历史，是一种小说，借以表现精细与好奇的心智。凡小说，正确的明白了，都是自传。好的批评家是个借杰作以述说他心灵的探险者。

① 圣茨伯里《英国批评史》，附加第四章。

客观的批评，没有这么一回事，正如没有客观的艺术。那夸示将自己置于作品之外的是最虚假的欺人。真理是这样：人不能离开他自己。这是我们的最大烦恼……要打算真诚爽直，批评家应当说："先生们，我要说我自己对于莎士比亚，或阿辛（Racine）[①]，或巴司克尔（Pascal）[②]，或歌德——这些题目供给我很美的机会。"（*The Adventure of the Soul*）

克尔（Alfred Kerr）[③]说："作一个批评者，假如只限于此，是个笨营业。演义的道理比早晨的烧饼还陈腐得快。我相信，那有价值的是批评的自身也成为艺术，就是当它的内容已经陈腐，还能使人爱读。批评应当视为与创造同类……什么是生产的批评？批评者还没有生过一个诗人！生产的批评在批评中创造出一艺术品。别的一切解释全是空的。只有批评家中的诗人才有评论诗人的权利……将来的批评者必均坚持此理：去建设一个系统只能引起迷惘；能持久的必是叙说得好的。"（*Das Neue Drama*）[④]

这种印象派或欣赏派的主张是有趣的，刺激的，而且含有只有艺术家才能明白艺术，和爱文学而不爱文学的规法的意思。但是，这种批评不是全无危险的：从批评者说，批评者应当拿什么作他的主旨？自然还是归之于多读多看，而后才能提出主旨。假如批评者完全自主，以产生文艺为目的，而以批评作为次要的，批评的自身便极危险了；因为这样主张的人可以不下工夫多读多看，而一任兴

① 现通译为拉辛（1639—1699），法国悲剧诗人。

② 即帕斯卡尔。

③ 阿尔弗雷德·克尔（1867—1948），德国戏剧批评家、政论家。

④ 《新戏剧》。

之所至发为文章，这岂不是把批评的原旨失了么？批评必须比较，设若只以爱与不爱立言，便无须比较，因为爱这个便不爱那个，用不着比较了。这主观的批评是自己承认不是科学的，可是不用科学方法怎能公平精到呢？再从读者方面说：

这样的批评有三个危险：但不是主观批评的，是现代读者对于这种批评的态度的。第一是容易以这种批评与别种批评相混。读批评文字，不注意讨论，而专看它的结论怎样出来。这是两重的不公道。对文学本身不公道，因为不看它的诚实的解释，而易以现成的宣言——纵使是出于最大的注释家的。对于如约翰孙[①]、剖蒲[②]，爱迪森等人也是不公道的，以他们的文学意见估量他们——他们的文学意见一部分是他们的时代产物——而不看他们使那意见立得住的力量；第二是多量的批评文学对于文学研究的通病是应该负责的，因为人们只读关于文学的作品，而不去读文学本身；第三是带点理论性质的。据我看，注重主观的批评使文学研究从对诗的艺术的要点移到细小之点上去了……现在的普通批评文学很少注意于考拉瑞芝[③]所谓诗的“全部的欣赏”，而多注意于“组成部分的美好”。

从上面的四种批评的短长，我们看出来，批评有两个原素：哲学的与历史的。我们还是引莫尔顿的话吧。哲学的与历史的是：

一个是打算得到文学的原理；一个是批评文学的继续。哲学的

① 即约翰逊。
② 即蒲柏。
③ 即柯勒律治。

批评是有基本的重要；批评史的重要首先在能帮助文学的哲学。

由这两句话我们看到，文学的哲理是把部分和全体联络起来；那么，批评的任务必是由检考文学、由特别的而达到普遍的。这样，批评史所记载的批评意见只是历史上的演进，把这些进行的方向分划出来，也是文学的哲学的一部分工作；那就是说，用历代的批评学说作我们的哲学的参考；专研究一时代的批评作品的历史是不很重要的。它们的重要只是因为它是文学原理的一枝，借着它们可以看到理论的全体。这样，我们明白了文学批评与文学批评史的分别，批评史对文学批评的重要，不在乎历史，而是在文学方面。文学批评，那么，是解释文学的，是理论的。由此我们可以提到文学批评的功能的另一方面了。

因为文学批评是解释文学的，所以它也可以由解释文艺到解释生命上去。这并不是说以道德的标准去批评文艺，而是以文艺和文艺时代的生活相印证。这是阿瑙德（Matthew Arnold）①的主旨。他不但批评文学，也批评生命；他批评文艺，也批评批评者。他以为文化的意义便借求知而进于完善，求知便能分辨好坏善恶，这便是批评。因此批评的事务是"要知道世界上所知所想过的最好的，然后介绍出去，以创出一个真的新的思潮"。批评的根本性是要公平无私。这样，批评家是有所为的：社会有了好的知识与文化，才能欣赏文艺而帮助文艺发展，批评家必须给文艺造一个环境与空气。批评者是制造这空气的，也就是社会改造者。我们看多数的批评作品是解析文学的，于此我们又看见一个解析批评者的。批评者，据

① 现通译为马修·阿诺德（1822—1888），英国诗人论评家。

他看，好像是施洗的约翰，给一个更大的人物预备道路。在这里，我们晓得文学批评的功能，在它本身是要作成文学的哲理，在它的宣传是要指导文学与社会；它并不是指点错误和挑毛病的意思。中国的文学很吃没有用这整个的理论来批评和指导的亏，而养成公平无私的批评尤为今日之急需。

唯有批评，不承认有不易的定理，不肯为任何教门派别的肤浅陈腐之谈所束缚，能养成那沉静哲学心境，能为真理而爱真理，虽明知真理不易达到，也一样的爱她。（王尔德《批评家即艺术家》，林语堂译）

谁是批评者呢？在批评史上我们看见许多创造者也是批评家，也有许多批评家不是创造者。我们也常听到批评家指摘创作家的短处，和创造者的诟骂批评家。到底谁应当作批评者呢？这几乎永远不能规定，我们只能就事实上说。那就是说，在事实上，艺术家自己明白自家艺术的底细，自然，他假如乐意，会写出最有价值的批评来，因为他是内行。但是，艺术是广泛的，创造家不易多才多艺，他所会的他自然可以说明了，但是他不能都会，不能件件精通；于是他便不能不把批评的事业让给一些专门的批评家。况且，一个文艺作品创造出来，是要交给别人读的，而读者是要对它说话的人。自然，一个公平的科学的批评者是要从文艺本身下手，设身处地的为那创造者设想，但是他所见的设若是很广，他一定会指出创造品的缺欠，或是发表与创造者相反的意见；要使创造者与批评者完全气味相投，毫无抵触，是极难的事；创作家的自傲，与批评者的示威，往往是不易调处的。但是，无论怎说，艺术家既不能全兼作批评家，批评家还是很重要的。况且，批评家的成功，不单在他的意见上，而是须有文学天才的帮助；他的批评文字假如也是文艺，这是无疑的文艺界的幸运。

谁是批评者似乎是在艺术家与批评家的争执中不易解决的；我们只能说，艺术家而能作批评的事业是极好的；但事实上不能人人如此，那么，批评家便产生了，这在事实上是必然的，而且是很好的事。我们现在说怎样成为批评家，和批评家当有的态度：

要成个批评家必须有天才和象王尔德所谓的“一种有锐敏感觉美及美所给予我们的印象的性情”，是无须多说的；他也必须有相当的训练，塞因司布瑞对于爱迪森的批评作品说：“……真的，他的三四十篇文章里，继续增加对于何为批评的了解……批评是，从一方面说，一种艺术，其中很少见到可靠的简单节要——它比一切的创作艺术都需要更多的读书与知识——而且头一件是在作对过以前，必须有许多错误，也许没有一个有地位的批评家，不是在作完了比初作时更好的。”这是个很显然的事实，不必多说。至于他应有的态度，他第一应当站在创造者的地位去观察：

艺术家可以比作一个探看荒林的探险者，自家去开出一条路。批评者像第一个检查者去考察这条路。他看见这条路在丛荒之中开过去；他判断这筑路的材料如何坚实，和作的时候费了多少力。他也许愿意有些地方应当改换方向，指出如何可避免某个险坡，某个急转，某个不必要而没道理的桥。但是，这并无关紧要，这路已这样修好，他只好随着它走；他必须估定的路的价值，在它已成为通衢大道，四围的榛莽已被剪除，已成为繁华的、普通的以前。假如他来得太晚了，这路已成了通用的大路，他必须把后来加添的东西除去，用心眼去设想它的原形，想出那荒林还在路的两旁时的光景。（Scott-James，*The Making of Literature*，Chapter 29.①）

这样，便合了以我就文艺的道理，而不至于武断。这种态度才能真实的去看文艺，而把文艺所带着的注解和陈腐无谓的东西都放在一边。这种态度能叫批评者对新的旧的作品都一视同仁，不拿成见硬下判断。这样，他不但只是了解文艺，他也一定要明白文艺中所含的生命是怎样，那就是说，他必明了人生，才能明白文艺所表现的是什么。这样，批评家所具的天才，所忍受的苦，所有的道德，才能与艺术家媲美，而批评便成了一种艺术，而是“诗只能被诗人摩抚”。艺术家是比批评家多一些自由的，批评家的难能可贵也就是因为他能真了解艺术家；他决不是随便批评几句便可成功的。

批评家也必须对创造家表同情；批评不只是挑毛玻没有同情，便不会真诚，因为他以批评为对作家示威的举动。“对于青年人我须这样说，以缺点判断任何作品永远是不智慧的：第一个尝试应当是去发现良美之点。”（Coleridge）这是句极有意思的话。

天才，审美心，训练，知识，公平，精细，忍耐，同情，真诚……这么些个条件才能作成个批评家！

① 司各特－詹姆斯《文学的创造》第29章。

第十三讲　诗

在第六讲与第九讲里，我们谈过诗是文艺各枝的母亲。在第八讲里，我们看清了诗与散文的分别。现在应讲：（一）诗与其他文艺的区别，这是补充第八讲。（二）诗的分类。（三）诗的用语。

一、诗与其他文艺的区别：在第八讲里，我们看到诗与散文的所以不同。因为这么一划分，往往引起一些误会：诗的内容是否应与戏剧小说等根本两样呢？现代的文艺差不多是以小说为主帅；诗好像只是为一些老人，或受过特种教育的有闲阶级预备着的。一提到诗，人们好似觉得有些迷惘：诗的形式是那么整齐，诗的内容也必定是一种不可了解的东西。可是，我们试掀开一本诗集，不论是古代的还是当代的，便立刻看到一些极不一致的题目：游仙曲，酒后，马，村舍；假如是近代的，还能看到：爱，运动场，洋车夫，汽车……这又是怎回事呢？游仙曲与汽车似乎相距太远了，而且据一般不常与诗亲近的人推测，汽车必不能入诗。及至我们读一读汽车这首诗，我们所希冀的也许是像小说中的一段形容，或舞台上的布景；可是，诗中的汽车并不是这样，十之八九它是使我们莫名其妙。这真是个难题：诗与戏剧小说或别种文艺在内容上根本须不同吧，这诗集里分明有“汽车”这么一首；说它应与别种文艺相同吧，这首汽车诗又显然这么神秘！怎么办呢？

诗的内容与别种文艺的并没有分别，凡是散文里可以用的材料，都可以用在诗里。诗不必非有高大的题目不可。那么，诗与散文的区别在哪里呢？在第八讲里说过，那是心理的不同。诗是感情的激发，是感情激动到了最高点。戏剧与小说里自然也有感情，可是，戏剧小说里不必处处是感情的狂驰。戏剧小说里有许多别的分子应加以注意，人物，故事，地点，时间，等等都在写家的眼前等调遣，所以，戏剧家小说家必须比诗人更实际一些，更清醒一些。他们有求于诗，而不能处处是诗。“一朝春尽红颜老，花落人亡两不知！”《红楼梦》的作者是可以写首长诗补救散文之不足的。至于诗人呢，他必须有点疯狂：“诗要求一个有特别天才的人，或有点疯狂的人；前者自易于具备那必要的心情，后者真能因情感而忘形。”（亚里士多德《诗学》十七）诗人的感情使他忘形，他便走入另一世界，难怪那重实际的现代的侦探小说读者对诗有些茫然。诗是以感情为起点，从而找到一种文字，一种象征，来表现他的感情。他不像戏剧家小说家那样清楚的述说，而是要把文字或象征炼在感情一处，成了一种幻象。只有诗才配称字字是血，字字是泪。

诗人的思想也是如此，他能在一粒沙中看见整个的宇宙，一秒钟里理会了永生。他的思想使他“别有世界非人间”，正如他的感情能被一朵小花、一滴露水而忘形。“身无彩凤双飞翼，心有灵犀一点通。”（李商隐《无题》）他的思想也许是不科学的，但“神女生涯原是梦”是诗的真实；诗自有诗的逻辑。况且诗是不容把感情，思想，与文字分开来化验的。诗人的象征便是诗人的感情与思想的果实，他所要传达出的思想是在象征里活着，如灵魂之于肉体，不能一切两半的。他的象征即是一个世界，不需什么注解。诗也许有些道德的目的，但是诗不都如此，诗是多注意于怎样传达表现一个感情或一思想，目的何在是不十分重要的；诗人第一是要写一首"诗"。诗多注重怎么说出，而别种文艺便不能不注意于说些什么。

这样，我们才能明白为什么诗能使我们狂喜，因为它是感情找到了思想，而思想找到了文字。它说什么是没有大关系的，马，汽车，游仙曲，都是题目；只要它真是由感情为起点，而能用精美的文字表现出，便能成功。因此，我们也可以看清楚了，为什么诗是生命与自然的解释者，因为它是诗人由宇宙一切中，在狂悦的一刹那间所窥透的真实。诗人把真理提到、放在一个象征中，便给宇宙添增了一个新生命。坡说：诗是与科学相反的。诗的立竿见影的目的是在愉快，不在真实。诗与浪漫故事是相反的。诗的目标在无限的愉快，而故事是有限的。音乐与愉快的思想相联结，便是诗。我们不是要提出诗的定义，我们只就这几句话来证明为什么诗能使生命调和。因为诗的欣悦是无限的，是在自然与生命与美中讨生活的，这是诗之所以为生命的必需品。"诗的力量是它那解释的力量；这不是说它能黑白分明的写出宇宙之谜的说明，而是说它能处置事物，因而唤醒我们与事物之间奇妙、美满、新颖的感觉，与物我之间的关系。物我间这样的感觉一经提醒，我们便觉得我们自己与万物的根性相接触，不再觉得纷乱与苦闷了，而洞晓物的秘密，并与它们调和起来；没有别的感觉能这样使我们安静与满足。"（Matthew Arnold）醒着，我们是在永生里活着；睡倒，我们是住在时间里。诗便是在永生里活着的仙粮与甘露。雪莱赠给云、叶、风与草木永生的心性；他们那不自觉的美变为清醒的可知的，从而与我们人类调和起来。在诗人的宇宙中没有一件东西不带着感情，没有一件东西没有思想，没有一件东西单独的为自己而存在。“二年鱼鸟浑相识，三月莺花付与公。”（苏轼）这是诗人的世界，这是唯有诗人才能拿得出的一份礼物。

我们不愿提出诗的定义，也不愿提出诗的功用，但是，在前边的一段话中，或者可以体会出什么是诗，与诗的功用在哪里了。

二、诗的分类：这是个形式的问题。在西洋，提到诗的分类，大概是以抒情诗，史诗，诗剧为标准的。亚里士多德的《诗学》差不多只是讨论诗剧，因为谈到诗剧便也包括了抒情诗与史诗。史诗，抒情诗，诗剧是古代希腊诗艺发展的自然界划。这三种在古代希腊是三种公众的娱乐品。在近代呢，这三种已失去古代的社会作用，这种分类法成为历史的、书本上的，所以也就没有多少意义。就是以这三种为诗艺的单位，它们的区划也不十分严密。史诗是要有对话的，可是好的史诗中能否缺乏戏剧的局势？抒情诗有时候也叙事。诗剧里也有抒情的部分。这样看，这三种的区别只是大体上的，不能极严密。

对于诗的分类还有一种看法，诗的格式。这对于中国人是特别有趣的。中国人对于史诗，抒情诗，戏剧的分别，向来未加以注意。伟大的史诗在中国是没有的。戏剧呢，虽然昌盛一时，可是没有人将它与诗合在一处讨论。抒情诗是一切。因此提起诗的分类，中国人立刻想到五绝、七绝、五律、七律、五古、七古、乐府与一些词曲的调子来。就是对于戏剧也是免不了以它为一些曲子的联结而中间加上些对话，有的人就直接的减去对话，专作散曲。大概的说起来呢，五古、七古是多用于叙述的，五绝、七绝是多用于抒情的；律诗与词里便多是以抒情兼叙事了。诗的格式本是足以帮助表现的。有相当的格式更足以把思想感情故事表现得完美一些。但是，专看格式，往往把格式看成一种死的形式，而忘了艺术的单位这一观念。中国人心中没有抒情诗与叙事诗之别，所以在诗中，特别是在律诗里，往往是东一句西一句的拼凑；一气呵成的律诗是很少见的，因为作诗的人的眼中只有一些格式，而没有想到他是要把这格式中所说的成个艺术的单位。这个缺点就是伟大诗人也不能永远避免。试看陆游的“利欲驱人万火牛，江湖浪迹一沙鸥，日长似岁闲方觉，事大如山醉亦休”是多么自然，多么畅快，一点对仗的痕迹也看不出，因为他的思想是一个整的，是顺流而下一泻千里的。但是，再看这首的下一半：“衣杵相望深巷月，井桐摇落故园秋。欲舒老眼无高处，安得元龙百尺楼？”这便与前四句截然两事了：前四句是一个思想，一个感情，虽然是放在一定的格式中，而觉不出丝毫的拘束。这后四句呢，两句是由感情而变为平凡的叙述，两句是无聊的感慨。这样，这首《秋思》的前半是诗，而后半是韵语——只为凑成七言八句，并没有其他的作用。这并不是说，一首七律中不许由抒情而叙述，而是说只看格式的毛病足以使人忽略了艺术单位的希企：只顾填满格式，而不能将感情与文字打成一片，因而露出格式的原形，把诗弄成一种几何图解似的东西了。

再说，把诗看成格式的寄生物，诗人便往往失去作诗的真诚。而随手填上一些文字便称之为诗。看苏轼的《祥符寺九曲观灯》：“纱笼擎烛迎门入，银叶烧香见客邀。金鼎转丹光吐夜，宝珠穿蚁闹连朝。波翻焰里元相激，鱼舞汤中不畏焦。明日酒醒空想象，清吟半逐梦魂销。”这是诗么？这是任何人所能说出的，不过是常人述说灯景不用韵语而已。诗不仅是韵语。可见，把格式看成诗的构成原素，便可以把一些没感情，没思想的东西放在格式里而美其名曰诗。灯景不是个坏题目，但是诗人不能给灯景一个奇妙的观感，便根本无须作诗。

由上面的两段看出，以诗艺单位而分类的，不能把诗分得很清楚。但是有种好处，这样分类可以使诗人心中有个理想的形式，他是要作一首什么，一首抒情的，还是一首叙事的；他可以因此而去设法安排他的材料。以诗的格式分类的容易把格式看成一切，只顾格式而忘了诗之所以为诗。研究格式是有用的，因为它能使我们认识诗艺中的技巧，但是，以诗而言诗，格式的技巧不是诗的最要紧的部分。

再进一步说，诗形的研究是先有了作品而后发生的。诗的活力能产生新格式，格式的研究不能限制住诗的发展。自然，诗的格式对于写家永远有种诱惑力，次韵与摹古是不易避免的引诱，但是，记住五六百词调的人未必是个词家。这样，我们可以不必把诗的格式一一写在这里，虽然研究诗形也是种有趣的工作。研究诗形能帮助我们明白一些诗的变迁与形式内容相互的关系，但这是偏于历史方面的；就是以历史的观点看诗艺，它的发展也不只是机械的形体变迁；时代的感情，思想，与事实或者是诗艺变迁更大的原动力。

三、诗的用语：刘禹锡作诗不敢用“糕”字，因它不典雅。现代一位文人把“尿”字用在诗中，而自夸为创见。诗的用语到底有没有标准呢？这是个许久未能解决的问题。在大诗人中，但丁是主张用字须精美，Wordsworth是主张宜就日常生活的言语用字。欧·亨利幽默的提出这个问题，而未能加以判断（看*Proof of The*

Pudding[①]）。我们应怎样解决呢？

由文字的本身看，文字都是一样有用的，文字自己并没有天然的就分为两类：诗的字与非诗的字。文字正像色，会用色的人才会画图，颜色本身并不是图画。文字自己并没有诗意，是在诗人手里才成为诗的组成分子。这样看，诗人用字应当精细的选择。他必须选择出正好足以传达他的思想与感情的字——美的是艰苦的。这是无可推翻的道理。专顾典雅与否是看字的历史而规定去取，这与自我创造的精神相背，难免受“刘郎不肯题糕字，虚负诗中一代豪”的讥诮。主张随便用字的人，像Wordsworth以为好诗是有力的情感之自然流泻，只有感情是重要的，文字可以随便一些。只雕饰文字而没有真挚的感情是个大错误。但是，有了感情而能呕尽心血去找出最适当的、最有力的字，岂不更好？这样，我们便由用什么字的问题变为怎样用字的问题了。用什么字是无关重要的，字本来都是一样的，典雅的也好，俗浅的也好，只要用的适当而富有表现力。作诗一定要选字；不是以俗雅为标准，而是对诗的思想与感情而言。诗是言语的结晶，文字不好便把诗毁了一半；创造是兼心思与文字而言的。空浮的一片言语，不管典雅还是俗浅，都不能算作诗。中国的旧诗人太好用典了；用典未必不足以传达思想，但是，以用典为表示学识便是错误。有许多杰作是没有一个典故的。中国的新诗人主张不用典，这是为矫正旧诗人的毛病，可是他们又太随便了，他们以为随便联串上一些字便可以成诗。诗不是那么容易的东西。白话是种有力的表现工具，但是，诗人得抓住白话那“有力”之点；能捉住言语的精华不是一般人所能作到的，就是诗人也要几许

① 《空谈不如实验》。

工夫而后才能完全把言语克服了。“红杏枝头春意闹”的“闹”字，“云破月来花弄影”的“弄”字，都是俗字，可是这两个俗字要比用两个典故难得多了。王安石的“春风又绿江南岸”中“绿”字原是“到”字，后改为“过”字，又觉不好而改为“入”字，最后定为“绿”字。这些字全是俗字，为何要改了又改，而且最后改定的确比别的字好？天才的自然流露是确有其事，但是，“自昔词人琢磨之苦，至有一字穷岁月，十年成一赋者。白乐天诗词疑皆冲口而成，及见今人所藏遗稿，涂窜甚多。”（《春渚纪闻》）这足以给新诗人一些警戒。用白话写的与用典故写的都不能算诗，假如写的人只是写了一段白话，或写了一堆典故；美的是艰苦的。

诗的体裁也与用字有关系：“诗庄词媚，其体元别。”自非确当的话，但是一首七古与一首词间所表现的自然有些不同。《琵琶行》不能改入《虞美人》和《玉阶怨》，因为体裁不同，所表现的内容也便不同。因此，找到适当的格式，还要找相当的文字，才能作足这形式之美。自然，一个格式也可以容纳许多不同的思想感情，但有的格式是只能表现某一些思感的，绝句与多数的词调的容纳量是比律诗窄狭得多。诗虽未必都“庄”，而许多小令是必须“媚”的。新诗的发展还正在徘徊歧路的时期，在形式上有许多人试用西洋诗体，这个尝试是应小心一点的：专拿来一种格式，而不管它适于表现什么，和它应当用什么文字，当然会出毛病的。

第十四讲　戏剧

孔尚任在《桃花扇传奇》的序言里说：

> 传奇虽小道，凡诗赋、词曲、四六、小说家，无体不备；至于摹写须眉，点染景物，乃兼画苑矣。其旨趣实本于三百篇，而义则《春秋》，用笔行文，又《左》、《国》、太史公也。于以警世易俗，赞圣道而辅文化，最近且切。今之乐，犹古之乐，岂不信哉？

这段话对于戏剧的解释，在结构上只看了文学方面，在宗旨上是本于“文以载道”，而忽略了艺术上的功能。戏剧之与别种文艺不同，不仅限于它在文体上的完备，而是在它必须在舞台上表现。因为它必须表演于大众目前，所以它差不多利用一切艺术来完成它的美；同时，它的表现成功与否，便不在乎道德的涵义与教训怎样，而在乎能感动人心与否。所以亚里士多德在《诗学》里指出：“因为人类有摹仿的本能，所以产生了艺术。戏剧便是用行为来摹仿。依了诗人自己的性格的严肃与轻佻，他可以摹仿高尚的人物和其行为，或是卑低的人物与其行为。前者便是悲剧的作者，后者是喜剧的作者。悲剧中有六个要素：结构，性格，措辞，情感，场面，音乐。悲剧的目的在唤起怜悯与恐惧以发散心中的情感。这样，亚里士多德把戏剧的起源与功能全放在艺术之下，而且指出它是个更复杂和必须表演的艺术。它不是要印出来给人念的，而是要在舞台上给人们看生命的真实。因此，戏剧是文艺中最难的。世界上一整个世纪也许不产生一个戏剧家，因为戏剧家的天才，不仅限于明白人生和文艺，而且还须明白舞台上的诀窍。一出戏放在舞台上，必须有多方面的联合：布景与音乐的陪衬，导演者的指导，演员的解释，最后是观众的判断。它的效力是当时的，当时不引起观众的趣味，便是失败。读一本剧和看一本剧的表演是不同的：看书时的想象可以多方的逐渐的集合，而看戏时的想象是集中在目前，不容游移的。

假如在文艺中内部的分子是重要的，在戏剧里，外部的分子也该同样的注意。戏剧有他种文艺没有的舞台上的表演；这一点——以真的表现真的——使戏剧成为艺术的另一枝。但是这以真的表现真的并不与日常生活完全相同……真实，并非实现，是戏剧的命脉，是以集中把实现提高和加深，使之不少于，而是多于实现。（Worsfold，*The Drama*[①]）

戏剧是多于生命的。

拿这个道理方可判断与解释戏剧。古代与近代的戏剧不同，

---

① 沃斯福尔德《戏剧》。

西洋与中国的戏剧不同，但是，它们的同与不同并不重要，我们应首先注意它们合于这个原理与否。拿这个原理去衡量戏剧能使我们看出它们为何不同，因为既要表演，时代与环境的不同便叫表演的方法不一样，希腊古代的戏剧是那样的古怪，然而在当时是非那样表演不可的。元曲的一人唱，旁人只答几句话，是不足以充分表现真实的，虽然它们的抒情诗部分是非常的美好；抒情诗在古代希腊戏剧中也有，但不像元曲中那样多，也不那么重要；况且舞台上的表演是不能专依靠抒情的。明清的戏剧，人物穿插较比火炽了，可是唱的部分还是很多，而且多是以歌来道出行动和事实，不是表现给观众；至于像《长生殿》中的《弹词》与《闻玲》那类的东西，是史诗与抒情诗的吟唱，不是戏剧的表现，可以算作好诗，而非戏剧。多数的中国戏是诗与音乐的成分超过戏剧的。

拿古代希腊和中国的戏剧与现代的比较，我们看出来它们的不同是在表现真实的程度不一样。无论什么戏，只要它是戏，便须表现生活的真实，因为刺激情感是它的起源。但是，这表现真实的方法是越来越真切的，所以古代希腊与中国的旧剧便不能与西洋现代的戏剧比了。古代希腊的戏剧是由民间的歌唱，进而为有音乐的表现，而后又加入故事。有这样的进展程序，所以它的诗的分子很重要。表演的时候，是在极大的露天戏园，能容纳两三万人，于是，演员必须穿着五六寸高的厚鞋，戴着面具，表演只能用手式与受过训练的声音慢诵戏文，以使听众全能看得见听得见。这个方法在事实上能给观众一些感动，假如观众是在那个场面之前。中国戏剧是显然由歌唱故事而来，所以，它的组成分子是诗与音乐多于行动的，它的趋向是述说的，如角色的自道姓名和环境，和吟唱眼中所见景色与人物，和一件事反复的陈说；在武剧中事实总是很简单的，它的表现全在歌舞与杂技上。毛西河《词话》里说：

> 古歌舞不相合，歌者不舞，舞者不歌；即舞曲中词，亦不必与舞者搬演照应……宋末，有安定郡王赵令畤者，始作“商调鼓子词”，谱《西厢》传奇，则纯以事实谱词曲间，然犹无演白也。至金章宗朝，董解元，不知何人，实作“西厢㨃弹词”，则有白有曲，专以一人㨃弹并念唱之。
>
> 嗣后金作清乐，仿辽时大乐之制，有所谓“连厢词”者，则带唱带演，以司唱一人，琵琶一人，笙一人，笛一人，列坐唱词；而复以男名末泥，女名旦儿者，并杂色人等入勾栏扮演，随唱词作举止，如“参了菩萨”，则末泥柢揖；“只将花笑祇”，则旦儿捻花类，北人至今谓之连厢，曰“打连厢”，“唱连厢”，又曰“连厢搬演”……
>
> 至元人造曲，则歌者舞者合作一人……然其时司唱犹属一人，仿连厢之法，不能遽变。

有这样的来源，所以，就是到了后来的昆曲与皮黄戏，还是以唱舞为重要分子，而不能充分的表现。观众，在古代希腊，是一面看剧，一面敬神，因为演剧是一种宗教行为；在中国，这宗教成分不多，而是去听一种歌，看一种舞，歌舞的形式是已熟知的，不过是看看专门演员对这歌舞的技术如何，从而得点愉快。依着这歌舞的发展，一切神奇的事全可以设法加入，可能的与不可能的全用方法象征或代表出来，于是，中国戏剧便日甚一日的成为讲歌舞技术的东西，而不问表现真实到了什么程度。有的剧本实在很好，但是被规则与成法拘束住，还是不能充分的表现。这样，希腊剧被环境与设施上限制住，发展到“一种”歌舞剧上去。设若我们拿西洋现代戏剧和他们比较，我们立刻发现了现代戏剧的发展是在表现真实方面。

先从结构上说：亚里士多德说：“每个悲剧有两部分，进展与结局。重要行为之外的，和有时在其中的，穿插，作成进展部分；此外的是结局。”这样看起来，希腊古代戏剧的结构与西洋的五幕剧的，和中国的四折或多于四折剧的，并没有多少差别；因为五幕剧的进行与中国四折剧的进行，也是依着起始、发展与结果的次序。不过希腊剧受表演设备的限制，角色只有三人，而西洋与中国剧的角色便没有数目上的限制。这样希腊剧的重点就不能不在于给整个的印象而忽略了细小的节目，而后代的戏剧，因为穿插复杂，角色无定数，便注意到细小节目；于是它的重点便移到部分上去，而更显着真切。中国剧的幕数划分虽甚整齐，而在一折之中，人物的出来进去很多，不能在极恰当的时候换场，而且就是换场的时候，也没有开幕闭幕的举动，可是对于细节的注意也有显然的进步。在许多由昆曲改造的京戏中可以看得出对于穿插的改善，使事实的表演更近于真实。这趋进写真的倾向——因为戏剧是要表现真实的——是剧本进步的一个动力。

古代戏剧多取材于伟人的故事，而且把结局看成顶要紧的东西。近代戏剧的结构的取材多是平凡的事实，而结构的重要似乎移到性格的表现上去。古代是以结构中的穿插来管着角色，近代是以性格的表现带领着行为。中国的戏剧差不多是取材于历史的，可是历史人物的表现几乎永远与平凡人物相似；在元曲中结构很有些像古代希腊的，是以结构为主，而人物个性有时不能充分发展。近代的中国剧，虽然结构的重要还在人物性格之上，可是在穿插上显然的较比活泼，而且有的时候给次要的人物以很好机会来表现个性：假如《西厢记》按着古代希腊结构的组成，它的重要人物一定只是莺莺、张生与老夫人；可是王实甫的作品中，红娘成为极活泼而重要的角色，差不多把莺莺们完全压倒了。这注重人物的趋向，也是受了求真的影响。事实人物不厌其平凡，其要点全在怎样表现他们，这似乎是近代戏剧的趋势，虽然有人，像阿瑙德，以为事实必须伟大高尚，但是依着文学进展的趋向看起来，文学日甚一日的注意在怎样表现，这是不能强为矫正的。据我看，结构与人物的高尚与否似乎不成问题，所当注意的是结构与人物的如何处理。尤瑞皮底司已经把历史人物作为真人物似的而充分表现他们的个性与讨论他们的问题，时代精神是往往叫历史的人物与事实改变颜色的。结构在古人手里是定形的，把些人物放在这结构下活动着；现代是以结构为戏剧发展的自然程序，我们引莫尔顿一段话看看："假如结构为对于人生范围中的扩大设计，为经验之丝所织成规则的图案，正如许多色的线之织入一匹布，则此观念之表现必带出它的真正尊严。此外还有何种像这样秩序的排列为科学与艺术的会合点？科学是检讨那美丽而混杂的天体的律动，或将那自然表面的幻变复杂，列成有系统的类别与良好的生命秩序。同样，艺术继续着创造的工作，从事物的混乱实况中作出理想的排列。这样，那生命的迷网，带着许多相反的企图，错综与曲折的相反心意，和全人类的争斗或合作，在这里，没有两个人完全相同，也没有一个对别人能完全独立——这个曾经多少的劳力，被科学的历史家研究而作成一调和的方式，名曰'天演'。但是，历史家看出来，戏剧家早已看到这一步。戏剧家曾经检讨罪恶，并且看出来它与'报应'相联，曾把欲望改为深情，曾接受真实中没有定形的事实而使成为有秩序的经济的图形。这个把定形加于生命之上就是结构……”（Moulton，*Shakespeareasa Dramatic Artist*[①]）

这样，我们明白了什么是结构，它是极经济的从人生的混乱中捉住真实。它即是这样的一个东西，它的重要便多在于表现真实，而真实是多于生命的。那希腊古代戏剧的特重结构，与结构的事实必须是高贵尊严的，便不能限制住后代戏剧的注重人物与行为的细微处，也不能限制住把人物的表现改为一个主义或问题的表现，因为无论注重哪点，结构的形成是根本含有哲学性的。这哲学性便使时代的心神加入戏剧里边去，从而戏剧总是表现人生的真实的，而不是只表现一些日常的事实。

在这里，我们就可以想到戏剧创造的困难在何处。它第一要在进展上使节目与全部相合，一点冗弱与无关的情节也不能要，这样，才能成为一有系统、有目的之计划，才能使观者的思想集中而受感动。第二，它要由进展而达到一个顶点。这比第一层又难多了，而且是多数戏剧失败的原因。叔本华说：

第一步，也是最普通的一步，戏剧不过是有趣味……第二步，戏剧变为情感的。戏剧的人物激起我们的同情，即间接的与我们自己同情……第三步，到了顶点，这是难的地方。在这里，戏剧的目的是要成为悲剧的。在我们眼前，我们看到生活的大痛苦与风波；其结局是指示出一切人类努力的虚幻。

常言，开首是难的。在戏剧中恰得其反；它的难关永在结局……这个困难的原因，一部分是因为把事物纳入阵网之中是比

① 莫尔顿《戏剧艺术家莎士比亚》。

怎样再把它提出来容易的；一部分是在开首的时候，我们许多著者完全随便去作，及至到了最后，我们要和他要求一定的结果。（Schopenhauer，*on Some Forms of Literature*[①]）

这个困难是事实中的，因为结构的意义既如上述，它的结局必须要满足观众的要求，那就是说由看事实而归到明白人生的真实，由表现人生走到解释人生。希腊古代的戏剧多数是依着当时的宗教与人生观，使命运的难逃结束一切。中国的戏剧多数是依着诗的正义而以赏善罚恶为结局。这两种对生命的看法对不对是另一问题，但是，人生的哲学及观感是不限于这两种的，因而戏剧中所表现的精神也便不同。近代的思想与信仰是差不多极难统一的，这足以使戏剧家由给一定的解释与哲学，改为只是客观的表现，或表现一个问题而不下结论；这样，近代的戏剧结构便较比古代的散漫一些，但在真实上更亲切一些；可是，它的结局决不能像古代的所给的印象与刺激那样的一致。近代的戏剧差不多是由解释真实而变为使观者再解释戏剧，这是很危险的，但也许是不可避免的事实。

再从言语上说，戏剧中言语的演变也是以表现真实为主。古代的希腊戏剧是用韵文的——诗剧。所以，在亚里士多德的《诗学》里，他差不多完全是讨论悲剧，因为史诗与抒情诗是包括在悲剧中的，悲剧是诗的演进到极完美的东西。但是，尤瑞皮底司已然大胆的用日常的言语去表现："日常生活与事情"。莎士比亚的戏剧中，是韵语与散文并用的；大概是在打趣与平凡的思想上他便用散文。这便足以证明散文是比韵语更能表现真实。于是，后代便连

① 叔本华《论文学的几种形式》。

无韵诗也不用，而完全用散文；因为人是不用韵语讲话的。中国戏剧的言语，除了最近的新剧，总是歌曲与宾白相兼，但是，近代的皮黄戏中歌曲的词句，虽然勉强着用韵，而事实上实在不能算是诗，或者连韵语也够不上；而且演员有自由改定词句的权利，所改正的有时远不及原文，但是，在声调上更悦耳，听者也便不去管它像话不像话，而专以好听为主。今日的新剧提倡者，对于戏剧应用何种言语还在讨论，其实，这是无须多讨论的——表现什么便应用什么言语，一个学者与一个车夫的言语是不相同的，便应当用学者与车夫所用的言语去表现，这便能真确有趣。京腔大戏中的言语是已经成形，不管它是好是坏，它对于国语的推广确是极有力的。新剧的言语自然应该利用国语，但是为提倡新剧，就是全用方言，也无所不可。旧剧中的尖团字是一成不变的，是伶人的一种很重要的训练，尖团颠倒便遭“怯口”之诮，其实伶人自己也并不晓得为何必须如是。新剧的演员未必都能说国语，而且没有遵守尖团字的必要，所以在各地方演剧——除非是为国语运动——满可以用方言，以免去那不自然的背诵官话；——不自然便损坏真实。

至于舞台的布景与行动，中国旧剧中的实在有改革的必要。那自道姓名，与向台下的听众讲话，是极不合表现真实的原理。自然，在西洋古代戏剧中也有与这类似的举动，但是已经改掉了，而把舞台视成另一世界，以幕界为一堵厚壁，完全与台下隔开。这并不难改掉，只要有好剧本，而且演员能忠于剧本，这些毛病自然能免去。这个问题系于皮黄剧的是否有成立的价值，或是否能改善。这是个大问题。假如我们承认皮黄戏是“一种”歌舞剧，有保存的价值——以现在民众的观剧程度说，它确有保存的必要——那么去改善它，把它的音乐与歌舞更美化一些，把剧本修改得更近于情理，便真可把它看成“一种”歌舞剧，而与真正的新剧分途前进，也未不可。这样，旧戏的改善便可专从美的方面卜手改善，而把真实的表现让给新剧去从事工作，因为在旧剧的壳壳中决不能完全适用真正戏剧的原理。在新剧中呢，那舞台上的不近情理的举动，与自道姓名等，自然会在写剧本时便除去；那文明剧中的由旧戏得来的毛病是该一律扫清的。至于布景，在改善的旧戏与创作的新剧有同样的困难。戏剧是表现真实的，也是艺术的，它的布景是必须利用各种艺术而完成一个美的总集。在旧戏中，以手作推势便算开门，以鞭虚指，便又是一村，这自然是太不近于真实，但是，这也比那文明戏中的七拼八凑的弄几张油画来敷衍强得多；这虽不真实，究竟手势比破油画在强烈的煤油灯光下还少一些丑恶。在这里，新剧感着同样困难。舞台上布置的各项人材是极感缺乏的。旧戏的改善在一方面，在今日的情形之下，或只能消极的去避除那丑恶之点，如在舞台上表现杀人洒血等，在美的表现上，似乎得等着新剧的设施有成绩之后，它才能想起采用，采用的得当与否，要视旧剧改善者的审美的程度而定。这样，新剧家的只努力于剧本——现在的情形是如此——是决不足以使新剧推展得圆满的，他们必须注意到这全体之美的设施，不然，他们的剧本在舞台上一定比旧戏还更丑劣。自然，舞台上的真实永远不能避免人为的气味，所以，现代西洋戏剧有灭除这种不自然的表现之趋势；但是，在现在的中国，戏剧到底是要含有教育的目的，我们不能不拿较比真实的打倒无理取闹。对于观众有了相当美的训练，我们才能更进一步去减除这不自然的布景等。

至于演员与戏剧的关系，设若戏剧能达到以艺术表现真实的地步，是最有趣的。那就是说，演员在忠实于剧本之中，而将身心融化在剧旨里去解释它，去表演它。这样，演员决不仅是背过了剧本到台上去背诵，或是随意参加自己意见与言语，而是演员本人也是个艺术家，用他的人格与剧本中的人格的联合而使戏剧表演得格外生动有力。有许多人以为表演不算是艺术，这是错误的。一个演员的天才、经验与真诚，是不能比别的艺术家少的。诚然，他的职务是表演，不是创作，但是，设若他没有艺术的天才与经验，他决不会真能明白艺术作品而表演到好处。戏剧的进展既依表现真实为准，演员的困难便日见增加。中国或古代希腊的伶人决不会把近代的剧本能演到好处，因为他们的舞台经验是极有限的，极死板的，极不自然的；近代戏剧是赤裸裸的表现人生，不假一切假作的事情，如画脸，如台步等等来帮助他们作成伶人，而是用自己的天才与人格来使剧中人物充分表现出来。他们不是由脸谱与台步等作成自己的名誉，而是替创造家来解释来表演真实。他的一切举动都要恰合真实，这不是件容易做到的事。中国戏剧的改良，要打算成功，对于培养这样的演员是极当注意的，这样的演员除了自己的天才外，必须受过很好的教育。

第十五讲　小说

好听故事是人类天性之一，可是小说是文艺的后起之秀。不但中国的学者，像纪昀那样的以为："班固称'小说家者流盖出于稗官'，如淳注谓'王者欲知闾巷风俗，故立稗官，使称说之'。然则博采旁搜，是亦古制，固不必以冗杂废矣……"（《四库全书总目提要》）就是西洋的大文学家，如阿瑙德（Matthew Arnold）也以为托尔斯泰的*Anna Karenina*[①]不能算个艺术作品，而是生命的一片断。自然，这种否认小说为艺术品有许多理由，而它是后起的文艺，大概是造成这个成见很有力的原因。当英国的菲尔丁（Fielding）写小说的时候，他说"实际上，我是文艺的新省分的建设者，所以我有立法的自由"。这分明是自觉的以小说为一种新尝试，故须争取自由权以抵抗成见。

那么，小说究竟算得了艺术作品么？我们先拿一段话看看：

① 《安娜·卡列尼娜》。

近代小说将抽象的思想变为有生命的模型；它给予思想，它增加信仰的能力，它传布比实在世界中所见的更高之道德；它管领怜悯、钦仰与恐怖的深感；它引起并继持同情；它是普遍的教师；它是读众所愿读的唯一书籍；它是人们能晓得别的男女的情形唯一的途径；它能慰人寂寥，给人心以思想、欲望、知识，甚至于志愿；它教给人们言谈，供给妙句、故事、事例，以使谈料丰富。它是亿万人的欣喜之活泉，幸而人们不太吹毛求疵。为此，从公众图书馆书架上取下的，五分之四是小说，而所买入的书籍，十分之九是小说。（Sir Walter Besant, *Art of Fiction*①）

这一段话没有过火的地方：小说是文艺的后起之秀，现在它已压倒一切别的艺术了。但是，这一段只说了小说的功能，而并未能指出由艺术上看小说是否有价值。依上面所说的，我们颇可引叔本华（Schopenhauer）的话，而轻看小说了——“小说家的事业不是述说重大事实，而是使小事有趣。”（*On Some Forms of Literature*）但是，小说决不限于缕述琐事，更不是因为日常琐事而使人喜读；托尔斯泰的《战争与和平》和一些历史小说可以作证。那么，小说究竟算艺术品不算？和为什么可以算艺术品呢？我们的回答，第一，小说是艺术。因为，第二，有下列的种种理由：有人把小说唤作“袖珍戏园”，这真是有趣的名词。但是小说的长处，不仅是放在口袋里面拿着方便，而是它能补戏剧与诗中的缺欠。戏剧的进展显然是日求真实，但是，无论怎样求实，它既要在舞台上表现，它便有做不到的事。亚里士多德已经提到：如若在戏剧中表现荷马诗中

① 沃尔特·贝赞特爵士《小说的艺术》。

的阿奇力（Achilleus）追赶海克特（Hector）便极不合宜。再说，戏剧仅着对话发表思想，而所发表的思想是依着故事而规定好了的；戏台上不能表现单独的思想，除非是用自白或旁语，这些自然是不合于真实的；戏台上更不能表现怎样思想。诗自然能补这个短处，但是，近代的诗又太偏于描写风景与心象，而没有什么动作。小说呢，它既能像史诗似的陈说一个故事，同时，又能像抒情诗似的有诗意，又能像戏剧那样活现，而且，凡戏剧所不能做的它都能做到；此外，它还能像希腊古代戏剧中的合唱，道出内容的真意或陈述一点意见。这样，小说是诗与史的合体，它在运用上实在比剧方便得多。小说的兴盛是近代社会自觉的表示，这个自觉是不能在戏剧与诗中充分表现出来的。社会自觉是含有重视个人的意义；个人之所以能引起兴趣，在乎他的生命内部的活动；这个内部生活的表现不是戏剧所能办到的。诗虽比戏剧方便，可是限于用语，还是不如小说那样能随便选择适当的言语去表现各样的事物。这个社会自觉是人类历史的演进，而小说的兴起正是时代的需要。这就表现的限制上说，由人类历史的演进上说，都显然的看出小说的优越；艺术既是无定形的，不是一成不变的，这些优越之点果能用艺术的手段利用，小说便是新的艺术，不能因为它的新颖而被摒斥。

在形式上说，它似乎没有戏剧那样完整，没有诗艺那样规矩，所以，有些人便不承认它有艺术的形式。诚然，它的形式是没有一定的，但是，这正是它的优越之点；它可以千变万化的用种种形式来组成，而批评者便应看这些形式的怎样组成，不应当拿一定的形式来限制。设若我们就个个形式去看，我们可以在近代小说中，特别是短篇的，如柴霍甫，莫泊桑等的作品，看到极完美的形式，就是只看它们的形式也足以给我们一种喜悦。短篇小说的始祖爱兰坡[1]便是极力主张为艺术而艺术的人，这个主张对与不对是另一问题，但它证明小说决不是全不顾及形式的。不错，在长篇中往往有不匀调的地方，但是这个缺点决不能掩蔽它们的伟大。总之，我们宜就个个小说去看它的形式，这才能发现新的欣赏，而且这样看，几乎在任何有价值的作品中，都可以找到一种艺术的形式，它可以没有精细的结构，但是形式是必定有的；而且有时候越是因为它的结构简单，它的形式越可喜，它有时候像散文诗或小品文字，有种毫无技巧的朴美，这在诗艺中是很少见的。什么是小说的形式，永不能有圆满的回答；小说有形式，而且形式是极自由的，是较好的看法。小说的形式是自由的，它差不多可以取一切文艺的形式来运用：传记，日记，笔记，忏悔录，游记，通信，报告，什么也可以。它在内容上也是如此；它在情态上，可以浪漫，写实，神秘；它在材料上，可以叙述一切生命与自然中的事物。它可以叙述一件极小的事，也可以陈说许多重要的事；它可描写多少人的遭遇，也可以只说一个心象的境界，它能采取一切形式，因而它打破了一切形式。

那么，小说之所以能为艺术品者，只仗着这些优越之点吗？当然不是。小说的发达是社会自觉的表示，上面已经提到。社会自觉含有极大的哲学意味。每个有价值的小说一定含有一种哲学。这种哲学暗示出，如梅瑞地兹（Meredith）所谓：哲学告诉我们，我们并不美如玫瑰之红艳，亦非丑如污浊之灰暗；反之，哲学使我们看到我们的光景是美好，下得去的，有结果的，因而最后得到欣悦。又如杜司妥亦夫司基所谓：大概说，人们，即使是恶劣的，是比我们

① 现通译为爱伦·坡（1809—1849），美国小说家。

所设想的更天真更简单一些。我们自己也是这样。这样的暗示，我们可以找到许多，因为一个没有哲学的故事是没有骨头的模特儿。但是，有哲学是应当的，哲理的形成也不算极难的事，小说之所以为艺术，是使读者自己看见，而并不告诉他怎样去看；它从一开首便使人看清其中的人物，使他们活现于读者的面前，然后一步一步使读者完全认识他们，由认识他们而同情于他们，由同情于他们而体认人生；这是用立得起来的人物来说明人生，来解释人生；这是哲学而带着音乐与图画样的感动；能作到这一步，便是艺术，小说的目的便在此。

戏剧与诗也能如此，但是，上面所指出的小说的优越之点，使小说在此处比戏剧与诗更周到更生动。戏剧中如过重思想，人物便易成为观念的代表，而失其个性；若欲保持个性，无论如何也不如小说那样能刻骨入微的描画。诗艺中是能以一语之妙而深入人心，但是，它不能永远用合适的言语传达一切，它的美好的保持往往限制住它的畅所欲言；而高深的哲理往往出自凡夫俗子之口，小说于此处便胜过了诗艺。这样，小说必须有它的哲学，而且是用艺术手段来具体的表现它，假若能达到此点，它便不能不算艺术。

从哪里得到哲学？要观察人生与自然。怎能具体的表现出这个哲学？要观察人生与自然。观察人生与自然，从而以相当的工具去表现人生与自然，不是一切艺术的根本条件么？小说家既也须懂得人生与自然，小说家便不是容易做到的。阿瑙德以为托尔斯泰的作品是一片真实，不错，小说几乎都是真实的一片段，但是，这一片段真实从何而来？不是由生命的观察与体认么？这一段的组成，不是许多不同的心象的织成么？这分明是说：这些是生命，容我以艺术表现之。就是那极端写实的写家，随便拾起任何人物，随便拾起任何事实，随便拾起任何时间，似乎无所求于艺术了；但是，敢这样大胆的取材的人，必是对于人生与自然有极深的了解与心得，他根本的必须是个艺术家。俄国的写实作家有时只给我们一些报告似的东西，没有多少含义，没有什么最后的印象，然而这究竟不是报告，而是艺术家眼中的一片真实，也照原样使我们看一看；能使别人看到我们自己所看到的，便不是件容易的事。这样写作的态度是怎样看到便怎样写出，而在一写的时候，写家已经像那些事物的上帝似的那样明白它们。况且，他们所要写的多是人类的心感；托尔斯泰以为能传达感情是艺术唯一的目的。由观察人生，认识人生，从而使人生的内部活现于一切人的面前，应以小说是最合适的工具，因此，小说根本是艺术的。乔治·伊利亚特（George Eliot）说："我真愿意再多看人类生命；人在世上只有这么几年，怎能看够了呢？但是，我是说，现在我正在用诗艺的自由与深刻的意味检讨我最远的过去，有许多步骤必须走过，然后，我才能艺术的运用我现在所得的任何材料。"（*George Eliot's Life*，J. W. Cross）

这是一个有名的写家的自述，这里指给我们：生命的观察是一件事，观察以后能艺术的应用又是一件事；那就是说，经验与想象是艺术组成的两端。设若一个人不能设身处地的，像被别人的灵魂附了体的样子，他必不会给他的一切人物以生命及个性。这个外物与内心的联合是产生艺术的仙火。人生与自然经过想象，人生与自然才能属于作者；作品的特色便是想象的颜色。假如戏剧与诗艺是以思想装入形式，小说是以想象变化形式；戏剧与诗艺也要想象，但在形式上远不及小说能充分自由。Worsfold说：

以想象的运用而解释自然，是小说的本色——提出目前生活的一个理想的表现——决无缺欠。它完全凭着字的力量，而不需韵文的音乐，也不要戏剧的实现，而是以自由与完整来补这两个缺乏。与一旁的创造文艺相比较，小说对于这个工具，言语，有绝对的支配权能，而言语是艺术能影响于想象的最有力的工具。（*The Novel*）

这样，小说家的想象天才辅以善于打动想象的工具，小说之能感动人心是自然结果；同时，想象天才与打动想象是艺术的基本条件。

由上面的几段我们看出，小说的长处和在思想上艺术上的基础，我们不能不承认小说在艺术上占有很高的地位。自然，因为小说的发达而有许多作品确是很坏，这是无可掩饰的事实，但这决不能用以判断小说的本身，也不能用以限制小说的发展。小说的将来是否也能像诗与戏剧那样有衰颓之一日是难说的，但是，就它的特点来看，它在表现真实与解释人生上是和诗与戏剧相同的，而在表现的方法上它比诗与戏剧更少限制，更能自由变化，更多一些弹性，恐怕它的发展还是正在青春时期，一时还不能见到它衰老的气象。小说一名词在外国有许多字，如英语的Tale，Story，Novel，fiction及Shortstory等。法语的Roman，Nouvelle Conte等。此处略将此数字加以解释：Tale与Story二字相近，二者都是故事的意思，没有什么特别的意义。广泛着说，凡是小说都须有个故事；但是，故事的意思显然的与小说略有不同，那就是说，凡是一个故事，不论有小说的艺术结构与否，也是个故事；小说的内容必是个故事，而故事不必是小说。我们读过一个小说，往往说，这是很好的一个故事；但这不过信口一说，其实，读小说的兴趣与听说个没有艺术结构的故事的兴趣，至少也有程度上的不同。由习惯上说，Tale似乎比Story更简单一些，形式上更随便一些，所以由戏剧与诗艺中抽绎出来的故事，往往称为Tale，如*Tales from Shakespeare*①与*Tales from Chaucer*②等。自然，*Taleof Two Cities*③是个长篇小说而也用此字，此字在此处的意思是与Story相近的。至于坡用Tale代表法语Conte是显然不合适的，因为后者是短篇小说的意思，而短篇小说实与随便一个故事大不相同。此点容后面细说。Novel与Fiction二字好似Novel近于中国史的稗史，既含新奇之意，又有非正史的暗示，此字似极适当于解释近代的小说Fiction的意思比Novel又广泛一些，它是泛指一切想象的创作，而指明出一类文艺，在这一类文艺下的不必一定是小说；自然由习惯上，戏剧与诗艺是自成一类的，其实以性质言，它们也似乎应在Fiction之下。

以篇幅长短言，英国的Novel似等于法国的Roman，是长篇小说。英国的Noveletle等于法国的Nouvelle，是中篇小说。所谓长篇与中篇者不过是指篇幅的短长而言，并没有一定的界限。在小说初发达的时候，差不多小说都是很长的，近代的则较短，可是最近又有写长篇的趋向。以艺术观点看，这篇幅稍长稍短并没有什么重要；不过篇幅有时较短在印刷上与定价上有关系，所以不能不区分一下。

近代的短篇小说确是另成一格，而决非篇幅简短的作品便是短篇小说。短篇小说是文艺上的术语，不是字少篇短的意思。短小的故事来源甚古，而短篇小说的成形与发展是近代的事。有许多人想给短篇小说下个定义，自然，给艺术品下定义是不容易圆满的，不

① 《莎士比亚故事集》。
② 《乔叟故事集》。
③ 《双城记》。

过，这很足以表示人们的重视短篇小说，和它的自成一体而不是随便可以改成长篇，或由长篇随便缩短的。长篇小说既没有什么定义，而长篇与短篇的艺术条件又有相同之处，那么，单给短篇下个定义也不甚妥当。我们顶好把它的特点说一下，借以看出它与长篇的不同处。至于它与长篇艺术上相同条件（为解释人生，用想象表现真实等）便不用再说了。

一、短篇小说是一个完整的单位，增一分则太长，减一分则太短。在时间上、空间上、事实上是完好的一片断，由这一片断的真实的表现，反映出人生和艺术上的解释与运用。它不是个Tale，Tale是可长可短，而没有艺术的结构的。

二、因为它是一个单位，所以须用最经济的手段写出，要在这简短的篇幅中，写得极简截，极精采，极美好，用不着的事自然是不能放在里面，就是用不着的一语一字也不能容纳。比长篇还要难写得多，因为长篇在不得已的时候可以敷衍一笔，或材料多可以从容布置。而短篇是要极紧凑的像行云流水那样美好，不容稍微的敷衍一下。

三、长篇小说自然是有个主要之点，从而建设起一切的穿插，但是究以材料多，领域广，可以任意发挥，而往往以副笔引起兴趣。短篇则不然，它必须自始至终朝着一点走，全篇没有一处不是向着这一点走来，而到篇终能给一个单独的印象；这由事实上说，是件极不容易的事，因为这样给一个单独的印象，必须把思想、事实、艺术、感情，完全打成一片，而后才能使人用几分钟的功夫得到一个事实、一个哲理、一个感情、一个美。长篇是可以用穿插衬起联合的，而短篇的难处便在用联合限制住穿插；这是非有极好的天才与极丰富的经验不能做到的。

附 文艺杂谈

关于文学的语言问题

我想谈一谈文学语言的问题。

我觉得在我们的文学创作上相当普遍地存着一个缺点，就是语言不很好。

语言是文学创作的工具，我们应该掌握这个工具。我并不是技术主义者，主张只要语言写好，一切就都不成问题了。要是那么把语言孤立起来看，我们的作品岂不都变成八股文了么？过去的学究们写八股文就是只求文字好，而不大关心别的。我们不是那样。我是说：我们既然搞写作，就必须掌握语言技术。这并非偏重，而是应当的。一个画家而不会用颜色，一个木匠而不会用刨子，都是不可想象的。

我们看一部小说、一个剧本或一部电影片子，我们是把它的语言好坏，算在整个作品的评价中的。就整个作品来讲，它应该有好的，而不是有坏的，语言。语言不好，就妨碍了读者接受这个作品。读者会说：罗哩罗嗦的，说些什么呀？这就减少了作品的感染力，作品就吃了亏！

在世界文学名著中，也有语言不大好的，但是不多。一般地来说，我们总是一提到作品，也就想到它的美丽的语言。我们几乎没法子赞美杜甫与莎士比亚而不引用他们的原文为证。所以，语言是我们作品好坏的一个部分，而且是一个重要部分。我们有责任把语言写好！

我们的最好的思想，最深厚的感情，只能被最美妙的语言表达出来。若是表达不出，谁能知道那思想与感情怎样的好呢？这是无可分离的、统一的东西。

要把语言写好，不只是“说什么”的问题，而也是“怎么说”的问题。创作是个人的工作，“怎么说”就表现了个人的风格与语言创造力。我这么说，说的与众不同，特别好，就表现了我的独特风格与语言创造力。艺术作品都是这样。十个画家给我画像，画出来的都是我，但又各有不同。每一个里都有画家自己的风格与创造。他们各个人从各个不同的风格与创造把我表现出来。写文章也如此，尽管是写同一题材，可也十个人写十个样。从语言上，我们可以看出来作家们的不同的性格，一看就知道是谁写的。莎士比亚是莎士比亚，但丁是但丁。文学作品不能用机器制造，每篇都一样，尺寸相同。翻开《红楼梦》看看，那绝对是《红楼梦》，绝对不能和《儒林外史》调换调换。不像我们，大家的写法都差不多，看来都像报纸上的通讯报导。甚至于写一篇讲演稿子，也不说自己的话，看不出是谁说的。看看爱伦堡的政论是有好处的。他谈论政治问题，还保持着他的独特风格，教人一看就看出那是一位文学家的手笔。他谈什么都有他独特的风格，不“人云亦云”，正像我们所说：“文如其人”。

不幸，有的人写了一辈子东西，而始终没有自己的风格。这就吃了亏。也许他写的事情很重要，但是因为语言不好，没有风格，大家不喜欢看；或者当时大家看他的东西，而不久便被忘掉，不能为文学事业积累财富。传之久远的作品，一方面是因为它有好的思想内容，一方面也因为它有好的风格和语言。

这么说，是不是我们都须标奇立异，放下现成的语言不用，而专找些奇怪的，以便显出自己的风格呢？不是的！我们的本领就在用现成的、普通的语言，写出风格来。不是标奇立异，写的使人不懂。“啊，这文章写的深，没人能懂！”并不是称赞！没人能懂有什么好处呢？那难道不是胡涂文章么？有人把“白日依山尽……更上一层楼”改成“……更上一层板”，因为楼必有楼板。大家都说“楼”，这位先生非说“板”不可，难道就算独特的风格么？

同是用普通的语言，怎么有人写的好，有人写的坏呢？这是因为有的人的普通言语不是泛泛地写出来的，而是用很深的思想、感情写出来的，是从心里掏出来的，所以就写的好。别人说不出，他说出来了，这就显出他的本领。为什么好文章不能改，只改几个字就不像样子了呢？就是因为它是那么有骨有肉，思想、感情、文字三者全分不开，结成了有机的整体；动哪里，哪里就会受伤。所以说，好文章不能增减一字。特别是诗，必须照原样念出来，不能略述大意，（若说：那首诗好极了，说的是木兰从军，原句子我可忘了！这便等于废话！）也不能把“楼”改成“板”。好的散文也是如此。

运用语言不单纯地是语言问题。你要描写一个好人，就须热爱他，钻到他心里去，和他同感受，同呼吸，然后你就能够替他说话了。这样写出的语言，才能是真实的，生动的。普通的话，在适当的时间、地点、情景中说出来，就能变成有文艺性的话了。不要只在语言上打圈子，而忘了与语言血肉相关的东西——生活。字典上有一切的字。但是，只抱着一本字典是写不出东西来的。

我劝大家写东西不要贪多。大家写东西往往喜贪长，没经过很好的思索，没有对人与事发生感情就去写，结果写得又臭又长，自己还觉得挺美——“我又写了八万字！”八万字又怎么样呢？假若都是废话，还远不如写八百个有用的字好。好多古诗，都是十几二十个字，而流传到现在，那不比八万字好么？世界上最好的文字，就是最亲切的文字。所谓亲切，就是普通的话，大家这么说，我也这么说，不是用了一大车大家不了解的词汇字汇。世界上最好的文字，也是最精练的文字，哪怕只几个字，别人可是说不出来。简单、经济、亲切的文字，才是有生命的文字。

下面我谈一些办法，是针对青年同志最爱犯的毛病说的。

第一，写东西，要一句是一句。这个问题看来是很幼稚的，怎么会一句不是一句呢？我们现在写文章，往往一直写下去，半篇还没一个句点。这样一直写下去，连作者自己也不知道写到哪里去了，结果一定是胡涂文章。要先想好了句子，看站得稳否，一句站住了再往下写第二句。必须一句是一句，结结实实的不摇摇摆摆。我自己写文章，总希望七八个字一句，或十个字一句，不要太长的句子。每写一句时，我都想好了，这一句到底说明什么，表现什么感情，我希望每一句话都站得住。当我写了一个较长的句子，我就想法子把它分成几段，断开了就好念了，别人愿意念下去；断开了也好听了，别人也容易懂。读者是很厉害的，你稍微写得难懂，他就不答应你。

同时，一句与一句之间的联系应该是逻辑的、有机的联系，就眼咱们周身的血脉一样，是一贯相通的。我们有些人写东西，不大注意这一点。一句一句不清楚，不知道说到哪里去了，句与句之间没有逻辑的联系，上下不相照应。读者的心里是这样的，你上一句用了这么一个字，他就希望你下一句说什么。例如你说“今天天阴了”，大家看了，就希望你顺着阴天往下说。你的下句要是说“大家都高兴极了”，这就联不上。阴天了还高兴什么呢？你要说“今天阴天了，我心里更难过了”。这就联上了。大家都喜欢晴天，阴天当然就容易不高兴。当然，农民需要雨的时候一定喜欢阴天。我们写文章要一句是一句，上下联贯，切不可错用一个字。每逢用一个字，你就要考虑到它会起什么作用，人家会往哪里想。写文章的难处，就在这里。

我的文章写的那样白，那样俗，好像毫不费力。实际上，那不定改了多少遍！有时候一千多字要写两三天。看有些青年同志们写的东西，往往吓我一跳。他下笔万言，一笔到底，很少句点，不知道到哪里才算完，看起来让人喘不过气来。

第二，写东西时，用字，造句必须先要求清楚明白。用字造句不清楚、不明白、不正确的例子是很多的。例如“那个长得像驴脸的人”，这个句子就不清楚、不明确。这是说那个人的整个身子长得像驴脸呢，还是怎么的？难道那个人没胳膊没腿，全身长得像一张驴脸吗，要是这样，怎么还像人呢？当然，本意是说：那个人的脸长得像驴脸。

所以我的意见是：要老老实实先把话写清楚了，然后再求生动。要少用修辞，非到不用不可的时候才用。在一篇文章里你用了一个“伟大的”，如“伟大的毛主席”，就对了；要是这个也伟大，那个也伟大，那就没有力量，不发生作用了。乱用比喻，那个人的耳朵像什么，眼睛像什么……就使文章单调无力。要知道：不用任何形容，只是清清楚楚写下来的文章，而且写的好，就是最大的本事，真正的工夫。如果你真正明白了你所要写的东西，你就可以不用那些无聊的修辞与形容，而能直截了当、开门见山地写出来。我们拿几句古诗来看看吧。像王维的“隔牖风惊竹”吧，就是说早上起来，听到窗子外面竹子响了。听到竹子响后，当然要打开门看看，嗐！这一看，下一句就惊人了，“开门雪满山”！这没有任何形容，就那么直接说出来了。没有形容雪，可使我们看到了雪的全景。若是写他打开门就“哟！伟大的雪呀！”“多白的雪呀！”便不会惊人。我们再看看韩愈写雪的诗吧。他是一个大文学家，但是他写雪就没有王维写的有气魄。他这么写：“随车翻缟带，逐马散银杯。”他是说车子在雪地里走，雪随着车轮的转动翻起两条白带子；马蹄踏到雪上，留了一个一个的银杯子。这是很用心写的，用心形容的。但是形容的好不好呢？不好！王维是一语把整个的自然景象都写出来，成为名句。而韩愈的这一联，只是琐碎的刻画，没有多少诗意。再如我们常念的诗句“山雨欲来风满楼”。这么说就够了，用不着什么形容。像“满城风雨近重阳”这一句诗，是抄着总根来的，没有枝节琐碎的形容，而把整个“重阳”季节的形色都写了出来。所以我以为：在你写东西的时候，要要求清楚，少用那些乱七八糟的修辞。你要是真看明白了一件事，你就能一针见血地把它写出来，写得简练有力！

我还有个意见：就是要少用“然而”、“所以”、“但是”，不要老用这些字转来转去。你要是一会儿“然而”，一会儿“但是”，一会儿“所以”，老那么绕湾子，不但减弱了文章的力量，读者还要问你：“你到底要怎么样？你能不能直截了当地说话！？”不是有这样一个故事吗？我们的大文学家王勃写了两句最得意的话："落霞与孤鹜齐飞，秋水共长天一色。"传说，后来他在水里淹死了，死后还不忘这两句，天天在水上闹鬼，反复念着这两句。后来有一个人由此经过，听见了就说："你这两句话还不算太好。要把'与'字和'共'字删去，改成'落霞孤鹜齐飞，秋水长天一色'，不是更挺拔更好吗？"据说，从此就不闹鬼了。这把鬼说服了。所以文章里的虚字，只要能去的尽量把它去了，要不然死后想闹鬼也闹不成，总有人会指出你的毛病来的。

第三，我们应向人民学习。人民的语言是那样简练、干脆。我们写东西呢，仿佛总是要表现自己：我是知识分子呀，必得用点不常用的修辞，让人吓一跳啊。所以人家说我们写的是学生腔。我劝大家有空的时候找几首古诗念念，学习他们那种简练清楚，很有好处。你别看一首诗只有几句，甚至只有十几个字，说不定作者想了多少天才写成那么一首。我写文章总是改了又改，只要写出一句话不现成，不响亮，不像口头说的那样，我就换一句更明白、更俗的、务期接近人民口语中的话。所以在我的文章中，很少看到"愤怒的葡萄"、"原野"、"熊熊的火光"……这类的东西。而且我还不是仅就着字面改，像把"土"字换成"地"字，把"母亲"改成"娘"，而是要从整个的句子和句与句之间总的意思上来考虑。所以我写一句话要想半天。比方写一个长辈看到自己的一个晚辈有出息，当了干部回家来了，他拍着晚辈的肩说："小伙子，'搞'的不错呀！"这地方我就用"搞"，若不相信，你试用"做"，用"干"，准保没有用"搞"字恰当、亲切。假如是一个长辈夸奖他的子侄说："这小伙子，做事认真。"在这里我就用"做"字，你总不能说，"这小伙子，'搞'事认真。"要是看见一个小伙子在那里劳动的非常卖力气，我就写："这小伙子，真认真干。"这就用上了“干”字。像这三个字：“搞”、“干”、“做”都是现成的，并不谁比谁更通俗，只看你把它搁在哪里最恰当、最合适就是了。

第四，我写文章，不仅要考虑每一个字的意义，还要考虑到每个字的声音。不仅写文章是这样，写报告也是这样。我总希望我的报告可以一字不改地拿来念，大家都能听得明白。虽然我的报告作的不好，但是念起来很好听，句子现成。比方我的报告当中，上句末一个字用了一个仄声字，如“他去了”。下句我就要用个平声字。如“你也去吗？”让句子念起来叮当地响。好文章让人家愿意念，也愿意听。

好文章不仅让人愿意念，还要让人念了，觉得口腔是舒服的。随便你拿李白或杜甫的诗来念，你都会觉得口腔是舒服的，因为在用哪一个字时，他们便抓住了那个字的声音之美。以杜甫的“烽火连三月，家书抵万金”来说吧，“连三”两字，舌头不用更换位置就念下去了，很舒服。在“家书抵万金”里，假如你把“抵”字换成“值”字，那就别扭了。字有平仄——也许将来没有了，但那是将来的事，我们是谈现在。像北京话，现在至少有四声，这就有关于我们的语言之美。为什么不该把平仄调配的好一些呢？当然，散文不是诗，但是要能写得让人听、念、看都舒服，不更好吗？有些同志不注意这些，以为既是白话文，一写就是好几万字，用不着细细推敲，他们吃亏也就在这里。

第五，我们写话剧、写电影的同志，要注意这个问题：我们写的语言，往往是干巴巴地交代问题。譬如：惟恐怕台下听不懂，上句是“你走吗？”下句一定是“我走啦！”既然是为交代问题，就可以不用真感情，不用最美的语言。所以我很怕听电影上的对话，不现成，不美。

我们写文章，应当连一个标点也不放松。文学家嘛，写文艺作品怎么能把标点搞错了呢？所以写东西不容易，不是马马虎虎就能写出来的。所以我们写东西第一要要求能念。我写完了，总是先自己念念看，然后再念给朋友听。文章要完全用口语，是不易作到的，但要努力接近口语化。

第六，中国的语言，是最简练的语言。你看我们的诗吧，就用四言、五言、七言，最长的是九言。当然我说的是老诗，新诗不同一些。但是哪怕是新诗，大概一百二十个字一行也不行。为什么中国古诗只发展到九个字一句呢？这就是我们文字的本质决定下来的。我们应该明白我们语言文字的本质。要真掌握了它，我们说话就不会绕湾子了。我们现在似乎爱说绕湾子的话，如“对他这种说法，我不同意！”为什么不说：“我不同意他的话”呢？为什么要白添那么些字？又如“他所说的，那是废话。”咱们一般地都说：“他说的是废话。”为什么不这样说呢？到底是哪一种说法有劲呢？

这种绕湾子说话，当然是受了“五四”以来欧化语法的影响。弄的好嘛，当然可以。像说理的文章，往往是要改换一下中国语法。至于一般的话语为什么不按我们自己的习惯说呢？

第七，说到这里，我就要讲到一个很重要的问题，就是深入浅出的问题。提到深入，我们总以为要用深奥的、不好懂的语言才能说出很深的道理。其实，文艺工作者的本事就是用浅显的话，说出很深的道理来。这就得想办法。必定把一个问题想得透彻了，然后才能用普通的、浅显的话说出很深的道理。我们开国时，毛主席说：“中国人民站起来了。”中国经过了多少年艰苦的革命过程，现在人民才真正当家作主。这一句说出了真理，而且说得那么简单、明了、深入浅出。

第八，我们要说明一下，口语不是照抄的，而是从生活中提炼出来的。举一个例子：唐诗有这么两句："大漠孤烟直，长河落日圆。"这都没有一个生字。可是仔细一想，真了不起，它把大沙漠上的景致真实地概括地写出来了。沙漠上的空气干燥，气压高，所以烟一直往上升。住的人家少，所以是孤烟。大河上，落日显得特别大，特别圆。作者用极简单的现成的语言，把沙漠全景都表现出来了。没有看过大沙漠，没有观察力的人，是写不出来的。语言就是这样提炼的。有的人到工厂，每天拿个小本记工人的语言，这是很笨的办法。照抄别人的语言是笨事，我们不要拼凑语言，而是从生活中提炼语言。

语言须配合内容：我们要描写一个个性强的人，就用强烈的文字写，不是写什么都是那一套，没有一点变化，也就不能感动人。《红楼梦》中写到什么情景就用什么文字。文字是工具，要它干什么就干什么，不能老是那一套。《水浒》中武松大闹鸳鸯楼那一场，都用很强烈的短句，使人感到那种英雄气概与敏捷的动作。要像画家那样，用暗淡的颜色表现阴暗的气氛，用鲜明的色彩表现明朗的景色。

其次，谈谈对话。对话很重要，是文学创作中最有艺术性的部分。对话不只是交代情节用的，而要看是什么人说的，为什么说的，在什么环境中说的，怎么说的。这样，对话才能表现人物的性格、思想、感情。想对话时要全面的、"立体"的去想，看见一个人在那儿斗争，就想这人该怎么说话。有时只说一个字就够了，有时要说一大段话。你要深入人物心中去，找到生活中必定如此说的那些话。沉默也有效果，有时比说话更有力量。譬如一个人在办公室接到电话，知道自己的小孩死了，当时是说不出话来的。又譬如一个人老远地回家，看到父亲死了，他只能喊出一声“爹”，就哭起来。他决不会说：“伟大的爸爸，你怎么今天死了！”没有人会这样说，通常是喊一声就哭，说多了就不对。无论写什么，没有彻底了解，就写不出。不同那人共同生活，共同哭笑，共同呼吸，就描写不好那个人。

我们常常谈到民族风格。我认为民族风格主要表现在语言上。除了语言，还有什么别的地方可以表现它呢？你说短文章是我们的民族风格吗？外国也有。你说长文章是我们民族风格吗？外国也有。主要是表现在语言上，外国人不说中国话。用我们自己的语言表现的东西有民族风格，一本中国书译成外文就变了样，只能把内容翻译出来，语言的神情很难全盘译出。民族风格主要表现在语言文字上，希望大家多用工夫学习语言文字。

第二部分：回答问题。

我不想用专家的身份回答问题，我不是语言学家。对我们语言发展上的很多问题，不是我能回答的。我只能以一个写过一点东西的人的资格来回答。

第一个问题：怎样从群众语言中提炼出文学语言？这我刚才已大致说过，学习群众的语言不是照抄，我们要根据创作中写什么人，写什么事，去运用从群众中学来的语言。一件事情也许普通人嘴里要说十句，我们要设法精简到三四句。这是作家应尽的责任，把语言精华拿出来。连造句也是一样，按一般人的习惯要二十个字，我们应设法用十个字就说明白。这是可能的。有时一个字两个字都能表达不少的意思。你得设法调动语言。你描述一个情节的发展，若是能够选用文字，比一般的话更简练、更生动，就是本事。有时候你用一个“看”字或“来”字就能省下一句话，那就比一般人嘴里的话精简多了。要调动你的语言，把一个字放在前边或放在后边，就可以省很多字。两句改成一长一短，又可以省很多字。要按照人物的性格，用很少的话把他的思想感情表达出来，而不要照抄群众语言。先要学习群众语言，掌握群众语言，然后创作性地运用它。

第二个问题：南方朋友提出，不会说北方话怎么办呢？这的确是个问题！有的南方人学了一点北方话就用上，什么都用“压根儿”，以为这就是北方话。这不行！还是要集中思考你所写的人物要干什么，说什么。从这一点出发，尽管语言不纯粹，仍可以写出相当清顺的文字。不要卖弄刚学会的几句北方话！有意卖弄，你的话会成为四不像了。如果顺着人物的思想感情写，即使语言不漂亮，也能把人物的心情写出来。

我看是这样，没有掌握北方话，可以一面揣摩人情事理，一面学话，这么学比死记词汇强。要从活人活事里学话，不要死背“压根儿”、“真棒”……南方人写北方话当然有困难，但这问题并非不能解决，否则沈雁冰先生、叶圣陶先生就写不出东西了。他们是南方人，但他们的语言不仅顺畅，而且有风格。

第三个问题：词汇贫乏怎么办？我希望大家多写短文，用最普通的文字写。是不是这样就会词汇贫乏，写不生动呢？这样写当然词汇用的少，但是还能写出好文章来。我在写作时，拚命想这个人物是怎么思想的，他有什么感情，他该说什么话，这样，我就可以少用词汇。我主要是表达思想感情，不孤立地贪图多用词汇。我们平时嘴里的词汇并不多，在三反五反时，斗争多么激烈，谁也没顾得去找词汇，可是斗争仍是那么激烈，可见人人都会说话，都想一句话把对方说低了头。这些话未见得会有丰富的词汇，但是能深刻地表达思想感情。

我写东西总是尽量少用字，不乱形容，不乱用修辞，从现成话里掏东西。一般人的社会接触面小，词汇当然贫乏。我觉得很奇怪，许多写作者连普通花名都不知道，都不注意，这就损失了很多词汇。我们的生活若是局限于小圈子里，对生活的各方面不感趣味，当然词汇少。作家若以为音乐、图画、雕塑、养花等等与自己无关，是不对的。对什么都不感兴趣，哪里来的词汇？你接触了画家，他就会告诉你很多东西，那就丰富了词汇。我不懂音乐，我就只好不说；对养花、鸟、鱼，我感觉兴趣，就多得了一些词汇。丰富生活，就能丰富词汇。这需要慢慢积蓄。你接触到一些京戏演员，就多听到一些行话，如“马前”“马后”等。这不一定马上有用，可是当你写一篇文章，形容到一个演员的时候，就用上了。每一行业的行话都有很好的东西，我们接触多了就会知道。不管什么时候用，总得预备下，像百货公司一样，什么东西都预备下，从留声机到钢笔头。我们的毛病就是整天在图书馆中抱着书本。要对生活各方面都有兴趣；买一盆花，和卖花的人聊聊，就会得到许多好处。

第四个问题：地方土语如何运用？

语言发展的趋势总是日渐统一的。现在的广播，教科书都以官话为主。但这里有一个矛盾，即“一般化的语言”不那么生动，比较死板。所以，有生动的方言，也可以用。如果怕读者不懂，可以加一个注解。我同情广东、福建朋友，他们说官话是有困难，但大势所趋，没有办法，只好学习。方言中名词不同，还不要紧，北京叫白薯，山东叫地瓜，四川叫红苕，没什么关系；现在可以互注一下，以后总会有个标准名词。动词就难了，地方话和北方话相差很多，动词又很重要，只好用“一般语”，不用地方话了。形容词也好办，北方形容浅绿色说“绿阴阴”的，也许广东人另有说法，不过反正有一个“绿”字，读者大致会猜到。主要在动词，动词不明白，行动就都乱了。我在一本小说中写一个人“从凳子上‘出溜’下去了”，意思是这人突然病了，从凳上滑了下去，一位广东读者来信问：“这人溜出去了，怎么还在屋子里？”我现在逐渐少用北京土语，偶尔用一个也加上注解。这问题牵涉到文字的改革，我就不多谈了。

第五个问题：写对话用口语还容易，描写时用口语就困难了。

我想情况是这样，对话用口语，因为没有办法不用。但描写时也可以试一试用口语，下笔以前先出声地念一念再写。比如描写一个人“身量很高，脸红扑扑的”，还是可以用口语的。别认为描写必须另用一套文字，可以试试嘴里怎么说就怎么写。

第六个问题：“五四”运动以后的作品——包括许多有名作家的作品在内——一般工农看不懂、不习惯，这问题怎么看？

我觉得“五四”运动对语言问题上是有偏差的。那时有些人以为中国语言不够细致。他们都会一种或几种外国语；念惯了西洋书，爱慕外国语言，有些瞧不起中国话，认为中国话简陋。其实中国话是世界上最进步的。很明显，有些外国话中的“桌子椅子”还有阴性、阳性之别，这没什么道理。中国话就没有这些罗里罗嗦的东西。

但“五四”传统有它好的一面，它吸收了外国的语法，丰富了我们语法，使语言结构上复杂一些，使说理的文字更精密一些。如今天的报纸的社论和一般的政治报告，就多少采用了这种语法。

我们写作，不能不用人民的语言。“五四”传统好的一面，在写理论文字时，可以采用。创作还是应该以老百姓的话为主。我们应该重视自己的语言，从人民口头中，学习简练、干净的语言，不应当多用欧化的语法。

有人说农民不懂“五四”以来的文学，这说法不一定正确。以前农民不认识字，怎么能懂呢？可是也有虽然识字而仍不懂，连今天的作品也还看不懂。从前中国作家协会开会请工人提意见，他们就提出某些作品的语言不好，看不懂，这是值得警惕的，这是由于我们还没有更好地学习人民的语言。

第七个问题：应当如何用文学语言影响和丰富人民语言？

我在三十年前也这样想过：要用我的语言来影响人民的语言，用白话文言夹七夹八的合在一起，可是问题并未解决。现在，我看还是老老实实让人民语言丰富我们的语言，先别贪图用自己的语言影响人民的语言吧。

第八个问题：如何用歇后语。

我看用得好就可以用。歇后语、俗语，都可以用，但用得太多就没意思。《春风吹到诺敏河》中，每人都说歇后语，好像一个村子都是歇后语专家，那就过火了。

青年与文艺

青年们喜爱文学是当然的，不是怪事，也不是坏事。从学校教育上说，青年们血气方刚，正需要文艺作品来感动感化；从社会教育上说，文艺既然是社会的自觉与人生的镜鉴，大家若能从年轻的时候有些文艺上的爱好与欣赏力，必能对将来作人处世大有裨益，而且能慢慢地把社会上一般的文化水准提高，所以说，青年们喜爱文艺不是怪事，也不是坏事。

不过，读了几本小说或戏剧可不许马上就以文艺青年自居。在一个教育发达的国家里，读书正如同游泳或旅行，是每个公民在生活上必然要作的事，只有在不懂得运动的社会里，才会有一人游水，大家站在一旁看热闹的现象；同样的，只有教育不发达的社会里，才会有一人读书，大家莫名其妙，而这一位先生也很容易自命不凡，以秀才或文艺青年自居了。要知道，对文艺的认识并不是件很容易的事；说到文艺批评与创作就更难了。假若只因为读了几册文艺作品而自称为文艺青年，不但仅仅落个浮浅可笑，而且有时候足以耽误了自己。比如说，甲是个高中的学生，有相当的聪明，在课外喜读文艺书籍；因为他比别的同学多读了几本小说、诗集、剧本，同学们也许就呼之为文学家；当办壁报什么的时候，大家也许就推举他主编。自傲心是最普遍的毛病，甲既受人推重，也许就难免傲然以文学家自居了。从此他也许就感觉到学校里的文艺教育不足，从而为了加紧文艺的自修，而把别项功课放松，甚至到考试的时候，代数或物理不能及格；功课不及格是多么难堪的事，可是在难堪之中他往往爽性鄙视一切，而说为了文艺可以牺牲一切，以自慰。这是很大很大的错误，要知道，教育是整个的，生在今日的社会里，不明白物理正如同不明白文艺一样可耻，每个人都须在中学里得到足以够作个现代人的基本知识：在有了种种基本知识以后，才能谈到个人的天才发展。就是还以文艺作品来说吧，近三十年来的西洋小说，甚至于诗的里边，都不可避免的谈到科学，或应用天文、物理、化学中的道理阐明或设喻；假若你不明白科学，你就连这样的小说或诗也读不懂，还说什么自己成为文艺家呢？！自然科学而外，社会科学更是今日文艺作家必须知道的，否则你连今日社会现象中所含蕴的科学真理还不知道，怎能捉到那些问题呢？！假若一个青年读了些古时候的吟风弄月之作，而就放下代数与经济学，他至好也不过只能照样的吟风弄月，即使他有些天才，能把风与月吟弄得相当的漂亮巧妙，那也不过是些小玩艺儿，简直与现代的社会人生无关！

在抗战前，我屡屡被约去帮忙看大学生试验的国文卷子，虽然我没有正式的作过统计，可是在我这一点经验中我的笔发现了这个事实——国文卷子好的往往是投考理科的，投考文学系的反倒没有很好的国文成绩。

还有一件事也正好乘这个机会提出来，就是无论中外许多有名的文艺写家都并不是学文学的人；医生、律师……都有成为名写家的，而大学文学系毕业生反倒不一定能创作出什么来。

上面这两个事实使我们知道文艺的天才并不像稻粒可以煮饭，麦粒可以磨面，那么只有一个用处，而是像一块肥美的地土，可以出麦，也可以出别的粮食。一个好的医生可以成为一个好的作家，行医与写文的才能并无根本的妨克；反之，行医的经验反能使写作的资料丰富。

想想看吧，假若一位十七八岁的青年便抛弃了其他的一切，而醉心于文艺；一天到晚什么也别管，只抱着几本小说什么的读念，他能有什么用呢？不错，小说或戏剧中能给他一些人生经验与指示，可是那些经验都是间接的、过去的，并不能算作读者自己的、当时的。不错，读文艺的名著确能使他明白一些词字的遣使，和结构的方法等等；但是文艺并没有一成不变的作法，每个作家都有他自己的手段与方法，照猫画虎决不是好法子。

说到这里，就不妨提出文艺青年这一名词了。首先要问，谁是文艺青年？假若他是初中的学生，据我看，他就该去入高中，同样，他若是高中的学生，就该入大学，顶好是在大学毕业后，有了学识，有了经验，再谈文艺创作。不错，在历史中的确有没有读过什么书而能写出很好文章来的人，但是这样的人并不很多，而且他所写的也都是积多年的经验与困苦而成，并非偶然。一个渔夫，一个樵子，一个乞丐，都能写出打鱼打柴讨饭的真经验，可是他们须先得到那经验，不能胡说。至于打算写一些更广遍更重要的社会问题，恐怕又不是去打二十年鱼，或作五年乞丐，所能办到的了。学问、经验、修养、努力，加上文艺天才，方能产生一个作家。此中的任何一项也不是可以偶然获得的。因此，假若文艺青年这名词而能存在的话，他们必定是为了文艺而对其他的学科热烈地进攻，他们要对一切进攻，不是逃避。为了文艺，他们要去参加一切所能参加的工作与活动，以获得直接的经验。为了文艺，他们虚心忍耐。发表欲，在这摩登时代里，几乎可与食色之欲并列了；但是，从古至今，发表过的文章是那么多，可有几篇值得一读的呢？发表了不就是成功了，要虚心！为了文艺，须抱定永远学习、永远不自满的态度。忍耐，不许急，不许取巧，不许只抱着一本批评理论假充行家。一个文艺青年必须活到八十岁还是青年！

那么，一个文艺青年就太不容易当了？是的，连拉洋车也并不容易；把事情看得太容易的人大概不易成功。今天，大家都吵嚷没有伟大的作品啊！在许多原因之中，恐怕大家把文艺看得太轻而易举也是个重要的原因。我不敢批评别人，只说我自己吧，我根本就不够格：以我的学问、经验、天才，公公道道的说，我只能作个相当好的小学校长或初中的国文教员，文艺写家差得太多，太多了！论文艺的教养，我少年时和方唯一先生学过诗文，不能说开口乳吃的不好；对西洋文学，我看过不少名作，从十三四岁到今天已经三十年，我可以夸口说：我始终在努力自修。可是，我知道什么？除去读过的那些文艺书籍，我什么也不懂！不懂而假充懂，是可耻的事，我晓得。但是，生活已经入了轨，既走入文艺一途，改行就大不容易；结果呢，终年拿着笔而写不出任何高明东西来，自误误人莫甚于此！学问不够，生活不够，是我的致命伤！

文艺青年！即使你的读书能力比我大着十倍，我三十年中所读过的书，你也须三年才能看完。假使你能苦读三年，还不是和我一样，所读的不过是些文艺书籍，知道了科学吗？知道了社会上任何一桩事吗？我知道自己空虚，所以希望你充实，决没有怕你抢去我的饭碗的意思；我知道自己藐小，所以希望你伟大，伟大不伟大是由种种条件决定，不是由心中一想便能成功的。你喜爱文艺，好事，你常动动笔，好事，你爱谈论文艺，好事，可是，万万不可因此而放弃了别的学科，万万不可因发表了一篇小立而想马上成为个职业的写家。假若你不相信我，我说，你将来的后悔与苦痛也必不减于我，我向来不说谎话！

载一九四〇年四月一日《时事类编》特刊第五十期

谈通俗文艺

通俗文艺很难写：

（一）文字：通俗文艺的文字不一定俗，《三侠五义》并不比我们写的东西俗着多少，而比《三侠五义》更文雅的通俗文艺还有很大一堆。大鼓书词时时近乎诗，而牌子曲简直的是诗了。有些粗蠢的字，是旧玩艺里所不敢用的，而我们却有时连“×”也懒得画。前者通俗，后者反难打入民间，是何道理？

也许是这么回事：既有通俗文艺，即使文字不完全通俗，可是照直叙述，不大拐弯，到非拐弯不可的时候，必先交代清楚，指出这可要用倒插笔，或什么什么笔了。这样，文字即使有难懂之处，但跳过几个字去，并无碍于故事的发展。幼时，读小说，到“有诗为证”的地方，我即跳远，可是依然明白一枝梅或北霸天的来踪去路。稍长，晚间为姑母姐姐等朗诵闲书，遇到不识之字即马虎一下，她们还能听得明白。

新文艺好拐弯，一来是图经济，二来讲手法。电影中诸般技巧，都拿来应用，还搀上一些“……”与“××”什么的。结果，读者莫名其妙，抓头不是尾，乃叹难懂。虽作者尽量的用“妈的”或更蠢的字，以示接近下层生活，而此等“妈的”乃绕弯而来：前面一大套莫名其妙，此处忽来一“妈的”，俗则俗矣，可是别扭奇怪，乃失其俗。《铸情》，《双城记》等在此院卖满，《火烧红莲寺》亦在彼院卖满，彼院观众若读小说，必爱《三侠五义》，而拒绝你我的短篇，或甚长于长篇。

通俗文艺的文字，据我看，应当痛快爽朗。

俗有新旧之分。历史使文惭渐变俗，试到茶馆听评书，说者满口四六句儿，而听者多数赤足大汉，何以津津有味，天天来听？盖“赤胆忠心”，“杏眼蛾眉”，“生而何欢，死而何惧”，“君子之德风，小人之德草”，等等，俱有长久的历史由文而俗，有一定的反应。现成，有力，故一经用出，即呈明朗图像。反之，若说“眼光投了个弧形，引起些微茫的伤感”，则俗而新，弧形与伤感尚未普遍化，当然没有作用。通信文艺难写，即在此处，我们所受的教育把我们的言语造成了另一种类，俗虽俗矣，怎奈我之俗仅有很短的历史，而新则近乎文矣。

通俗文艺的文字，据我看，应当现成，通大路。

（二）内容：新文艺，因受西洋文艺的影响，每每爱耍情调，把一件小事能说得很长。新小说里描写一位爱人吃苹果，也许比张飞夜战马超那场恶斗还长出许多许多。这种情调往往是抒情的，伤感的，似有若无，灵空精巧。而一般人呢，他们却喜爱好的故事——有头有尾，结结实实，《今古奇观》里的故事差不多都是满膛满馅的，而《济公传》已不知有了多少“续”。续而再续，老是那些套数，可是只要济公不闲着就好。见景生情是诗人的事，因事断事是一般人的事，普通人读书原为多得些生活经验，不是为关心吹皱一池春水，此所以乡间的诸葛亮即熟读《三国演义》之人也。

通俗文艺的内容须丰富充实。

旧通俗文艺中成功之作，是以事实的充实，逐渐把人物建造起来：赵子龙是常胜将军，因百战百胜，而诸葛亮到死后还能吓退敌人。有时候，尽管事多，而人格并不彰显，但到底有事比无事热闹，“一夜无话”正所以叫起次日的忙碌也。新文艺善利用角度，突破一点，通俗文艺则似乎当用大包围。通俗文艺并不易写，处处需要大批人马，足使新文艺者害怕。新文艺与一般人中间隔着一层板。新文艺会描写大学教授，银行经理，舞女，政客……这些人都会握手，吃大餐，喝汽水……于是一般人看了，就如同看了外国电影，即使热闹，而无所关心，遂失去文艺的感力。大鼓书词里不是讲赵子龙救主，便是二姑娘逛庙。因为大家关心赵将军与二姑娘——逛庙的二姑娘，不是正在舞厅里与一位电影明星讲恋爱的二姑娘。舞厅与庙会比起来，明星与民众比起来，为数多寡，简直没有比例。就是偶尔讲到民间，新文艺也往往是依据着学理，把必然的现象写了出来，而这必然的现象未必即是真情真景，于是它也可以成为较比生动的讲演，而不能成为亲切有味的文艺。学理的明澈，与公式的齐整，不就能产生本固枝荣的在民众血脉中开花结果的文艺。这是我们的失败。通俗文艺须是用民间的语言，说民间自己的事情。

（三）思想与情感：假如通俗文艺的文字并不一定俗到哪里去，如前面所述，那么，恐怕它之所以别于通雅文艺者，就在乎它的态度了。这就是说，在思想与情感上，它所要求的效果不很大。它没有多少征服的野心。反之，它却往往是故意的迎合趋就读众。在这态度上，它吃了大亏，而读者也没占了便宜。新文艺的方法即使不巧妙，可是态度是不错的，它立志要改变读者的思想，使之前进，激动情绪，使之崇高。通俗文艺则近乎取巧，只愿自己的行销，而忘了更高的责任。

不过，我们也须记住：因旧生新易，突变急转难。一蹴而成，使大家马上成为最摩登的国民，近乎妄想。以民间的生活，原有的情感，写成故事，而略加引导，使之于新，较易成功。中国原来讲忠君，现在不妨讲忠国，忠仍是忠，方向却变了。

（四）趣味：文艺毕竟是文艺。《水浒传》中的李逵，鲁智深等都多么粗莽热烈，可也都多么有趣。通俗文艺，无论是歌曲，小说，戏剧，都懂得这个诀窍。连诸葛亮的精明都有时候近乎原始的狡猾，而张飞时时露出儿气。设法使作品有趣，才能使读者入迷。趣味有高下之分，这在善于择选。精神的食粮不能按着头，硬往下灌。前线战士，打完了仗，而非读“善书”不可，是谓非刑。

以上四项，都系偶然想起，对通俗文艺，我并无深切的研究，对与不对，不敢自决。

还要说几句。一般的通俗文艺既不必都俗到极点，而是因合乎读众的脾味而成功，那么不识字的人，怎么办呢？我以为通俗文艺应以能读白话报的人为读众，那大字不识的应另有口头时文艺，用各处土语作成，为歌，为曲，为鼓书，为剧词，口传。习若无暇学习，也该唱给他们听，演给他们看。不妨由一处制造，而后各处译为土语，广为应用。用国语写成的大鼓书词、朗诵诗等，因言语不通，无法因歌诵而见效果。读的是读的，口诵的是口诵的，前者我呼之为通俗文艺，后者我呼之为大众文艺，又不知对否。

载一九三八年五月十日新知书店出版的《自由中国》第二号

唐代的爱情小说

今天晚上我要讲的是唐代的爱情小说。未讲之前，我要先讲讲小说在中国文学中的地位，以及小说的发展概况。时常听人说，对于研究中国文学的人说来，小说和戏剧是无足轻重的。这种说法确有一定的道理。然而对于欧洲人说来，没有小说戏剧的文学就和没有接吻和格斗的影片一样枯燥无味。假如你们不去认真地研究为什么中国的文学概念与西方的截然不同，而只是简单地认为中国人欣赏不了戏剧与小说之美，那就太武断了。

小说一词，起源于周朝著名的哲学家庄子。但是庄子所谓的小说，原是"普通语言"的意思，和我们所谓的小说并不是一回事。目前这种概念的小说，是后来才有的。最早对小说一词加以解释的，是班固。他在他的天才著作《汉书》中说：最早开始写小说的，可能是古代的小官吏。他们把各地流传的故事搜集起来，多一半是街谈巷议之事。地位高的人不屑于写这种东西，但有人要写，他们也不加干涉，因为这些东西往往反映了下层人民的看法，有时也值得一看。

班固把小说的作用讲得很清楚。他的意思显然是说，历史学家在史书中列举小说，其目的是研究历史，而不是文学。当然他认为其中有些内容作为历史研究是有用的——比如，当时的民情。所以自汉以来，差不多所有的史书都要列举小说。

纪昀在《四库全书总目提要》中写道：自唐以来，涌现了许多小说作者。许多人写的是搜奇志怪，荒诞不经的神怪故事，使人读了有扑朔迷离之感。不过有的作品确是真才实学之作。因此，既然先人的惯例是不拘一格广泛搜罗图书，我们也不能因为一些书分类编纂得不好，或文笔欠佳，就不把它们考虑进去。

自汉至清所有的历史学家显然也都同意这一观点，他们认为在编史的时候，也不能忽略小说。但是很清楚，他们对小说的文学价值是不感兴趣的。

再看看职业作家对文学这个概念是如何理解的吧。要是去问一个老学究，他一定会毫不迟疑的回答，“文学乃传道之文也”。我们现在无法就“道”这个字展开充分讨论，暂时可以把它译作“原则”。唐代最著名的作家韩愈说：学的目的是寻道，文学的目的是释道。与韩愈齐名的柳宗元说道：文学是言道。这一类引语尚可列举许多。《文心雕龙》是学习中国文学的人必读之书，它的主题是解释文学的意义，然而它开卷第一章的题目却是“原道篇”。据称这本书的主旨是分析文学的风格、结构和起源，然而假如我们耐心地从头至尾把它看上一遍，就会发现它根本没有提及小说。中国哲学的根本是道，因此必须严肃认真地对之加以研究。既然文学是传道的媒介，那就必须肃穆庄重。文学不是美的艺术作品，而是仁和德的体现。中国的小说之所以少，就是由于把道学观念放在首位的原故。这是否荒谬可笑，你们自己去判断吧。

要是我们想对唐代的小说作出恰当评价，就必须把上述概念弄清楚。从结构和情节看来，这些小说是极不完备的，写这些小说的人并没有想到要当个职业作家，也不认为写小说是件严肃的事情。当我们阅读这些小说，觉得它立意清新文笔优美的时候，我们不得不赞叹作者的天才，不用付出艰苦的劳动就能写出卓越的小说来。

现在我们来谈谈中国小说的历史发展。虽说从文学的角度看来，小说是无足轻重的，然而若是仔细加以观察比较，就会发现事物还是在不断的发展变化之中。《汉书》上只记载了十五则故事，全部失传。《隋书》增加到二百一十七则，多数得以留传至今。这说明，尽管小说并非正统，然而它还是有所发展的。

为了简而明地说清楚问题，我们可以把中国小说的发展分成三个阶段，即汉以前，汉至唐，唐以后三个时期。

汉以前时期的小说，其实不过是史学家和哲学家在其著作中插入的实例。小说往往采取寓言或讽喻的方式，用以说明特定的问题。例如，在《庄子》一书中，这类故事是很多的。从汉开始，小说才和哲学论文分家。因此汉代在小说史上可以说是初期阶段。不过汉时多志怪小说，到唐代，日常生活才成为通用的题材。在我们看来，这确是一大进步，我们可以从中窥见唐代社会生活的实际图景。

唐以后，小说的写作技巧更趋于成熟，最值得注意的是开始运用口语。用日常的口语来描述日常生活，是一明显的进步。

概括起来，唐以前，小说主要是搜神志怪；唐以后，题材趋于广泛，采用了口语。唐人小说居于承前启后的地位，内容涉及面很广，爱情故事更居于首位。在题材的广泛方面，唐人小说超过了以往，其浪漫的主题也对后世颇具影响。这就是唐人小说在中国小说史上的重要地位。

今晚我要着重讲讲唐代的爱情小说。为了方便起见，我从伦理、宗教、游侠和民间故事等几个角度分别加以阐述。先讲讲它的伦理观念。一提起爱情，人们往往就想起了婚姻。一想到婚姻，自然就会联系到家庭。中国的文化是建筑在复杂的宗法制度之上的，这一宗法制度极其严酷，势力又大，绝对不容许婚姻自由。换言之，爱情和婚姻是毫无关系的，在安排婚事的时候，爱情必须绝对服从其它方面的考虑。父母之命是至高无上的，包办儿女的婚姻是父母的责任，也可以说是天职，外人无权干涉，子女也不能过问。拒绝按父母之命缔姻，不仅仅是造家庭的反，而且也是跟整个社会作对。在研究唐人小说的时候，我们还能窥见当时青年男女在宗法制度的专制统治下遭受的痛苦。

有两本书，一本是《北里志》，另一本是《教坊记》，内容是颂扬歌伎的，记叙年青书生对她们的钦慕。《北里志》言道：歌伎都住在平康巷。应试的书生和中试候选的人，只要肯多花钱，都可以到平康巷去寻欢作乐。多数歌伎都善于应对，能诗会文。

唐代歌伎实际上都是些受过高等教育的女子。再看看那些文人学士的妻妾，就会觉得，举子们爱逛平康巷是毫不足怪的。正如中国人常说的，那些妻妾往往是“黄脸婆”，多数没有受过教育。歌伎们却知书识字，所以那些文人学士的狂放多少是情有可原的。

著名诗人白居易的弟弟白行简写的《李娃传》是个好例子。这则小说值得详细介绍。但因时间关系，只得从略。

很抱歉，为了节省时间，我不得不略掉这则小说的许多精采部分。从好几个角度看来，这篇小说都是非常有意思的。首先，它大胆抨击了固有的宗法制度；再则，它用庄严的传记体记述了一位歌伎的身世，这也是很不寻常的，因为这种文体一向是只能用于高贵者的。作者说得很明白：男女之际，大欲存焉，情苟相得，虽父母之命，不能制也。他把父亲的蛮不讲理和姑娘对爱人的忠贞作了强烈对比，对父亲的权威和真正的爱情，作了截然不同的描述。

这类小说不论怎样真挚动人，向来被当作危险读物。反映正统观念的作品，则可以《会真记》为典型。

这篇小说的文字也许是唐代传奇中最优美的。这篇传奇据说是元稹自己的忏悔录。他爱上了一个姑娘，后来变心，抛弃了她。这则传奇中的男女主角都很聪明，在结合之初就看清楚了将来的结局。他不顾一切后果，如痴如狂地爱这个少女。一旦达到了目的，就清醒过来，考虑到底应当牺牲掉这位少女，还是不顾家庭社会的谴责而和她结婚。没有父母之命媒妁之言的私自结合，社会是不承认其有约束力的。张生不具备这些条件，就和莺莺有了私情。那他该怎么办呢？如果他想挽回姑娘的名誉，就须含耻忍辱，为社会所不齿；如果他打算遵守礼教，就必须舍弃姑娘。最后，他决定为了维护他的社会地位而牺牲自己所爱的人。换言之，他为了服从社会传统，不仅放弃了自己的幸福，而且也牺牲了她的幸福，社会为此对他大加赞扬。

姑娘也明白自己的厄运。她对他说："始乱之，终弃之，固其宜矣。愚不敢恨。必也君乱之，君终之，君之惠也。"她很明白，社会是决不会容许青年人在结婚之前就私行结合的。然而，只要男人肯舍弃那与他有私情的姑娘，社会是容许他有自新的机会的。女人就没有这种机会。无情的重担必须由她来承担。张生的行为会得到人们的赞许，而可怜的姑娘却得不到同情。

五百年后，在这一传奇的基础上，产生了一出戏，即《西厢记》。作者使张生与莺莺成为眷属，剧以“愿天下有情人皆成眷属”结尾。不幸的是，真的莺莺却无此可能。

人们也许会问：为什么中国不取消这一荒谬的宗法制度，实行婚姻自由？为了回答这个问题，我得先谈谈宗教方面的问题。中国的宗教精神和基督教及回教的精神是不同的。有文化修养的中国人，是从哲学或道学观念来看待宗教的，这和欧洲人的宗教观很不相同。没有文化的中国人则不分青红皂白，事事迷信。以上这两类人都迷信命运，并把这种观念运用在婚姻问题上。不幸的婚姻往往归咎于命，而不是父母。要是我们有勇气，可以反抗父母，然而谁敢违抗至高无上的命运呢？因此我们看见的这种消极的逆来顺受的服从，与其说是服从专制的父母，不如说是服从命运更为恰当。抱有宿命论的人一旦感到婚姻不如意，会认为违抗命运也徒劳无益，因而就听天由命，忘却了痛苦。他只看见天堂里闪现着光明，却不去注意现实生活的黑暗。

再举一则故事来说明这个问题。

以月下老人的故事，出自唐李复言《续玄怪录》的《定婚店》为例。

由此可见，命运是无法违抗的。月下老人、神奇的红线和姻缘簿——中国旧式婚姻的各种要素都齐备了。终身大事要由虚无缥渺的神来主宰，青年男女必须规矩就范。服从长辈的意旨有时是难以忍受的，然而服从命运的安排也许能使人释然。从农夫到哲学家都信命，安于天命。中国人的与世无争，其基本原因就是对命运的驯服。从哲学观点看来，命运如一条载着生命前进的长河，随波逐流最是轻松愉快。从西方的观念看，这样做缺乏勇敢进取的精神，有时还会使人怯懦。

再看看宗教信仰的另一个方面。道教当然是中国最强大最普遍的宗教。它没有具体的教派组织，相当愚昧。法术、星相、符咒、占卜以及各种迷信活动，应有尽有，也因而广有群众。这些迷信成份当然也会反映在一般的文学中。然而当我们研究这类爱情故事的时候，就必须同时从宗教观点和心理观点来加以分析，因为写这类传奇的作者决不会仅仅为了描写爱情而来写它。当然，他们有时也会不自觉地流露出他们的心愿。比较原始的宗教普遍相信轮回转世之说，然而为什么狐狸会变美女，鬼怪会变美少年呢？为什么不变成可派实际用场的牛马呢？显然不幸的狐女和美少年更切合人们的想象。人们得不到婚姻自由，却想要逃避这种难以忍受的现实。青年男子不许擅自与少女交往，却可以驰骋想象力，邀请美丽的狐仙和妖冶的鬼女来赴宴。这样做在经济上也是很节省的，歌伎价昂，比用来写神仙故事的纸笔贵多了。

这一类传奇还有长孙绍祖的故事可以为例（略）。

现在我们来谈谈中国人对恋爱的看法，我所谈的恐怕会让我的听众失望。关于男主角如何如痴如狂地向女主角求爱，欧洲小说往往有生动的描写，而美国电影又往往过分渲染。真正的爱情往往是波澜起伏的，必要时需要采取侠义行动。然而中国的情人处在同样地位又作何举动呢？请看下面的例子就可以知道了。

以《无双传》王仙客的故事为例（略）。

唐代传奇中这一类的故事还很多。情人们遇到无法解决的困难时，就会出现有超人本领的英雄，救了他们。而他们自己则无须进行斗争。乍一看，这仿佛是胆小无能，其实不过是顺应传统。中国的教育思想是要训练青年成为人上人，温良恭俭让。勇敢的将军不过象条狗，它的主人才是温文儒雅、有帝王之相、哲人风度的淳淳君子。在英雄故事里，多数英雄都是忠顺的奴才或头脑简单之辈，出身也比较卑微。因此中国爱情故事里的英雄往往不是恋人们自己，而是助情人们摆脱困境的局外人。

最后我还要举一则故事为例，这类故事最值得注意的地方是它吸收了神话和民间传说的内容。这类故事你们一看就会明白。

以妒妇河的故事为例（略）。

最后，我还想就唐人小说的语言文字，以及这些小说对后世作品的影响再略讲几句，结束我的讲话。

我想打个比方，唐朝有如一位站在东方文化之中的美女。从唐诗，我们可以窥见她柔美胸中的美丽幻梦。唐代的爱情小说则更接近于实际生活。小说的作者都是有名的诗人学者，有能力栩栩如生地描述他们的生活环境。简言之，他们能绘出一幅极其美丽动人的图画。语言文字也十分优美，即使我们认为情节过于单薄，结构也略嫌松散，但是它的语言文字在中国文学中将永放异彩。

唐代无疑是中国的浪漫时代。几乎所有的小说题材后来在元、明时代都被剧作家采用，作为构思戏曲的素材。从结构方面看，当然戏曲比唐代小说更加精炼动人，然而不能忘记这些戏曲的灵感确实来自唐人小说。

为了充分说明我的主题，按理说应有更充分的时间加以展开。我想我今天能做到的，只是告诉你们从各个角度看来，唐人小说都是值得注意的。

载一九三二年二至三月Cheloc University，Tsinan（济南齐鲁大学）

通俗文艺的技巧

假若这里有一位没有听过看过旧剧或鼓书的文人，我想，在他心中也许以为这类的通俗的东西不会有什么讲究，只不过是东拼西凑的那么一堆而已。即使他让一点帐，承认它们多少有点讲究，那也绝对不能与古典的或新兴的文艺的技巧相提并论。

对于前一层，让我们拿旧剧本作个例子吧。旧剧之中，我们承认，的确有些乱七八糟的东西。可是由大体上说，它们都有一定的结构与表现方法，绝不是随便凑成，像一个梦似的。就是那些杂乱无章的东西，若留心看一看，也有它所以如此的原因。譬如，最初的一个剧本，本有完好的结构，与妥当的穿插；可是到了伶人手中，就许因为太顾向台下讨好，而把剧中某一部分尽力扩张，甚至于把它扩张到可以独立，另成一剧的地步。这样喧宾夺主，或化整为零，就破坏了剧本的完整，或失掉原来的意义。有好多武剧吃了这样的亏，只顾了起打越火炽越好，而遗忘了更重要的戏剧效果。

可是，相反的，也有些剧本，经过多少次演唱与修改而越来越简练精美，削去浮泛，只留下心核。近几年来，京派的伶人因与海派的竞争，往往以“旧剧重排，全剧古本”为号召，而排演“本戏”。这些“古本”多半是沉闷冗长，只增了场子，多占了时间，并无怎样了不起的好处。这可以反证出旧剧在生长中也并不是没有受过淘洗与剪裁，虽然有时候不幸而变得很坏。

据上所述，剧本有时由好而坏，有时由坏而好，其所以好与所以坏，都足以证明旧剧并非随便可以凑成，它自有它的方法与技巧。

对于后一层——通俗文艺的技巧是否可与古典的或新兴的文艺技巧相提并论——我以为：因为形式的关系，技巧自然不能完全一样；但这只限于技巧方面，而不是在文艺本质与原理方面有所不同。由文艺的宣传性说，凡是文艺作品都要宣传一些什么；通俗文艺在这一点上，不但没有忽视，而且比别种文艺更热心：一出戏，一本小说，一段鼓词，莫不含有很明显的教训。因此，民众虽然大多数是文盲，可是他们有他们的道德上的裁判与责任，维系着精神的生命。他们的这种裁判与责任多是“有诗为证”的：作文官的要清明如包公，武官应忠勇义似关公与岳老爷，赵子龙是勇士的象征，西门庆理当永远拴在尿桶上……用不着说，这些根据是来自通俗文艺。戏台，书场，不啻是民众的学校。自然，在通俗文艺中也有许多淫秽的地方，可是淫秽的东西往往是在干净的东西里面包着。当形容潘金莲得意的时候虽然极不正当，可是到说她被杀的时候也极严厉。拆开来看，是反宣传，诲淫诲盗；合起来看，就知道了原意，正是惩淫诛恶。若是能加以剪裁，不教邪胜于正，自能不失其宣传的本意。至于那些专以淫秽为主的东西，当然是须禁止，正如别种专抒写色情而无其他更高的启示的文艺作品那样该当禁止。这样，通俗文艺在文艺的本质上，实在尽着宣传与教训的责任。假若它有时候不大洁净，或思想陈腐，那不能只责备它本身，社会上没能尽到对它应尽的责任也不能不算是罪过。单拿文人来说，有谁在抗战以前曾想到过为民众写作一些读物呢？新的不来，旧的只好自生自存，当然它陈腐，它没有得到一点新血呀。它正当不正当，它陈腐不陈腐，反正它没忘了宣传。今日的问题是在如何去矫正它，革新它，因为它确是与别种文艺一样的负着宣传的使命，而且事实上证明，它确是有力量负起这使命。

在文字上，它也和别种文艺一样的具备着文艺的条件。它有想象，有图像，有音节，有脱口而出的字句。自然在字汇上，它没有《佩文韵府》和文艺辞典为它作解释，抬声价，可是它有清新的词语，像刚摘下来的瓜果那样带着田园的鲜美。它的字汇是来自民间，充分的含有民间的思想与想象。在这一点上，它也许比古典的，甚至于新兴的文艺，更多着一些新的血脉，往往使人拍案叫绝。在另一方面，我们必须公平的指出，因为民间的生活艰苦，教育落后，更因为民间文艺多半是取韵文的体裁，它的字汇也有好多是因袭沿用的，既不足以表现新时代的精神，更难以推陈出新。不过，这个缺陷也就正是今日所急宜设法弥补的；在弥补这缺陷的时候，我们一定也能公平的看出它的优点，它的优点也正同于其他一切文艺的优点，活泼，自然，脱口而出，绝不别别扭扭，使人闷气。

创作的文艺是想象的。通俗的作品一点也不缺乏这条件。在这条件下，也许它不学无术的把历史弄错，或误解某事件事实的真意，可是我们不能说它不是想象的。它能从《水浒传》中单单提出个武松，使之另成一部小说。这武松也许不像原来的那个样子，不但杀嫂打虎，并且做了许多与他无关，而恰好是民间愿意听的事情，他也许会扑灭蝗虫，或求雨；事实是错了，但想象却充分的活动着。这武松的故事，有头有尾，有声有色，有穿插，有逗宕，从考证方面看，它是愚蠢得可怜；从文艺上看，它却自有它的立脚地。自然，这并不是说，文艺应当曲解了历史，而是说我们即使责备通俗文艺的历史上的知识太幼稚，我们可也不能不承认它的想象力的丰富。

在结构上，它也晓得如何由分散而团圆，由纡缓而紧张，由铺陈而判断，正如别种文艺的那样费心机，巧安排。就是一段鼓词，也知道这些方法，成为一个完整的一片段；不但在文字上如此，连唱法也是越来越紧，使事情与歌声一同走到顶点。

再提到趣味，通俗或者比任何种文艺都更聪明一些，仿佛它早就晓得“沉闷是文艺的致命伤”这一句话。在一个文人雅士看来，或者以为通俗文艺中的趣味太低级，或缺乏控制。我承认它有时候缺乏控制，因向观众讨好而失去严肃的态度；至于低级不低级就很难判断了——我们至少该想一想再说话。一个不晓得民间疾苦的文人，根本不能明白为何两个乡人为争一堆牛粪而打起架来，他当然也就不能欣赏因争牛粪这件事而来的打趣凑笑；而指为低级。这到底是不是低级？谁敢说！或者，一个文人看到野台戏中的包公嘱令王朝、马汉去捉鹌鹑烧烧吃，或包公自己背着铺盖卷赶路，他也许说这是唐突包公，趣味低级。可是他一点也没想到，这种形容正是民众把包公看成为他们痛痒相关的人，是关切而不是唐突。至于要使民众都知道每个人的身分地位，而恰好的去配备每个人的衣食起居，那恐怕就先要解决民生问题与教育问题，而不仅是文艺本身的问题了吧。还有，有些文人以为通俗文艺中的言语往往不大干净，故曰之为低级。这也要看它要求的效果是什么，而不能专以粗俗否定其低级不低级。言语粗俗，而健康爽朗，一定比吞吞吐吐，暗隐淫邪的净得多。文雅不一定就是高级。故意掉书袋，之乎者也的自居高雅，也只能令人作呕，亦是低级。所谓低级不低级的判别，似乎宜以立意与效果的是否无聊而定，而不能以事实及言语的雅俗而分。通俗文艺生长自民间，它表现着民间的思想，反映出民间的生活，也就从民间的生活与思想中找出讽刺幽默，增多了趣味。有了趣味，便也增加了它的宣传力量。我们不能否认它的趣味有时候低级，可是我们切不可因为不了解民间生活，而把所有的趣味都断定为低级。

如上所述，我们知道了通俗文艺在各方面都有它的文艺根基。它并不是胡里胡涂的那么一团。明乎此，再去谈它的技巧，我们便不专从技巧上找技巧，而应更进一步的由技巧想到文艺共同的原则。这样，当我们撰制通俗读物的时候或者也就不至于一意摹仿，而忽略了创作。专是摹仿，自然自始至终是着眼于技巧，而迷于技巧之中，且渐渐的变为崇拜技巧，忘了改革与创造。结果，所摹拟的只是个空的架子，是种假的小玩意，不能成为有生命的活东西。

依据着上述的理由，我觉得通俗文艺有三难：不易通俗，不易有趣，与不易悦耳。

先说何以不易通俗，在一切文艺创作里，好的总是脱口而出，喜怒笑骂皆成文章，坏的总是别别扭扭，矫揉造作。因此，世界上咬言咂字的文章多于现成自然的文章；也就是说，俗实难于雅。秀才会作八股，而不会写家信，并不完全是个笑话。写作通俗文艺，言语首先给我们许多困难。文雅的词字，有书史辞典帮忙；民间通用的字汇，无书可查，非我们自己到活的社会中去找不可，这就难了。一般的语言而外，耕作有耕作的，买卖有买卖的，各行有各行的，各业有各业的特用语；这就更难了。把握不住活的语言，便没法形容出真实的事情，新兴的文艺如是，通俗的文艺也如是。不过，通俗文艺既是为民众写的，就比新兴的文艺更不能将就——它必须俗，俗到连不识字的人也能听懂的地步。抗战以来，大多数的通俗文艺作品，在言语这一方面，犯了两个毛病：（一）以雅代俗，（二）以腐代俗。前者是出于老一些的文人。他们习惯作旧体的诗文，知道一些旧剧或鼓书的方法。所以他们所作的戏或曲，只是应用了旧的套数，而言语则仍然是很文雅。因为文雅，所以它们写不生动。他们的通俗字汇既不够用（即使他们肯用），而形容近代战争与事实的字义极难从旧文学词汇中找到，他们没办法。后者或较胜于前者，他们拒雅而求俗，可是也并不真知道民众的语言，于是就把戏剧与歌曲中的滥调陈词拿来，装璜一下，多少要有点通俗的色彩而已。这路作品里面，也许上句是“打倒日本帝国主义”，而下句是“叫小鬼们见阎王”。这怎能成为美好的宣传品呢。以文雅支持通俗文艺，根本是矛盾；民众若能了解《史记》《汉书》，便无须有《铡美案》与《瞎子逛灯》了。以“见阎王”，“地流平”，“面前存”，“说根随”等腐词来支持通俗文艺，至多只能得到一点“不得已而为之”的原谅，因为通俗韵文既须有韵，而韵字又必须有变化，所以有时很难躲开“面前存”或“地流平”了。可是，这种不得已的办法只是一时救急，决不应视为通俗语言发展的正路子。民间有许多比“面前存”更自然更有力的词字，要当破一番工夫找出运用，不可以旧韵文为标准，而挡住去路也。

作通俗读物，照上面所讲的看来，用语用字不但不应故意求雅，且须时时留神自己的笔，深恐略一疏忽，即无意中的写得太深了。我们不以雅取巧，而以在通俗中还能活泼跳跃见胜。要俗，要活跃，所以避雅，并且要避腐。凡是陈腐的也必是该淘汰改革的，我们应随写随尽矫正之责，不可因循偷懒。

再说通俗文艺何以不易有趣。求言语通俗已属不易，求全篇的意思通俗则更难。这是可能的：我们费尽心机，一字不苟的，完全用民众习用的语言，写成一篇东西，而结果依然不能教民众了解。第一，我们用民众的话给他们介绍一位人，或一件事，按理说他们应该听懂了。可是假若这位人，这件事，与百姓们毫无关系，他们就很难感到趣味，而茫然不解。譬如：我们使抗战的某大将为一出戏的主角，画着姜维式的花脸，把日寇打得落花流水，以表现其英勇的精神和抗战的决心。这出戏（姑且承认打花脸等方法是对的），设若拿到一个山村里去演，就许毫无效果，大家莫名其妙。因为在这个村里，没有报纸，根本不晓得那位大将是谁；没有看过或听过抗战宣传的文字与讲演，根本不知道抗战这件事，怎能怪民众茫然不解呢？听了与自己有关的事情才容易受感动，此所以乡间雷击了老树，必谓树上有巨蝎或恶蛇，因为蝎、蛇是会害人的，若单言老树，则关系甚微也。所以，单单用了民间的语言，而不计算人物事实与民众的距离若干，往往是费力不讨好的。事实人物都要切近民众，由他们所习知的事实引入抗战，才是好办法。第二，我们努力采用了民间的语言，而陈意过高，譬如用俗话写成一套抗战建国的哲理，其中没有具体的故事，没有有趣的形容，自难为民众接受。不错，我们为抗战宣传，须把其中的道理给大家说个明白，可是也别忘了文艺须有具体的表现，不但要大家明白，且须使大家受感动。一个心中很明白的人，也许因为算计得太细密了，而一毛不拔，心冷如冰，一个受了感动的人，才会热血沸腾，舍身赴战。

新文艺在民间的失败，就是人物事实思想都与民众隔离太远。通俗文艺的兴起，首当弥补此缺陷。一方面要给民众以精神食粮，一方面要扫荡现存在民间的陈腐物。那么，我们就必须从民众的生活里出发，不但采用他们的言语，也用民众生活，民众心理，民众想象，来创造民众的文艺。除非我们成见的看不起民众，这工作实在不是低卑无聊的。我们要发动民众，而民众并不是一些橡皮袋，一打气就会鼓起来的。民众有他们的生活，与生活上的困难。他们既非超人，所以他们在一方面有侠肠义胆，在另一方面也很注意自身的实利。所以我们必须有民众的想象，我们才能一针见血的说到他们的心中去。在正面，他们有他们的义愤；在侧面，他们有他们的讽刺；在道出他们的义愤与讽刺的时候，他们有就本地风光而想入非非的能力，而使文艺作品趣味横生。我们不但要去学他们的言语，也要思索言语中的生活背景；不但只看一看他们的戏剧鼓词，也要注意他们的笑话趣谈歇后语歌谣等等。明白了活生生的民间，把握住那活生生的言语，我们会和民众一样的去想象。以街上所卖的小唱本等为我们的范本，是绝对不妥当的。那些小册子中，有的只是民间文艺的影子；真的本子是在歌者们的心中；有的只是民间文艺的尸体；活的文艺在民间也是随时改动的。

如果能照着上述的办法来写作，我们无疑的能写成相当好的东西，因为我们不只是摹仿个空架子，而真是按着民众的生活创造出来的有血有肉的文艺。

不过，在现阶段，民众中还有大半是不识字的，所以不论我们愿意与否，我们必须重看韵文——因为它便于口头宣传。这就须谈谈通俗文艺所以不易悦耳的问题了。现存的民间文艺，除了评书，差不多都是有韵与音节的：戏剧、鼓词、秧歌、夯歌、山歌、童谣……都是韵文。这些韵文里，有的是数唱，没有乐器伴奏；有的呢，是伴以丝弦或管乐；有的在乐器之外，还须有舞蹈。这样，我们创作韵文的时候就大大的受了限制；除非我们能马上创作出新的音乐，新的舞蹈，我们就非利用旧的套数不可。单独一个人便能创作出一篇新文字来，一个人可不易把乐，舞，都一下子创出——就是改革一部分都不太容易。人才之外，时间与金钱，在抗战的今日，恐怕也很难允许作大规模的革新的运动。有这么大的困难立在我们的面前，而我们又不忍沉默，非作出点东西来不可，我们的工作可就非常的艰难了。前边已经说过，我们应躲着那些陈腐的词汇，而代以民间活泼有力的语言；可是一谈到音韵音律，我们就不十分自由了。语音在纸上是一回事，到了歌腔韵调上便是另一回事。"揍死你"也许比"教你见阎王"少着一些迷信的成分，可是赶到某一歌腔上，它就许不如"见阎王"好唱好听。新字新词理宜随时用入新的通俗作品，可是它们没有受过音乐的洗礼，在纸上它们倒颇活泼，在口上可就软弱无力了。我们必须于字俗意俗而外，还得教它们有音乐之美；而且，这音乐之美还不能仅靠足以满足作者自己的朗诵，即算成功，它得能上丝弦或笛管。

为解决字音这问题，我们非知道点音韵与音乐不可。知道了一点民间文艺的音乐，我们便会差不多的把文字调动得能歌唱；句的长短，字的多寡，都能不大离格。知道一点音韵，则即使所写的通俗韵文不预备去上演，也能使文字多一些音乐之美，好念好听。至若关于音韵音乐的详细说明，另有别人撰稿，即不在此多赘。

以上是由文艺的共同原则，及通俗文艺特有的形式，讲说通俗读物的作法。以下再对戏剧鼓词等作法略略加以解说。先说戏剧。

旧剧有许多种：二黄、川剧、汉剧、梆子……每一种中都有它特殊的讲究。腔调、念白、行头、脸谱、锣鼓等等都自成一套，恐怕一辈子也学习不完。

那么，我们怎么样去写它呢？我以为，为写剧本，当然先须明白点戏剧的技巧，不然就无从着手，看戏，和讨教一些歌唱的法则，不是什么很难的事。略知道了一些，我们很可以放胆的去写，因为演员们若是有心去排演我们的剧本，导演者自会去改正变动——大概没有一个剧本能不增减一字就恰好能上演的。关于哪一种板怎唱，哪一项打叫作什么，脸谱一共有多少种，都容易打听到，而且还有几本专书可作参考，无须在此多说。重要的倒是在略知唱法板眼后，如何去写一个剧本。职业的演员们知道台上的规矩，用不着我们去教他们；他们所缺乏的是剧本。他们有能力去把一剧本，按着舞台经验而改正而演出；他们可就是不会写出一本有新内容新思想的戏来。所以，写戏本是我们的事。写出了剧本，把要紧的地方向排演者说明，给他们以改正之权，但一定不许他们把宣传的本意删去或弄错；这么双方能合作，一本戏就能很顺利的演出。这样写过一本戏，我们对于旧剧中的规矩或者也就知道个大概了。

再者，近几年的各种旧剧，因交通的发达，与营业上的竞争，都有一些变化。以二黄戏说，因受了海派戏与文明戏的影响，行头、唱法和布景，已有不少的改动。梅兰芳博士从西洋回来以后，就把锣鼓藏起来，不在台上饮水，而且摹仿着西洋歌剧那样把歌词用力唱出。在老内行看起来，这样改变都是大逆不道，对不起祖师爷的事情；可是他们尽管摇头，而阻止不住这种改变。在新编的汉剧里，我也见到，摹仿海派的各角者联唱，连唱腔也是摹仿麒麟童的。因此，我们来写旧剧剧本，满可以不必完全照猫画虎；改动一些是无所不可的。有好多地方一经改动，就不易马上被民众接受，可是硬干下去，看惯了也就一样的行得通了。在广东戏里，周瑜戴雉鸡翎，而小乔穿高跟鞋！在川戏中，老翁穿古装，而小姐露着胳臂！我们不必以昆腔与二黄戏为标准。虽然这两种戏都有严密的规则；可是昆腔已没落，而二黄也在改变中，它们的规矩越多，便越衰败，因为它们自己裹上了小脚。我们写剧本，不妨自由一些，在不得已的破坏而外，还须渐次建设，把新歌新景与效果什么的都设法增加进去，使与话剧接近。我们须虚心去讨教旧的办法，也须勇敢的渐渐给它输入新的血脉。

当我们去学习的时候，除为知道一些规矩而外，还要客观的去思索判断。一般的说，在二黄戏中，二黄宜于沉着安详的，西皮宜于飘洒轻爽的，剧情；慢板宜于郑重的，快板宜于激昂的，陈诉。一剧中先二黄而后改西皮，或先西皮而后改二黄，在我们心中就该有个尺寸。不可随便改变，不可改得太快。若通体用二黄或西皮，则因剧情的发展，自然是越来越快，先慢板，而后原板，而后快板；就是散板的应用，也自有它的用意；不重要的角色，或不重要的事实，自宜以散板随手表过，可是有时候也因为加重表情，故意用散板，演员可一字字的清楚唱出，而腔又活动无板眼的拘束，足为表情之助。职业的演剧者，必能详详细细为我们解说某腔某板的唱法与规矩，可是也许就说不出那腔那板在全剧中的效果。所以我们自己须加以揣摸。还有，大段的歌唱放在什么地方，也应想过。一般的说，一气唱下几十句或百余句的办法，现在已不大行得通了。第一因为演员不能都有好喉咙，好身体，当然对此生畏，不敢演唱；第二，歌唱过长，便妨碍了动作，往往费力而不讨好；第三，在给民众扮演新内容的旧戏，处处费力求明晰，不能多以歌唱述说，因歌腔往往阻碍剧词的明显啊。我们不妨多写几句唱词（虽然不必一气要白句），那喉咙好的演员可以多唱，或少唱几句而句句拉腔；那喉咙坏的可以少唱，或多唱而不必要腔，时间正自相等。我们须给演员们多预备词句，而后任他们选择剪裁。这较长的歌唱放在什么地方呢？我以为最好使它负有抒情的作用。用说白，用动作，已把故事发展到一个段落，台下已看清这一段是什么事，再利用歌唱陈述或感诉，即使腔调稍复杂，听不清唱的是什么，仍能以歌唱之美动人，仍能不使剧情晦昧。每逢用“一言难尽”叫板的时候，须留神所要唱的必是听众们已看明白了的事情，不可突然而来，致使听众因没听清歌词而也摸不清故事发展到什么地方去了。在话剧中，后来的事必须先为暗示出，以备发展；旧剧亦宜取此法；既为民众表演，暗示或仍恐不足，必屡屡提醒之。至于开打，亦宜活动；北方的戏多重武功，南方的则不甚考究；故剧本中的武场不可太固定，若能减去开打而仍能成戏，或减少开打而不致损失剧情，庶可免去许多困难。总之，为民众写剧本，宜知旧的套数，而不可取法太高，结构太死，以致失去伸缩性。以昆曲二黄为范本，则剧本宜力求紧炼，场子越整越好，使之一气呵成，无懈可击。此等剧本宜出演于都市，一到乡间便许因整齐而被视为死板，因严紧而障碍了剧情的明显。所以，为乡间预备的剧本稍为琐碎一点或者倒能收效较大。关于说白、行头等事亦本此旨，不必一定非合某派的规矩不可。一个有伸缩性的，可通融的剧本，略加改动，即可应用于数种不同的戏剧上，二黄可改为汉调或秦腔也。

鼓词比旧剧简单，较易创作。可是，唯其因为简单，容易成篇，往往写者就忘了把它写成一段有情有景的东西，而只取些空洞的标语口号把它填凑起来。戏剧必须有故事，因为须拿到舞台上去扮演；鼓词只靠唱者一人说唱，故没有故事还能成篇入弦，于是作者也就很容易把一套空论作成有韵的歌词，而称之为鼓书。其实，鼓书虽非戏剧，但当歌唱之时，唱者手挥目送，且唱且做，实一人而兼充数人也。小曲因为字少腔简，可仅作抒情之用；鼓书则长起来可演奏整部小说，如《隋唐》与《刘公案》等，短的亦须自成一段落，容纳一个小故事。旧的鼓词中，也有不说故事的，但为数极少，且别具作用。譬如在堂会中的寿词或喜歌，通体皆谀赞之词，无具体的故事，或为宣传某项知识，如全国山名水道等，其作用等于通俗读物中的“杂字”书。此外，则大都以演述故事为主，而略含教训；以事感人，以理劝诫，深合文艺的原理。我们拟制新词，对于新知识的灌输，也可以作些有“杂字”作用的东西，如新式军械的说明，或防空常识等。至于为激励爱国精神，坚定抗战决心，则仍当以具体的故事，寓劝励之意。

通常在都市中演唱的鼓词，大概以一百五十句为一段。在这样的一段中，有时容纳一完整故事，有时仅为一故事的一部分——即成为一本。在乡间演唱，大都以二百句左右为一段，一段唱毕，稍为休息，即接唱第二段；有十段左右可供演唱半日之用。都市中的，段短而腔繁，每段虽仅百余句，亦可占二十分钟左右，故无须说白，亦仅在上场时略道故事的情节，或仅报告要唱什么节目。一唱起来，即不再说话，以求一气呵成。在乡间，因腔简，故句多。为省些力气，为说明前后段的关系，都有随时加入说白的必要。抗战鼓书，颇可取此法，唱一小段，说明几句，以说白补充歌词，当更清楚得力。

在乡间，每于唱正段之前，先唱几句凑趣的闲词，如八角鼓中的岔曲，所以静场压言也。然后，书归正传，但仍有数句诗篇，点明全篇大意。在都市中，则开口即唱诗篇。诗篇通常为八句六句四句。词较雅，平仄较严，郑重的提揭全篇大意。也有只用两句的，或甚至完全不用，而开门见山即说出故事者。在创制新词，可取后法，不必迂回，而一语道破，则颇痛快。

一般的说，歌词首段总先介绍出人来，而后随故事之发展，随时绘景绘情，而至于点顶；最后，略示教训。

历史上的人物比较容易描写，有时只须描绘他在这一段故事中的服装态度即足，因为听众早知道他的相貌性格也。描写一个新人物，则须简而有力，几句话即抓住一个相貌与个性，实非易之。假若简而不精，还不如多说几句。乡间之唱武松者，往往以数十句形容一双拳头如何厉害，为打虎先壮声势。此虽有失剪裁，而听众对形容总比对说理更感兴味。

介绍出人来，即须说事。在叙事中心见情见景，以俗浅的文字说得动人，以细微的情景表现重大的事件。人在事与景中，有狂呼，有悲叹，有大笑，有细语；叙述虽限于篇幅的简短不能复杂委婉，而动作音容却能活现，和唱戏相仿，亦自动人。

有了人，有了事，须在人与事发展的高潮前，故作逗宕。或言感情，或写景物，或插述一琐事；然后急转直下，句子力求简劲有力，以便于速唱，把故事结束；而后再以三言两语，略作教训。

形容人，述说事，不怕人如何高伟，事多么重大，必须利用民间习用的语言，使深入浅出，必须从民众生活中表现出，使易了解。不可贪雅，更不可忽略了听众是谁。

板眼腔调虽多，但大体说来，能把七字句写好——即写得平仄顺嘴，无难吐的音；词字有节，无绕嘴之处，便可适用。演唱者为行腔运字的活动，很会把七字句变成九字或十一字。以言平仄，一句之中虽不必严格的用律诗的办法，但必须爽朗自然；一气用四个平声或五个仄声字，当然不会美好。七字句中自然应为二二三——跪倒，磕头，眼圈红；有此基础，再变为十字，譬如——小幼主，跪倒磕头，眼圈红；亦甚顺口。反之，若写成“跪倒，眼圈红、磕头”，则本句没法唱，增多了字，仍不能唱。

鼓词用韵甚宽，不必照诗韵，只要合辙即可。北方有十三道辙，有专书可查；南方可以就南音断定。不过，南方所用的辙，由北人听来，即有不合辙的地方，如南方可以把“陈”与“成”押在一处，而北方则“陈”在人辰辙，“成”在中东辙，绝不相混，不可不知。

韵皆用平声字，为鼓词中的通例。乡间所唱的坠子，及犁铧大鼓，往往也有混入几个仄韵的时候；京音大鼓则极严格。上句尾既是仄字，下句的韵又是仄声，当然唱不响亮；虽有时不得已而可通融，要当以平声韵为准则。京音大鼓，对韵律最讲究，近年来且有上下句都用韵的趋势，如“劝君莫把国仇忘，努力齐心打东洋”，“忘”仄“洋”平，均在一辙，唱起来非常悦耳。不过，一辙之中，平音字甚多，而仄音字也许很少；仄韵甚宽，而平韵或者很窄。光是押一道韵，本已给作者以不少限制，若上下用两道韵，则限制又增了一倍；再遇上平仄韵宽窄不同，有上无下，或有下无上，则困难更多。所以，为求句子好听，不妨试用两道韵的办法，但不必拘泥于此，以免因择韵字的关系，而把句子反弄得死板呆滞了。

通俗韵文中，以戏剧鼓书为最难作，因为这两种东西里包括着文字，音乐，音韵，故事，和其他的好几方面的问题；任何一方面的袭用或改造，都须下一番工夫去研究；而且这一方面的改造，往往受着别一方面的牵扯限制，而不能畅所欲为。因此，我们若是先从这两种东西去试验，则方面既多，所获犹广。会作了一首鼓词，则对于无有故事的小曲自然不会无从下手。

小曲的调子极多，大致都平易好唱；因为平易，所以很难容纳激昂慷慨的词句；至于那些艳调，更不用说，自然是会把多么好的内容也带累坏了的。因此，我们必须留心选择曲调，切勿随便填词。大概的，腔长则字长，腔柔则情靡，故不如腔少而可快唱者之易于叙事，也容易激促雄壮。再者，小曲简短，正如新的抗战诗歌；利用小曲既有以腔害词之病，倒不如撰制新歌新谱，使歌词通俗，歌谱简单，易学易唱，既合理，又合算。小曲的词与谱，因此，也就不在这里介绍与分析了。

载《通俗文艺五讲》，一九三九年十月三十日中华文艺界抗敌协会上海杂志公司出版

谈文艺通俗化

根据我看稿子的经验，我可以这么说：文艺通俗化是件不容易的事。从我所能看到的文稿里，我发现：有许多人似乎还没注意过这回事。他们写来的稿子，从通俗化这一点来看，大概有三个毛病。

（一）篇幅太长：文章长本不算毛病，假若我们有那么多的话要说。我们不能因为求文章紧练，而把该说的不说完全了。可是，我所看到的长稿子，多数的是本无须乎写那么长，却硬写成那么长。这就不对了。这不该长而长的原因，据我看，是：

1.在提笔之前，并没有任何准备，没想想怎样组织这篇文章，怎样安排层次；于是，拿起笔来，想到哪里，写到哪里，失去了控制。话要说乱了，就必说的多，东一句西一句地拉扯不断。为矫正这个毛病，我们不论写什么，都须事先想好：写什么和先说什么，后说什么。有了通盘的打算，就有了清楚的思路，而后才能顺理成章，不乱说，不多说。请记住，文章是有组织的东西，不是闲聊天儿。

由上边所说的，我们可以看出来：长而乱的文章，不是好文章。简短而有组织的文章，才是好文章。那么，我们应当给人民哪种文章呢？要通俗化，就是要把文艺交到人民手里去；那么，我们能把又臭又长的东西交给人民么？那就太看不起人民了！

2.有的长文章并不乱七八糟，可是长而没劲，通篇的话都平平常常，可有可无。这也是没有重视通俗化。通俗化的文章既是给人民大众看的，就不许浪费大家的时间，教他们念些不疼不痒的文字。我们给人民大众写东西，必须短而精，好教大家念起来，既省力省时间，又能真有所得；否则对不起人民。所以，在提笔之前，我们必须详加考虑：我们要写的，值得写还是值不得写？然后，还要找重点去写。一般的冗长的文章，并不是完全要不得，它之所以成为冗长者，是因为没有选择重点，把重要的和不重要的一视同仁，全写了下来；于是，不重要的就把重要的拖下水去，大家因讨厌那些不重要的地方，就容易忽略了那重要的地方。假若我们一下笔就抓住要点，岂不就容易写得精彩么？写文章不是算计字数多少的事。我们必须把要写的东西，都在心里掂一掂，留着重要的，丢开不重要的。这也就是说，我们诚心地把真有价值的给人民写下来；可有可无的就放在一边。这样写文章，文章必能精彩。通俗化不是多说废话，而是供给人民最有营养的精神食粮。俗语说得好，楞吃仙桃一口，不吃烂杏一筐。我们得记住这句话。我们要抓紧突出的几点，简单干脆地写出来；不要老牛破车，慢慢往下拖。给老百姓写东西，不是降格相从，敷衍敷衍，而是要取精去粕。尽管言语通俗，可是要思想精，道理深。假若我们写好了一篇东西，连自己都觉不出有什么突出的地方，就该扔掉，万不可交给人民；假若自己觉得只有一二突出的地方，便该删去其余，从新写过。通俗的作品必须对老百姓负责！通俗化不是减低思想性，而是设法使思想更容易宣传出去，更普遍宣传出去。

（二）文字不通俗：在我所看到的文稿里，有许多篇的内容很好，可是文字不通俗。我看，其中的主要原因是大家只顾了写作，而忘了通俗化的重要，于是不知不觉的就转起文来，离开了人民日用的语言。所以，我们下次写文章的时候，最好先警告自己一下：要通俗化！能不忘了这件要紧的事，我们自然会多少地把文字通俗化了，因为大白话是人人会讲的。

断定通俗不通俗，我们的耳朵比眼睛更可靠。我们写完一段或一篇，不要只凭眼睛去看应如何加工，那可能越加工越不通俗。我们须朗读一遍。我们的耳朵会听出文字顺溜不顺溜，接近口语与否。经过耳朵的审定，再去加工，我们必定能把文字修改得通俗一些。这样作，即使不能很快地教我们完全掌握住通俗的语言，至少也会教我们消极地去掉太不通俗的字汇词汇，把长而别扭的句子改成短而顺溜的。这会使我们慢慢地认识到，用人民的语言写出简单妥当的字句，是多么可喜的事。我们也会慢慢地明白过来，能用人民的语言写作，不是减低了文艺性，而是提高了我们文艺创作的能力，加强了文艺性。想想看吧，一位生在现社会的文艺工作者，能丢掉半文半白的，或半中半洋的文字，而改用人民的语言，写出给人民读的文艺作品，他的本事不是提高了么？再想想看，世界上可有不给人民服务，不用人民的活语言的伟大文艺么？通俗化不是降低文艺，而是提高文艺。

明白了上述的道理，我们也就明白了：通俗化的文艺作品里不许生吞活剥地把革命的道理，用一大串新名词、专名词写了出来。我们应当把大道理先在心中消化了，而后用具体的事、现成的话写了出来。这才是文艺作品，这样的作品才能被人民接受，从而扩大了思想宣传的影响。不先消化了道理，我们自己就没有确实明白那个道理的把握。我们自己没把道理弄清楚，所以才仗着名词术语支持我们的文章。一旦我们真把道理消化了，我们才会把它用具体的事实表现出来——这就由照钞道理，改为以文艺形式表现道理。我们为什么不老用论文的形式，而时常也用戏剧的小说的鼓词的形式，向人民作宣传呢？那就是因为戏剧小说与鼓词是具体的表现，通过人物故事去说明某些道理。那么，我们的责任就一定不是教戏剧里的人物轮流地宣读一篇论文，论文中满是名词、术语和革命理论。没人愿意听那样的戏！我们必须把消化过的道理，就着人民的生活，人民的语言，人民所喜爱的文艺形式，写了出来。通俗化不是某几个写家的责任，而是每一个写文章的人的责任。我们的新的文艺杰作就是从这里产生出来的。

（三）我看到的第三个毛病，是爱要弄笔调。有些人似乎以为实话实说不够味儿，所以必须要要笔调，扯些闲盘儿，倒好像不“然而所以”一大套就不能成为文艺。这不对。自古至今，好文章都是真有话可说，而且说得一针见血，不拖泥带水。八股文专会要笔调，而空洞无物，所以才臭。写东西不是为自己消闲遣闷，而是为别人读阅，读阅了得到好处。

要把通俗化作好，我们一拿起笔来，便先要问问自己，我们对将要写出的人、事、道理，明白的够不够？假若不够，就须去多生活，多找资料，再去学习。我们万不可以用笔调去掩饰我们的知识不足。深入生活，我们才能得到真的知识，真的感情。这样，我们就不怕没的可写，也就不要笔调了。要笔调表示我们并不真诚。

我们一要要笔调，就不免猩猩作态，伤感一番。风不是风，雨不是雨，而是“大王之雄风”、“销魂的雨”了。其实，假若我们是在描写劳动大众，那风便不可能是大王之雄风，雨也并不销魂——雨有时候能要了穷人的命！

深入生活就必有话可说，没有生活就必拐弯抹角地去找俏头。我们最好是要说什么就说什么，说得明确、简单，有力。乱耍笔调只是教文章东摇西幌，不切实，没有劲。有人以为文章里“之乎者也”地耍些笔调，为是教文笔动宕有致，引人入胜。其实，那是为有闲阶级的读者设想；我们今天写通俗文艺是为了大众，并不为伺候有闲阶级。人民大众没工夫听我们瞎扯。而且，专就文艺本身而论，也是言之有物的就好，虚张声势的就不好。因此，我们要控制自己的笔，不教它随便地乱耍花样。我们刚一想到：“啊，这清明时节，销魂的细雨呀！”就要警告自己：这庸俗！没有真的感情！通俗化的大敌是庸俗化！有些看起来越漂亮的雅致的字句，也许就是越庸俗的。

上面提到的三个毛病，我自己也有时候明知故犯，愿和朋友们一齐努力，去掉它们。

载一九五一年十月《文艺报》第四卷第十一、十二期合刊

散文并不“散”

我们今天的散文多数是用白话写的。按说，这就不应当有多少困难。可是，我们差不多天天可以看到不很好的散文。这说明了散文虽然是用白话写的，到底还有困难。现在，我愿就我自己写散文的经验，提出几点意见，也许对还没能把散文写好的人们有些帮助。

一、散文是用加过工的语言组织成篇的。我们先说为什么要用加过工的语言：散文虽然是用白话写的，可并不与我们日常说话相同。我们每天要说许多的话。假若一天里我们的每一句话都有过准备，想好了再说，恐怕到不了晚上，我们就已经疲乏不堪了。事实上，我们平常的话语多半是顺口搭音说出的，并不字字推敲，语语斟酌。假若暗中有人用录音机把我们一日之间的话语都纪录下来，然后播放给我们听，我们必定会惊异自己是多么不会讲话的人。听吧：这一句只说了半句，那一句根本没说明白；这一句重复了两回，那一句用错了三个字；还有，说着说着没有了声音，原来是我们只端了端肩膀，或吐了吐舌头。

想想看，要是写散文完全和咱们平常说话一个样，行吗？一定不行。写在纸上的白话必须加工细制，把我们平常说话的那些毛病去掉。我们要注意。

二、散文中的每个字都要用得适当。在我们平日说话的时候，因为没有什么准备，我们往往用错了字。写散文，应当字字都须想过，不能“大笔一挥”，随它去吧。散文中的用字必求适当。所谓适当者，就是顺着思路与语气，该俗就俗，该文就文，该土就土，该野就野。要记住：字是死的，散文是活的，都看我们怎么去选择运用。“他妈的”用在适当的地方就好，用在不适当的地方就不好，它不永远是好的。“检讨”、“澄清”、“拥护”……也都如是。字的本身没有高低好坏之分，全凭我们怎给它找个最适当的地方，使它发生最大的效用。就拿“澄清”来说吧，我看见过这么一句：“太阳探出头来，雾慢慢给澄清了。”“澄清”本身原无过错，可是用在这里就出了岔子。雾会由浓而薄，由聚而散，可不会澄清。我猜：写这句话的人可能是未加思索，随便抓到“澄清”就用上去，也可能是心中早就喜爱“澄清”，遇机会便非用上不可。前者是犯了马虎的毛病，后者是犯了溺爱的毛病；二者都不对。

一句中不单重要的字要斟酌，就是次要的字也要费心想一想，甚至于用一个符号也要留神。写散文是件劳苦的事；信口开河必定失败。

三、选择词与字是为造好了句子。可是，有了适当的字，未必就有好句子。一句话的本身须是一个完整的单位；同时，它必须与上下邻句发生相成相助的关系。有了这两重关系，造句的困难就不仅是精选好字所能克服的了。你看，就拿：“为了便于统制，就又奴役了知识分子。”这一句来说吧，它所用的字都不错啊，可不能算是好句子——它的本身不完整，不能独立地自成一单位。到底是“谁”为了便于统制，“谁”又奴役了知识分子啊？作者既没交代清楚，我们就须去猜测，散文可就变成谜语了！

句子必须完整。完整的句子才能使人明白说的是什么。句子要简单，可是因为力求简单而使它有头无尾，或有尾无头，也行不通。简而整才是好句子。

造句和插花儿似的，单独的一句虽好，可是若与邻句配合不好，还是不会美满；我们把几朵花插入瓶中，不是要摆弄半天，才能满意么？上句不接下句是个大毛病。因此，我们不要为得到了一句好句子，便拍案叫绝，自居为才子。假若这一好句并不能和上下句作好邻居，它也许发生很坏的效果。我们写作的时候虽然是写完一句再写一句，可不妨在下笔之前，想出一整段儿来。胸有成竹必定比东一笔西一笔乱画好的多。即使这么作了，等到一段写完之后，我们还须再加工，把每句都再细看一遍，看看每句是不是都足以帮助说明这一段所要传达的思想与事实，看看在情调上是不是一致，好教这全段有一定的气氛。不管句子怎么好，只要它在全段中不发生作用，就是废话，必须狠心删去。肯删改自己的文字的必有出息。

长句子容易出毛病。把一句长的分为两三句短的，也许是个好办法。长句即使不出毛病，也有把笔力弄弱的危险，我们须多留神。还有，句子本无须拖长，但作者不知语言之美，或醉心欧化的文法，硬把它写得长长的，好像不写长句，便不足以表现文才似的。这是个错误。一个作家必须会运用他的本国的语言，而且会从语言中创造出精美的散文来。假若我们把下边的这长句：不只是掠夺了人民的财富，一种物质上的掠夺；此外，更还掠夺了人民的精神上的食粮。

改为：

不只掠夺了人民的物质财富，而且抢夺了人民的精神食粮。

一定不会教原文吃了亏。

四、一篇文字的分段不是偶然的。一段是思想的或事实的一个自然的段落，少说点就不够，多说点就累赘。一句可作一段，五十句也可作一段，句子可多可少，全看应否告一段落。写到某处，我们会觉得已经说明了一个道理或一件事实，而且下面要改说别的了，我们就在此停住，作为一段。假若我们的思路有条有理，我们必会这么适可而止地、自自然然地分段。反之，假若我们心中胡里胡涂，分段就大不容易，而拉不断扯不断，不能清楚分段的文章，必是糊涂文章。有适当的分段，文章才能清楚地有了起承转合。有适当的分段，文章才能眉目清楚，虽没有逐段加上小标题，而读者却仿佛看见了小标题似的。有适当的分段，读者才能到地方喘一口气，去消化这一段的含韫。近来，写文章的一个通病，就是到地方不愿分段，而迷迷糊糊地写下去。于是，读者就因喘不过气来，失去线索，感到烦闷，不再往下念。

写完了一段，或几段，自己朗读一遍，是最有用的办法。当我们在白纸上画黑道儿的时候，我们只顾了用心选择字眼，用心造句；我们的心好像全放在了纸上。及至自己朗读刚写好的文字的时候，我们才能发现：

（1）纸上的文字只尽了述说的责任，而没顾到文字的声音之美与形象之美。字是用对了，但是也许不大好听；句子造完整了，但是也许太短或太长，念起来不顺嘴。字句的声音很悦耳了，但也许没有写出具体的形象，使读者不能立刻抓到我们所描写的东西。

这些缺点是非用耳朵听过，不能发现的。

（2）今大的写作的人们大概都知道尊重口语。可是，在拿起笔来的时候，大家都不知不觉地抖露出来欧化的句法，或不必要的新名词与修辞。经过朗读，我们才能发现：欧化的句法是多么不自然；不必要的新名词与修辞是多么没有力量，不单没有帮助我们使形象突出，反倒给形象罩上了一层烟雾。经过朗读，我们必会把不必要的形容字与虚字删去许多，因而使文字挺脱结实起来。“然而”、“所以”、“徘徊”、“涟漪”，这类的字会因受到我们的耳朵的抗议而被删去——我们的耳朵比眼睛更不客气些。耳朵听到了我们的文字，会立刻告诉我们：这个字不现成，请再想想吧。这样，我们就会把文字逐渐改得更现成一些。文字现成，文章便显着清浅活泼，使读者感到舒服，不知不觉地受了感化。

（3）一段中的句子要有变化，不许一边倒，老用一种结构。这，在写的时候，也许不大看得出来；赶到一朗读；这个缺点即被发现。比如：“他是个作小生意的。他的眼睛很大。他的嘴很小。他不十分体面。”读起来便不起劲，因为句子的结构是一顺边儿，没有变化。假若我们把它们改成：“他是个作小生意的。大眼睛，小嘴，他不十分体面。”便显出变化生动来了。同样的，一句之中，我们往往不经心地犯了用字重复的毛病，也能在朗读时发现，设法矫正。例如：“他本是本地的人。”此语是讲得通的，可是两个“本”字究竟有点别扭，一定不如“他原是本地的人”那么好。

以上是略为说明：散文为什么要用加过工的语言和怎样加工。以下就要说，怎么去组织一篇文字了。

五、无论是写一部小说，还是一篇杂文，都须有组织。有组织的文字才能成为文艺作品。因此，无论是写一部小说，还是一篇短的杂文，我们都须事先详细计划一番，作出个提纲。写了一段，临时现去想下段，是很危险的。最好是一写头一段的时候，就已经计划好末一段说什么。

有了全盘的计划，我们才晓得对题发言，不东一句西一句地瞎扯。

有了全盘的计划，我们才能决定选用什么样的语言。要写一篇会务报告，我们就用清浅明确的文字；要写一篇浪漫的小说，就用极带感情的文字。我们的文字是与文体相配备的。写信跟父母要钱，我们顶好老老实实地陈说；假若给他老人家写一些散文诗去，会减少了要到钱的希望的。

有了全盘的计划，我们才会就着这计划去想：怎样把这篇东西写得最简练而最有效果。文艺的手法贵在经济。我看见过不少这样的文章：内容、思想，都好；可是，写得太冗太多，使人读不下去。这毛病是在文章组织得不够精细。“多想少写”是个值得推荐的办法。散文并不真是“散”的。

这样，总结起来说，要把散文写好，须在字上，句上，段上，篇上，都多多加工；这也就是说，在写一篇散文的时候，我们须先在思想上加工，决定教一字不苟，一字不冗。文章是写给大家看的。写得乱七八糟，便是自己偷了懒，而耽误了别人的工夫；那对不起人！

载一九五一年三月十日《北京文艺》第二卷第一期

散文重要

我们写信、写日记、笔记、报告、评论，以及小说、话剧，都用散文。我们的刊物（除了诗歌专刊）与报纸上的文字绝大多数是散文。我们的书籍，用散文写的不知比用韵文写的要多若干倍。

看起来，散文实在重要。在我们的生活里，一天也离不开散文。我们都有写好散文的责任。

据说："诗有别才"。这个说法正确与否，且不去管它。诗比散文难写，却是事实。散文之所以比较容易写，是因为它更接近我们口中的语言。可以说，散文是加过工的语言。我们都会讲话，而且说的是散文，不是韵文。在日常交谈的时候，我们的话语难免层次不大分明，用字未尽妥当，因为随想随说，来不及好好思索，细细推敲，也就是欠加工。那么，我们既会讲话，如果再会加工，我们就会写出较好的散文来。我想会有那么一天，我们的文化普遍提高，人人都能出口成章，把口中说的写下来，就是好散文。

是的，讲话与散文原是"一家人"。我听过好几位劳动模范的发言。他们的文化程度并不很高，发言也没有稿子。可是，他们说的有思想，有感情，语言生动，十分感人！我相信，他们若能提高文化，一定会不久就成为写散文的好手。

我非常爱听我们的中央广播电台每晚的全国各地联合广播。在这广播节目里，说的都是国家与国际的大事。正因为是大事，所以必须使人人能够听懂，不能“之乎者也”地背诵古文。同时，它既须字斟句酌，语语明确，还要铿锵悦耳，引人入胜。这就是说，广播的是话，可也是很好的散文。

有的人以为散文无可捉摸，拿起笔来先害怕。不必害怕，人人都有写散文的条件。我们说话要说的清清楚楚，明明白白，这就有了写散文的基础。我们写信、写日记，听报告时作笔记，都是练习写散文的机会。不要刚一提笔，就端起架子来说：我要写散文啦！是呀，我小时候在私塾里读书，每逢老师出题叫学生作文，我便紧张地端起架子，不管老师出什么题，我总先写上“人生于世”，或“夫天地者”，倒好像“人生于世”与“夫天地者”是散文的总“头目”！后来，有人指点：你试试看，把想起的话照样写下来，然后好好从新安排一下，叫那一片话更有条理，更精致些，你就无须求救于“夫天地者”了。我这才明白，原来我心中就有散文的底子，它并不是什么天外飞来的怪物。对，我们人人有写散文的“本钱”，只看肯不肯下些功夫把它写好，用不着害怕！

与此相反，有的人的胆量又太大，以为只要写出一本五十万字的小说，或两本大戏，就什么都解决了，根本用不着下功夫学习写散文。于是，他写信，写的乱七八糟；日记干脆不写，只写小说或剧本。不难推测，一封信还写不清楚，怎能够写出情文并茂的小说与剧本来呢？不把散文底子打好，什么也写不成！

有的人呢，散文还没写通顺，便去作诗。我不相信，连一封信还写不明白，而能写出诗来——诗应是语言的精华！不错，某个诗人的诗确比散文写得好；可是，自古以来，还没有一位这样的诗人：诗极精采，而写信却胡里胡涂。我看，还是先把散文写好吧！诗写不好，只不过不能发表；信写不明白，可会耽误了事！

对，我们不要怕散文，也别轻视散文。散文比诗容易写，但也须下一番功夫，才能写好。不害怕，就敢下笔。一下笔，就发现了困难。有困难，就去克服！把散文写好，我们便有了写评论、报告、信札、小说、话剧等等的顺手的工具了。写好了散文，作诗也不会吃亏。散文很重要。

载一九六一年一月二十八日《人民日报》

滑稽小说

滑稽小说这个名词与政治小说，爱情小说等一样的不能成立。政治与爱情等不过是材料的选取；而这种选材不能是很简单的，多数的小说的穿插含有许多的不同兴趣，如要严格的分别，恐怕一部小说便要有个极长的类名，像某小说为政治爱情社会军事家庭小说，或不止于此。况且小说的成败，根本不在它的材料是什么。滑稽小说也是如此，假如要勉强的成立，势必弄成勉强的类分，如半滑稽小说，先滑稽后悲惨小说，一人滑稽而多数人严重等等；因为滑稽小说的内容虽可笑，可是未必有喜剧的结局，像狄更斯的作品，有许多是悲剧的，而不失为幽默的；在普通小说中设一两个有幽默的角色也是常有的事。况且滑稽小说普通以为是可笑的作品；但笑与笑便不同：有的是引起天真的大笑，有的引起冷隽的微笑；滑稽二字便不能包括这一切。而且滑稽小说一名词所含的意味又与政治小说等不同。政治小说等是由取材上看，而滑稽不是这样固定的材料，而是一种心态。一个写家惯于采用某种材料，往往被人称为某种小说写家，如张资平的被称为三角恋爱小说写家。但是这并不能限制住张资平不跑到“爱力圈外”去。滑稽小说家的名称，并不因为他写的什么而得这个徽号，而是因为他无论写什么也是可笑的。这足以说明滑稽是写家的心态，不是他抱定什么一定的材料而后才能滑稽。文学中分派，也没有滑稽派，虽然文学家有被称为滑稽家或幽默家的。一个人如果他的心态是幽默的，不论他是那派的，不论他写什么东西，他总可以表现出那幽默的心境与觉得的。

滑稽小说虽不成立，我们可是不能不讲一讲这个滑稽的心态，因为它在文学中占有很重要的地位。为便利与清楚起见，我们采用时行的“幽默”二字来代替它，因为“滑稽”的意义是没有“幽默”那样广的。

幽默这个字在字典上有十来个不定的定义，我们所要说的是文学作品中的幽默。它是一种心态。我们知道有许多人是神经过敏的，以过分的情感看事，而不肯容人；这样的人假若是文艺的作者，作品中必是含着过度的兴奋与刺激，看别人不好，使别人随着自己走；或是对自己的遭遇不满，作颓丧的自弃。反之，有幽默的人便不这样，他不叫骂呼号，以别人为不对，而是由事事中看出可笑之点，照样的写出来时他有那罕有的观察天才；他看世人是愚笨可笑，可是也看出他们的郑重与诚恳；有时正因为他们爽直诚实才可笑，就好像我们看小孩子的天真可笑，但这决不是轻视小孩子。一个幽默家的世界不是个坏鬼的世界，也不是个圣人的世界，而是个个人有个人的幽默的世界。幽默指出那使人可爱的古怪之点，小典故，与无害的弱点。他是好奇的观察，如入异国，凡事有趣。

这似乎是专就幽默家的心态而言，我们再问，幽默与小说的关系怎样呢？柏格森说，幽默是不能离人的范围而存在的，我们不笑山水树木，而笑人的动作。由这一点上看，要在音乐上与图画上表现幽默是极难的事，而在文艺上是很合宜的，因为言语的运用可以充分的把幽默表现出来的。至于小说，差不多都是讲述人事的，而幽默恰好是有人而后有幽默的。因此，就是说幽默是小说的特有物也无所不可吧。

小说最适宜于表现幽默，假如人是不会笑的东西，自然幽默无从说起，但是人是会笑的动物，而且是最愿笑的，而且是只有笑的时候，他必须要反响，人笑己亦笑，或己笑也愿别人笑；这种需要使笑成为人世最宝贵的东西，最能表现人情的东西，于是幽默也便在文艺中占有重要的地位。假如有人能引触大家都笑，他便是人类的恩人，所以狄更斯与卓别林便是世人的恩人，狄更斯的死时，能使Westminster Abbey三日不能关上门，足以证明人们怎样爱戴他。卓别林在欧战后，不复受未加入战场的责骂，而反有人说，幸而他没有去从军，因为一个欧战也抵不了一个卓别林，也足以证明这个道理。笑是有益于身体的，自然是人人知道的，笑是有益于精神上的，谁也不能否认。以招笑为写作的动机决不是卑贱的。因笑而成就的伟业比流血革命胜强多少倍，狄更斯的影响于十九世纪的社会改革是最经济的最有价值的。马克·吐温的以美国商业化的观识作幽默的材料，不仅是招笑，而是也替近代文明担忧。

那么，幽默的表现是否成为艺术的呢？假如我们不能回答此点，我们便只能承认上面所说的——幽默的实用——而不能解释它在艺术里的功能了。从艺术上说，有柏格森作我们的证人，幽默决不是一种胡闹。幽默之引人发笑是基于人类天性的。笑是多方面的：笑是与情绪隔开的，所以他近乎天真。笑是机械的固定性，习惯应如此而忽然中止则招笑，一个艺术家在人生上可以找到许多这样的材料。笑是我们的活动成为机械的时候而发生的，这个在艺术家的眼里可以像哲理似的去找社会的死化之点。最后，夸大是招笑的主因之一，但这决不是艺术的目的，而是艺术家把所见的畸形的胚胎扩大而使我们注意，这是漫画的原理，也是一班幽默艺术家的天才所在。只有艺术家才能看透宇宙间的种种可笑的要素，而后用强烈的手段写画出来。有人以为这种夸大是没有什么的，最好是请他夸大一下试试，看别人笑不笑。笑自有它的逻辑，情绪活动时笑即停止，因为哭与笑不过是一物的两端，那么，要使人笑的，必须有天才把人们的笑的逻辑维持住，一个猴子读马克·吐温的幽默笔记而悲啼，是使他引为奇耻的。因为笑有它的定律与逻辑，它不许一切的东西有不匀妥的地方，于是写家才会利用它的想象去适应这个定律与逻辑；空泛的讲几句贫话是不成功的。况且一个艺术家须有经验，而世界上奇物自多，正可拿我们自己的经验断定事实的可能性。泪可以不觉的落下，笑永远是自觉的。

最末后我们要说一句：只有自由国家的人民才会产生狄更斯与阿里斯托芬那样的人，因为笑是有时候能发生危险的。在自由的国家社会里，人民会笑，会欣赏幽默，才会笑别人也笑自己，才会用幽默的态度接受幽默。反之，在专制与暴动的社会国家中，人人眼光如豆，是不会欣赏幽默的。

幽默的根源须由笑之原理找出来。矛盾与对照为招笑之源。关于此点，看柏格森的《笑之研究》。

说法与看法可以有幽默，并不一定有多么可笑的事。

抄自一九三〇至一九三四年在山东齐鲁大学执教时自编讲义手稿之一章

怎样读小说

写一本小说不容易，读一本小说也不容易。平常人读小说，往往以为既是“小”说，必无关宏旨，所以就随便一看，看完了顺手一扔，有无心得，全不过问。这个态度，据我看来，是不大对的。光是浪费了光阴么？我们要这样去读小说，何不去玩玩球，练练武术，倒还有益于身体呀？再说，小说之所以能够存在，并不见完全因为它“小”而易读，可供消遣。反之，它之所以能够存在，正因为它有它特具的作用，不是别的书籍所能替代的。化学不能代替心理学，物理学不能代替历史；同样的，别的任何书籍也都不能代替小说。小说是讲人生经验的。我们读了小说，才会明白人间，才会知道处身涉世的道理。这一点好处不是别的书籍所能供给我们的。哲学能教咱们“明白”，但是它不如小说说得那么有趣，那么亲切，那么动人，因为哲学太板着面孔说话，而小说则生龙活虎的去描写，使人感到兴趣，因而也就不知不觉地发生了潜移默化的作用。历史也写人间，似乎与小说相同。可是，一般的说，历史往往缺乏着文艺性，使人念了头疼；即使含有文艺性，也不能像小说那样圆满生动，活龙活现。历史可以近乎小说，但代替不了小说。世间恐怕只有小说能源源本本、头头是道的描画人世生活，并且能暗示出人生意义。就是戏剧也没有这么大的本事，因为戏剧须摆在舞台上去，而舞台的限制就往往教剧本不能像小说那样自由描画。于此，我们知道了，小说是在书籍里另成一格，也就与别种书籍同样的有它独立的、无可代替的价值与使命。它不是仅供我们念着“玩”的。

读小说，第一能教我们得到益处的，便是小说的文字。世界上虽然也有文字不甚好的伟大小说，但是一般的来说，好的小说大多数是有好文字的。所以，我们读小说时，不应只注意它的内容，也须学习它的文字，看它怎么以最少的文字，形容出复杂的心态物态来；看它怎样用最恰当的文字，把人情物状一下子形容出来，活生生的立在我们的眼前。况且一部小说，又是有人有景有对话，千状万态，包罗万象，更是使我们心宽眼亮，多见多闻；假若我们细心去读的话，它简直就是一部最好的最丰富的模范文。反之，假若我们读到一部文字不甚好的小说，即使它有些内容，我们也就知道这部小说是不甚完美的，因为它有个文字拙劣的缺点。在我们读过一段描写人，或描写事物的文字以后，试把小说放在一边，而自己拟作一段，我们便得到很不小的好处，因为拿我们自己的拟作与原文一比，就看出来人家的是何等简洁有力，或委宛多姿。而且还可以看出来，人家之所以能体贴入微者，必是由真正的经验而来，并不是先写好了“人生于世”而后敷衍成章的。假若我们也要写好文章，我们便也应该去细心观察人生与事物，观察之后，加以揣摩，而后我们才能把其中的精采部分捉到，下笔如有神矣。闭着眼睛想是写不出来东西的。

文字以外，我们该注意的是小说的内容。要断定一本小说内容的好坏，颇不容易，因为世间的任何一件事都可以作为小说的材料，实在不容易分别好坏。不过，大概的说，我们可以这样来决定：关心社会的便好，不关心社会的便坏。这似乎是说，要看作者的态度如何了。同一件事，在甲作家手里便当作一个社会问题而提出之，在乙作家手里或者就当作一件好玩的事来说。前者的态度严肃，关切人生；后者的态度随便，不关切人生。那么，前者就给我们一些知识，一点教训，所以好；后者只是供我们消遣，白费了我们的光阴，所以不好。青年们读小说，往往喜爱剑侠小说。行侠作义，好打不平，本是一个黑暗社会中应有的好事。倘若作者专向着“侠”字这一方面去讲，他多少必能激动我们的正义感，使我们也要有除暴安良的抱负。反之，倘若作者专注意到“剑”字上去，说什么口吐白光，斗了三天三夜的法而不分胜负，便离题太远，而使我们渐渐走入魔道了。青年们没有多少判断能力，而且又血气方刚，喜欢热闹，故每每以惊奇与否断定小说的好歹，而不知惊奇的事未必有什么道理，我们费了许多光阴去阅读，并不见得有丝毫的好处。同样的，小说的穿插若专为故作惊奇，并不见得就是好作品，因为卖关子，要笔调，都是低卑的技巧；而好的小说，虽然没有这些花样，也自能引人入胜。一部好的小说，必是真有的说，真值的说；它决不求助于小小的技巧来支持门面。作者要怎样说，自然有个打算，但是这个打算是想把故事拉得长长的，好多赚几个钱。所以，我们读一本小说，绝不该以内容与穿插的惊奇与否而定去取，而是要以作者怎样处理内容的态度，和怎样设计去表现，去定好坏。假若我们能这样去读小说，则小说一定不是只供消遣的东西，而是对我们的文学修养，与处世的道理，都大有裨益的。

载一九四三年三月十日《国文杂志》第一卷四、五期合刊

怎样写小说

小说并没有一定的写法。我的话至多不过是供参考而已。

大多数的小说里都有一个故事，所以我们想要写小说，似乎也该先找个故事。找什么样子的故事呢？从我们读过的小说来看，什么故事都可以用。恋爱的故事，冒险的故事固然可以利用，就是说鬼说狐也可以。故事多得很，我们无须发愁。不过，在说鬼狐的故事里，自古至今都是把鬼狐处理得像活人；即使专以恐怖为目的，作者所想要恐吓的也还是人。假若有人写一本书，专说狐的生长与习惯，而与人无关，那便成为狐的研究报告，而成不了说狐的故事了。由此可见，小说是人类对自己的关心，是人类社会的自觉，是人类生活经验的纪录。那么，当我们选择故事的时候，就应当估计这故事在人生上有什么价值，有什么启示；也就很显然的应把说鬼说狐先放在一边——即使要利用鬼狐，发为寓言，也须晓得寓言与现实是很难得谐调的，不如由正面去写人生才更恳切动人。

依着上述的原则去选择故事，我们应该选择复杂惊奇的故事呢，还是简单平凡的呢？据我看，应当先选取简单平凡的。故事简单，人物自然不会很多，把一两个人物写好，当然是比写二三十个人而没有一个成功的强多了。写一篇小说，假如写者不善描写风景，就满可以不写风景，不长于写对话，就满可以少写对话；可是人物是必不可缺少的，没有人便没有事，也就没有了小说。创造人物是小说家的第一项任务。把一件复杂热闹的事写得很清楚，而没有创造出人来，那至多也不过是一篇优秀的报告，并不能成为小说。因此，我说，应当先写简单的故事，好多注意到人物的创造。试看，世界上要属英国狄更司的小说的穿插最复杂了吧，可是有谁读过之后能记得那些勾心斗角的故事呢？狄更司到今天还有很多的读者，还被推崇为伟大的作家，难道是因为他的故事复杂吗？不！他创造出许多的人哪！他的人物正如同我们的李逵、武松、黛玉、宝钗，都成为永远不朽的了。注意到人物的创造是件最上算的事。

为什么要选取平凡的故事呢？故事的惊奇是一种炫弄，往往使人专注意故事本身的刺激性，而忽略了故事与人生有关系。这样的故事在一时也许很好玩，可是过一会儿便索然无味了。试看，在英美一年要出多少本侦探小说，哪一本里没有个惊心动魄的故事呢？可是有几本这样的小说成为真正的文艺的作品呢？这种惊心动魄是大锣大鼓的刺激，而不是使人三月不知肉味的感动。小说是要感动，不要虚浮的刺激。因此，第一：故事的惊奇，不如人与事的亲切；第二：故事的出奇，不如有深长的意味。假若我们能由一件平凡的故事中，看出他特有的意义，则人同此心，心同此理，它便具有很大的感动力，能引起普遍的同情心。小说是对人生的解释，只有这解释才能使小说成为社会的指导者。也只有这解释才能把小说从低级趣味中解救出来。所谓《黑幕大观》一类的东西，其目的只在揭发丑恶，而并没有抓住丑恶的成因，虽能使读者快意一时，但未必不发生世事原来如此，大可一笑置之的犬儒态度。更要不得的是那类嫖经赌术的东西，作者只在嫖赌中有些经验，并没有从这些经验中去追求更深的意义，所以他们的文字只导淫劝赌，而绝对不会使人崇高。所以我说，我们应先选取平凡的故事，因为这足以使我们对事事注意，而养成对事事都探求其隐藏着的真理的习惯。有了这个习惯，我们既可以不愁没有东西好写，而且可以免除了低级趣味。客观事实只是事实，其本身并不就是小说，详密的观察了那些事实，而后加以主观的判断，才是我们对人生的解释，才是我们对社会的指导，才是小说。对复杂与惊奇的故事应取保留的态度，假若我们在复杂之中找不出必然的一贯的道理，于惊奇中找不出近情合理的解释，我们最好不要动手，因为一存以热闹惊奇见胜的心，我们的趣味便低级了。再说，就是老手名家也往往吃亏在故事的穿插太乱、人物太多；即使部分上有极成功的地方，可是全体的不匀调，顾此失彼，还是劳而无功。

在前面，我说写小说应先选择个故事。这也许小小的有点语病，因为在事实上，我们写小说的动机，有时候不是源于有个故事，而是有一个或几个人。我们倘然遇到一个有趣的人，很可能的便想以此人为主而写一篇小说。不过，不论是先有故事，还是先有人物，人与事总是分不开的。世界上大概很少没有人的事，和没有事的人。我们一想到故事，恐怕也就想到了人，一想到人，也就想到了事。我看，问题倒似乎不在于人与事来到的先后，而在于怎样以事配人，和以人配事。换句话说，人与事都不过是我们的参考资料，须由我们调动运用之后才成为小说。比方说，我们今天听到了一个故事，其中的主人翁是一个青年人。可是经我们考虑过后，我们觉得设若主人翁是个老年人，或者就能给这故事以更大的感动力；那么，我们就不妨替它改动一番。以此类推，我们可以任意改变故事或人物的一切。这就仿佛是说，那足以引起我们注意，以至想去写小说的故事或人物，不过是我们主要的参考材料。有了这点参考之后，我们须把毕生的经验都拿出来作为参考，千方百计的来使那主要的参考丰富起来，像培植一粒种子似的，我们要把水份、温度、阳光……都极细心的调处得适当，使他发芽，长叶开花。总而言之，我们须以艺术家自居，一切的资料是由我们支配的；我们要写的东西不是报告，而是艺术品——艺术品是用我们整个的生命、生活写出来的，不是随便的给某事某物照了个四寸或八寸的像片。我们的责任是在创作：假借一件事或一个人所要传达的思想，所要发生的情感与情调，都由我们自己决定，自己执行，自己作到。我们并不是任何事任何人的奴隶，而是一切的主人。

遇到一个故事，我们须亲自在那件事里旅行一次不要急着忙着去写。旅行过了，我们就能发现它有许多不圆满的地方，须由我们补充。同时，我们也感觉到其中有许多事情是我们不熟悉或不知道的。我们要述说一个英雄，却未必不教英雄的一把手枪给难住。那就该赶紧去设法明白手枪，别无办法。一个小说家是人生经验的百货店，货越充实，生意才越兴旺。

旅行之后，看出哪里该添补，哪里该打听，我们还要再进一步，去认真的扮作故事中的人，设身处地的去想象每个人的一切。是的，我们所要写的也许是短短的一段事实。但是假若我们不能详知一切，我们要写的这一段便不能真切生动。在我们心中，已经替某人说过一千句话了，或者落笔时才能正确地用他的一句话代表出他来。有了极丰富的资料，深刻的认识，才能说到剪裁。我们知道十分，才能写出相当好的一分。小说是酒精，不是搀了水的酒。大至历史、民族、社会、文化，小至职业、相貌、习惯，都须想过，我们对一个人的描画才能简单而精确地写出，我们写的事必然是我们要写的人所能担负得起的，我们要写的人正是我们要写的事的必然的当事人。这样，我们的小说才能皮裹着肉，肉撑着皮，自然的相联，看不出虚构的痕迹。小说要完美如一朵鲜花，不要象二簧行头戏里的“富贵衣”。

对于说话、风景，也都是如此。小说中人物的话语要一方面负着故事发展的责任，另一方面也是人格的表现——某个人遇到某种事必说某种话。这样，我们不必要什么惊奇的言语，而自然能动人。因为故事中的对话是本着我们自己的及我们对人的精密观察的，再加上我们对这故事中人物的多方面想象的结晶。我们替他说一句话，正像社会上某种人遇到某种事必然说的那一句。这样的一句话，有时候是极平凡的，而永远是动人的。

我们写风景也并不是专为了美，而是为加重故事的情调，风景是故事的衣装，正好似寡妇穿青衣，少女穿红裤，我们的风景要与故事人物相配备——使悲欢离合各得其动心的场所。小说中一草一木一虫一鸟都须有它的存在的意义。一个迷信神鬼的人，听了一声鸦啼，便要不快。一个多感的人看见一片落叶，便要落泪。明乎此，我们才能随时随地的搜取材料，准备应用。当描写的时候，才能大至人生的意义，小至一虫一蝶，随手拾来，皆成妙趣。

以上所言，系对小说中故事、人物、风景等作个笼统的报告，以时间的限制不能分项详陈。设若有人问我，照你所讲，小说似乎很难写了？我要回答也许不是件极难的事，但是总不大容易吧！

载一九四一年八月十五日《文史杂志》第一卷第八期

谈　诗

克家：

老朋友，谢谢你约我为《诗刊》写稿！

不过，你真把我考住了！你明明知道：我没有诗才，不但不敢写诗，而且连诗也不敢谈。你却偏叫我为《诗刊》写稿，不是分明将我一军么？

老朋友开个小玩笑，也许没有太大的坏处吧？好，我就信口开河，谈谈诗的问题，看你敢刊用不敢！

用百花齐放的眼光来看，我以为，一想到诗，我们就想起三种形式来：旧体诗词、新诗和通俗歌曲。这三种的形式不同，语言也不同。按照百花齐放的看法，它们都应当开花。不，不但只是各开各的花，还应当彼此竞赛，看谁开的更漂亮，最漂亮。

可惜，事实上并不如此。

以近数日我所看到的作品来说，旧诗词中有很好的，可也有只能算作韵语的。新诗有了很好的发展，但精采的也不很多。至于通俗的鼓词之类的作品，就数量既少，质量也未提高。老朋友，还是别发表这封信吧，它会招致许多人的不满！再说，我看到的作品有限，估价难免主观，不大公平。

不过，假若我的话不幸而言中，这可就有了问题。这问题的发生也许在号召百花齐放的初期是必不可免的。是的，听到百花齐放的号召，人人欢欣鼓舞，当然就愿意发表一些自己所惯用的语言与形式写成的作品。这是在情理之中的。因此，大家只顾争取发表，而一时还没考虑到值得发表与否，也在情理之中，无可厚非。

可是，日子一长，这种你新我旧，你提高我普及，近乎彼此对立，而都缺乏传诵一时的创作，便不能使人满意了。好的诗，不管用什么形式写的，总是能够传诵一时，洛阳纸贵的。百花齐放不仅是在形式上热闹热闹，而是要求各种形式的诗都出奇制胜，真有好东西。这些好东西使人读了再读，手舞足蹈地感谢百花齐放的号召，而不是只使读者看见多种形式，并无所热爱。我们应当开始竞赛了，不是吗？

诗是最难写的，我知道。当我念诗的时候，不管是旧体的还是新体的，我都设身处地地为诗人想想：看，这个字用的多么好啊，那一行的音节多么漂亮啊！诗人费了多少心血啊！但是，这种钦慕、感谢诗人的情感，并不能拦阻我去更严格地要求诗人写出更好的、顶好的作品来。我是读者，我有权要求当代杜甫的出现，虽然我明知道这是极不容易的；唐代那么多诗人中才只有一个杜甫啊。可是，诗人而以杜甫自期，也不见得就是狂妄吧。各种形式的诗作者，竞赛吧！不要以为掌握了某种形式便有发表权，我们读者要求真正好的诗！是的，读者也要求好小说，好戏剧；我并不专对诗人苛求，而宽容小说家与戏剧者。不过，现在咱们是在谈诗，就不便旁扯到小说与戏剧上去了。

不竞赛，就容易抱残守缺，敝帚千金，只在形式上绕圈子，力求循规蹈矩，而忘记创造。我以为我们不该只看旧体诗和新诗的表面上的区别，而忘了存异求同。所谓存异，即在形式与语言的运用上有所不同。所谓求同，即都须在思想与感情上的确是诗，不管形式与语言有什么区别。不这么看，便容易把诗的创作仅仅看成形式的运用了。我看了一些近来发表的旧体诗与新诗，它们似乎只有形式和语言的明显区别，而往往缺乏深厚的诗的味道，仿佛是告诉人：只要写得平仄调，韵脚对，就是旧体诗；只要用白话写，就是新诗，请原谅我的直言无隐吧！我知道作诗的困难。因此，我的苛求是对诗人表示敬重，而不是轻视。我渴望大家不只靠不同的形式去支持百花齐放，也希望编辑同志们不只靠不同形式去敷衍百花齐放。我们迫切需要优秀的诗。

没有竞赛，便彼此不相关切，你干你的，我干我的，坐失切磋琢磨之益。假若一位写旧体诗的而肯注意新诗和鼓词，他就会得到启发，去突破旧体诗的形式，有所创造。事实上，杜甫连写律诗也时时独辟新格，并不千篇一律。今天的旧体诗反倒似乎特别“守法”，缺乏新鲜味道。同时，他也会指出新诗在用字上，音律上，有什么不细致不妥当的地方，对新诗的作者有些好处。他也可能因注意到鼓词而写起鼓词来，因为鼓词在形式上和旧体诗有血肉相关的关系，而在语言上又较旧体诗更自由活泼一些。这有多么好啊！同样地，写新诗的而能注意旧体诗与鼓词之类的通俗作品，写鼓词的也注意新诗与旧体诗，就必互相影响，都有好处，用不着细说。

就怕呀，彼此对立，既不竞赛，也不相互交流经验。这就容易引起来文人相轻，只说自己的花香，别人都是野草，正和百花齐放背道而驰。是的，百花齐放是使我们彼此竞赛，彼此尊重，而绝对不是彼此排斥。我看见过：诗人听了鼓词的演唱，连连摇头，认为词句鄙俚不通，实在可笑。可是，为什么诗人不去帮帮艺人的忙，写些精采的段子呢？鼓词不但有人听，而且是工农兵所喜爱的，诗人为什么不应当帮帮忙，服服务呢？假若说诗人只管提高，不屑于普及，那么，谁该去搞普及呢？或者说普及已经过时，大可不提，那怎么《杨乃武与小白菜》这出通俗的曲剧会连卖几个月满座呢？说老实话，艺人们并不满意作家们。艺人们迫切需要新节目，可是肯帮忙的作家并不多。这值得我们想一想。鼓词难道不能成为诗吗？看吧：京音大鼓《白帝城》里就有“几根傲骨支床瘦，一点雄心到死明”这样的好句子。我自己并不完全满意这两句，因为其中用字遣词还嫌太文，再一配上唱腔，听众未必能够听得明白。我引用这两句不过是为说明鼓词可以成为诗，诗人若肯动手，它就可以提高。诗人若只连连摇头，而不肯或不屑动手，似乎就不大公平了。

别误会：我并非要求诗人们都马上去写鼓词之类的东西。百花齐放既不当唯我独尊，轻视别人，也不许强迫别人，都随我来。我只是为艺人们请命，希望有些人出来帮帮他们的忙。即使不愿帮忙，而注意到通俗作品的写法，也有益无损。鼓词并不比新诗或旧体诗更容易写。老朋友，也请你不要误会，我并不要求《诗刊》写上兼载旧体诗与鼓词。我倒是希望另有诗刊，专载旧体诗，或通俗文艺。虽然您不必选用旧体诗与鼓词，我却希望您召集那么一次两次座谈会，约请写各种诗体的人，包括曲艺演员，交换交换意见。座谈时，大家争辩得脸红脖子粗也好，客客气气也好。只要大家通了气，增长些知识，相互影响，便有利于诗的全面发展。诗须各体争妍，诗人本应多才多艺。

春天终于来了。这个老长老长的冬天可真够我受的。我的腿疼得要命。春天来了，就该修理房屋，去年的大雨着实厉害。此刻，我正写这封信，小立娃正背诵“天苍苍，野茫茫，风吹草低见牛羊”，一位瓦匠师傅正哼着《刘巧儿》，一位木匠师傅轻唱着什么西河大鼓，西屋里周姐正听新诗朗诵的广播。这或者也可以算作百花齐放吧？假若是这样，今年的春天，虽然来迟了一点，可就特别可爱了；它将使我的腿少疼一点，而使我的心里极其高兴，因为我听到了各种诗的音乐与语言。我希望听到更好的各体诗歌。

不再写下去，省得多贴八分邮票。我祝你，老朋友，诗思盛旺，身体健康，并致敬礼！

老舍载一九五七年《诗刊》五月号

怎样学诗

诗最难，诗也最容易，我们要当心。能写很好的散文的未必能写诗；因为诗的条件较散文为多；设若连散文还写不好，就更不可以轻易弄诗了。不过，散文必须写得清楚，必须有条有理的成篇；而诗呢，仿佛含混一些也可以，而且可长可短，形式最自由。于是作诗似乎比散文还省着点力气；诗就多起来，诗可也就不像样子了。学旧诗的知道了规矩便可照式填满，然而这只是“填”，不是“作”。喜新诗的便连规矩也不必管，满可以不加思索，一挥而就；然而是诗与否，深可怀疑。

青年朋友们每问我怎样作诗，我非诗人，不敢置答。今天是诗人节，又想起此问题，很愿写出几句；对与不对，不敢保险。

假若今天有位青年想要写诗，我必先请他把散文写好了再说。好的散文虽没有诗的形式与极精妙的语言，可是一字一句也绝不是随便可以写出来的。把散文写好并不是件容易的事。赶到散文已有相当的把握，再去写诗，才知道诗的难写，而晓得怎样用心了。

练习散文的时候最好是写故事。故事里有人有景。人有个性及感情，景有独特之美。能于故事中，于适当的字传情写景，然后才能更进一步，以最精炼的文字，一语道出，深情佳景。无至情，无真诗，须于故事中详为揣摩，配以适当的文字。如是立下基础，而后可以言诗；否则未谙人情，何从吟咏？

写情写景略有把握，更须多读名著，以窥写诗之术。自己写几句，与名家著作比较一下，最为有益。

读的多了，再从事习作。凡写一题，须有真情实感。草草写下，一气呵成。既成，放置一二日，再加修改；过一二日，再修改，务求文到情溢，有真情，有好景，有音节，无一废词冗字。如是努力，而仍不得佳作，须检讨自己：是不是对人对事对物的观察不够，或生活太狭，或学识太浅，或为人未能宽大宏朗，致以个人的偏私隐晦了崇高远大的理想……自省的工夫既严，必能发现自身之所短，这才有醒悟，有进步。诗不是文字的玩弄，要在表现其"人"；人之不存，诗何以立？设若只为由科员升为科长，正自别有办法，不必于诗中求之。

青年朋友们，我本非诗人，故决不怕你们诗法高明，夺去我的饭碗。我真诚的盼望你们成为诗人，故不敢不说实话——实话总是不甚甘甜，罪过！罪过！

载一九四一年五月三十日《国民公报》"诗人节特刊"

文学修养

我每月都接到几封青年们的来信，问我什么叫作文学修养。

有的来信中，偏重写作的技巧，仿佛认为写作技巧就是文学修养。

首先就须指出：文学修养包括着写作技巧，写作技巧可不是文学修养全部。不要以为学会一些技巧便会创作了。老年间的秀才、举人，都在写作技巧上受过严格的训练，因为科场里的诗文程式必须严格注意，试卷上写错一字一笔就必落选。可是，大多数的秀才与举人并不懂什么叫文学，也没创作出什么有价值的作品来。可见，专凭技巧不能算有文学修养。

诗文有了一定的格式和一定的技巧，就必然限制了创作自由；一来二去，文学就衰落下去，而文人们成为诗匠、文匠，多数的秀才与举人老爷们即是。

写作技巧至少包括三方面：语言的运用，描写的能力，和作品的结构。

这三者都不可孤立地看成只是技巧问题。语言与生活分不开。

生活丰富，语言才会丰富。脱离生活，即只能写出干巴巴的八股滥调或学生腔，不能独具风格，创造语言。描写能力也如此，没有生活即无可描写。没见过工人的，没法子描写工人；没见过高山大川的，也无从描写在高山大川。想像，甚至于幻想，须有各观的真实作基础。没有飞鸟，人便想不起飞机。描写人物与事物不是记流水账，而是使读者更深刻地认识人与事，感到亲切，受到感动。这样，作者必须有丰富的生活，观察得既广且深。不去生活，不多接触人与事，而只向别人讨教怎么描写，就好像自己不肯入水，而要学会游泳。至于作品的结构，的确是因形式的不同而有所不同，如电影剧本与话剧本不同，话剧又与小说不同，应当学习。可是，主要的东西还是内容。没有内容，虽有结构也无济于事。八股文章最讲究结构，而没有什么内容，所以空洞无物，没有艺术价值。结构不过为是帮助把内容安排得严整完美，表现得富于故事性与艺术性。我们不能离开内容去考虑结构。有的作品，结构虽欠严谨，而内容极为丰富，便仍不失为好作品或伟大作品。有的作品，专讲结构，而内容贫乏，虽很见功夫，但难以伟大。内容更重要，虽然结构也须注意。话又说回来，生活丰富才能使作品内容丰富。“秀才不出门”，所以只会作空洞的八股。

这样看来，写作技巧原来也离不开生活。

不错，我们的确能够从学习古典文学与当代名著，得到一些技巧上的窍门。可是这些窍门并不能给我们解决一切问题。我们是要“创”作。既要“创”作就不能照猫画虎，只求跟范本差不多。大家若都用同样的技巧去写作，便无创作可言了。

文学修养包括着写作技巧，而写作技巧又离不开生活，所以生活是文学修养的重要部分。离开生活，专谈技巧，文学创作便会僵化，写不出活生生的语言，描绘不出新人新事，也不敢别出心裁，以结构配合内容，有所创造。

有修养的作家必是生活丰富的作家。

所谓生活丰富是不是指眼界宽，看的多呢？是的，看的多有好处。不过，只看别人，作一辈子“视察员”，还不能解决问题。作家得有自己的生活。看别人怎么生活，能够丰富我们对人的了解。可是，只有自己也去生活，对人的了解才会深刻。因此，我们第一须和人民生活在一起，第二要在生活中表现得好，即使写不出好作品，仍不失为好人。文学修养包括怎么作人。这就是说，我们得先作个社会主义的人，而后才能作个社会主义的作家。

有的古人，人品不好，而写出了不坏的作品来。是的，确有此事。可是，要知道，历史并没有饶恕他们。历史上记载下来他们的坏事，遗臭万年。他们的作品并未能抵消他们的罪名。还要知道，并不是因为人品坏，他们才写出好作品来。恐怕倒是有了作品，名利双收之后，他们才腐化了的。再说，我们是生活在社会主义社会里，若没有社会主义的道德品质，我们就好坏不分，香臭不辨，不知英雄之所以为英雄与坏蛋之所以为坏蛋，我们怎能创造出社会主义的人物来呢？

文学修养必须包括思想。要不然便解决不了为什么创作这个问题。前面提到过的秀才举人们，大半是为了升官发财，才下苦工夫学习写作。个人名利就是他们的中心思想。这样的人一旦真作了官，很难不是贪官污吏。

谁都知道，我们今天正在建设社会主义。那么，作家而没有社会主义的思想，还是为个人名利而进行创作，怎能对头呢？我们必须首先看明白，我们的创作是为建设社会主义服务，并不是为自己求得名利。社会主义建设是我们的创作泉源，鼓舞人民建设社会主义的热情是我们创作的首要的作用。

这样看来，生活经验、社会主义思想与道德品质、写作技巧，和文学知识都凑在一处，才能算是文学修养。有这样的修养，才会有劳动热情，因为热爱劳动是社会主义道德品质的一种表现。它表现在日常生活中，也表现在进行创作的时候。

社会主义国家里的每一个公民都要有修养。生活、思想，与道德品质是共同的。知识与技术则随人而异。一个会种菜的农民须有种菜的知识与技巧，正如一个作家须有文学知识与写作技巧。这些知识与技巧都是宝贵的，作家不应重视自己的那一份，轻视菜农的那一份。没有人种菜，作家就没有青菜吃，这与农民缺乏读物的问题同样严重。作家不该狂傲。

所有的公民都须有思想上的与道德品质上的修养，这才能把每个人的知识与技术都用在社会主义的建设上。谁专靠知识与技术，而不管思想上的与道德品质上的修养，谁就过不了社会主义的关，作家也非例外。

总起来说：专凭技巧不能写出作品来。

作家必须有生活。所谓生活，不是闭户读书，埋首写作，永远不关心国事、天下事，而是和人民生活在一起，跟人民在一起劳动。这样积累起来生活经验，再加上文学知识与写作技巧，就能写了，会写了。

为什么写作呢？写什么呢？为谁写呢？这都决定于社会主义的思想与道德品质。思想上与道德品质上若有问题，一个有些文学知识与写作技巧的作家可能堕落为右派分子，不但不能帮助社会主义的建设，反而对社会主义建设进行破坏，自绝于人民。这很可怕。

因此我们就要说，文学修养是全面的，复杂的，我们切勿以为得到一些写作窍门便能成为作家。文学修养当然也不是一天半天就能得到的，青年们切勿着急。人都是由年轻慢慢活到中年与老年的，不管怎么着急，我们也不能忽然由二十岁跳到四十岁去。文学修养也是慢慢积累起来的，不经一事，不长一智啊。一着急，就必去找捷径，捷径会使人走迷了路。看吧：有的初中学生放下别的功课，一天到晚抱着两本小说，想成为小说家。这很不对。一个小说家要有极丰富的知识，好，您连该学的地理、历史、算术等等的基本知识都扔在一旁，怎能成为小说家呢？再说，一个小说家必须有丰富的人生经验，那么，一个初中学生的人生经验就还很少，不够写成一部小说的。即使这部小说里只写学校中的人与事，也未见得就能出色，因为生活经验很少是完全孤立，与别的人别的事没有关系的。今天的学校生活必与今天的社会主义建设有千丝万缕的关系，我们若只知其一，不知其二，就不能正确地认识学校生活的意义。我们可以用学校里的事情为题，练习写作，但不该把这种习作就叫作创作。一个十四岁的学生在不耽误功课的条件下练习写作是可以的，但是要知道，到四十岁才开始创作也并不算太晚；世界上有不少优秀的作家是到了中年才开始进行创作的。

在咱们的社会里，有文学修养的都不难成为作家，因为咱们比资本主义国家里有更好的创作环境与条件。可是，咱们必须先要求自己储备文学修养，从思想上、道德品质上、生活上、文学知识上、写作技巧上，以及劳动习惯上各方面装备自己，而不该主观地在一切还都空空如也的时候就决定去作作家。这样主观地下决心很容易放弃一切，轻视一切，而废寝忘食地去找写作窍门，去写稿子。这样死干，既有损于健康，也得不到文学的全面修养。既无全面修养，就认不清创作的崇高目的，而只求发表作品，名利双收。于是，幸而发表了作品，便以天才自诩，更无须注意什么思想与道德品质等等重要问题了。这样的“成功”，十之八九会毁坏了自己，有右派青年作家为证。若是作品发表不了呢，便会满腹牢骚，怨天尤人，甚至连社会主义也要反对。因此，我看哪，较比合理的办法是先给自己储备下全面的基本文学修养，再去作作家，作了作家之后，再力求全面进步，成为更好的作家。这样的人即使始终作不成作家，仍不失为社会主义社会里有用的人。反之，在生活与思想等等方面毫无准备，或只准备下一点文字技巧，便非作作家不可，是会有危险的。

文学修养，再说一遍，不专指写作技巧而言。文学修养不是一天半天就能得到的，不要着急。记住：功到自然成，欲速则不达！

载一九五七年《文艺学习》十二月号